D1662927

Zu diesem Buch

Wohl niemals zuvor ist ein politisches Attentat so schnell aus dem Bewußtsein der Bevölkerung verschwunden wie die Ereignisse auf dem Münchner Oktoberfest. Was am 26. September 1980 innerhalb weniger Sekunden geschah und dreizehn Menschen das Leben kostete und viele Unschuldige zu Krüppeln machte, das blieb wenige Tage später letztlich nur noch für die unmittelbar Betroffenen und ihre Angehörigen eine grausame Erfahrung. Ihre Umwelt reagierte bald so, als wäre nichts gewesen.

Drei Jahre vorher, im Herbst 1977, waren die Reaktionen auf die Entführung und Ermordung von Hanns-Martin Schleyer und vier seiner Begleiter ganz anders. So verschieden der Ablauf der Ereignisse war, so sehr wird doch bei dem Vergleich deutlich, wie in der Bundesrepublik mit zweierlei Maß gemessen wird. Bundeskanzler Helmut Schmidt sprach vom «verbrecherischen Wahn» der Terroristen, Helmut Kohl sah eine «Kriegserklärung» an die Zivilisation. Das böse Wort von der «Sympathisantenszene» machte die Runde. Die Verabschiedung der Anti-Terror-gesetze ließ für freiheit-demokratische Sensibilität keinen Raum.

Überreaktion gegen links, Nachlässigkeit und Verharmlosung gegen rechts. Beides hat uns unmöglich gemacht, politischer Gewalt politisch zu begegnen, vorurteilsfrei nach den Ursachen zu fragen und längst fällige Vergangenheitsbewältigung in Sachen Faschismus zu betreiben.

Hermann Vinke lebt als Rundfunkjournalist und Redakteur in Hamburg. Er schrieb politische Biographien über Carl v. Ossietzky (1978), Gustav Heinemann (1979) und Sophie Scholl (1980) und stellte mit Gabriele Witt die Anti-Terror-Debatten im Deutschen Bundestag zusammen und kommentierte sie (ro aktuell 4347, Juli 1978).

Im Anhang haben Rudolf Schöfberger und Gotthart Schwarz Aktionen, Organisationen und Publikationen des Neonazismus in der Bundesrepublik zusammengestellt.

Liberalität bei rororo aktuell:

Johannes Agnoli und dreizehn andere, «. . . da ist nur freizusprechen!» Die Verteidigungsreden im Berliner Mescalero-Prozeß (4437)

Jochen Bölsche, Der Weg in den Überwachungsstaat (4534)

F. Duve/W. Kopitzsch (Hg.), Weimar ist kein Argument oder Brachten Radikale im öffentlichen Dienst Hitler an die Macht? Texte zu einer gefährlichen Geschichtsdeutung. Vorwort: Alfred Grosser (4002)

Freimut Duve/Heinrich Böll/Klaus Staeck (Hg.) Briefe zur Verteidigung der Republik (4191)

Alwin Meyer/Karl-Klaus Rabe Phantomdemokraten oder Die alltägliche Gegenwart der Vergangenheit. 35 bundesdeutsche Reaktionen. Ein Lesebuch (4344)

Hermann Vinke

Mit zweierlei Maß

Die deutsche Reaktion auf den Terror
von rechts
Eine Dokumentation

Mit einem Anhang «Neonazismus in der Bundesrepublik»
von Rudolf Schöfberger und Gotthart Schwarz

Rowohlt

rororo aktuell – Herausgegeben von Freimut Duve

Originalausgabe
Redaktion Klaus Humann

Veröffentlicht im Rowohlt Taschenbuch Verlag GmbH,
Reinbek bei Hamburg, Februar 1981
Copyright © 1981 by Rowohlt Taschenbuch Verlag GmbH,
Reinbek bei Hamburg
Alle Rechte vorbehalten
Umschlagentwurf Werner Rebhuhn (Foto: Guido Krzikowski)
Satz Bembo (Linotron 404)
Gesamtherstellung Clausen & Bosse, Leck
Printed in Germany
680–ISBN 3 499 14822 6

Inhalt

Einleitung

Am 8. November lief über den Ticker der Deutschen Presse-Agentur eine Meldung, die in den Zeitungen wenig Beachtung fand. Bundesjustizminister Hans-Jochen Vogel sei «erschrocken» darüber, so hieß es in der Meldung, wie sehr die Öffentlichkeit seines Landes nach dem offenbar von Rechtsradikalen verübten Bombenanschlag auf dem Münchner Oktoberfest inzwischen «zur Tagesordnung übergegangen» sei. Der sozialdemokratische Politiker meinte bei einem regionalen Parteitag der SPD in München: Wenn der mutmaßliche Täter nicht rechten, sondern linken Kreisen zugerechnet würde, dann würde noch heute sehr viel über den Anschlag diskutiert. Vogel: Der Unterschied «macht mir zu schaffen».

Der Unterschied machte außer dem Bundesjustizminister nur wenigen zu schaffen; er wurde von den meisten nicht einmal wahrgenommen. Wären am Abend des 26. September 1980 Anhänger der Baader-Meinhof-Gruppe am Werk gewesen, der Aufschrei über das Attentat, das dreizehn Menschen das Leben kostete und über zweihundert verletzte, hätte den Wahlkampf und auch den Wahltag 5. Oktober bestimmt übertönt. Gewiß hätte es inzwischen eine Sondersitzung des Bundestages gegeben mit Überlegungen, wo noch Gesetzeslücken bei der Bekämpfung des Terrors bestünden und welche Fehler und Versäumnisse der sozial-liberalen Koalition seitens der Opposition auf dem Gebiet der Bekämpfung politisch motivierter Gewaltkriminalität anzulasten seien.

Nichts von alldem beim Bombenanschlag auf dem Oktoberfest in München. Zwar versuchte der damalige Kanzlerkandidat der Union und bayerische Ministerpräsident, aus dem blutigen Anschlag politisches Kapital für die Wahl zu schlagen, aber das Panik-Orchester des Franz Josef Strauß kam nicht zum Zuge, es mußte vielmehr fluchtartig die Bühne verlassen, weil jegliche Voraussetzung für den Auftritt fehlte. Nicht die extreme Linke hatte zugeschlagen, sondern Neonazis, und dies in der bayerischen Landeshauptstadt, vor der Haustür des Ministerpräsidenten und Kanzlerkandidaten.

Strauß blieb nur die Wahl zwischen totalem Verwirrspiel oder Totschweigen; er unternahm den halsbrecherischen Versuch, der sozial-liberalen Bundesregierung und ihrem Innenminister Gerhard Baum (FDP), Mitschuld an dem Attentat anzulasten, jenem Politiker also, auf dessen Veranlassung hin die neonazistische «Wehrsportgruppe Hoffmann» im Januar 1980 verboten worden war. Aus dem Dunstkreis dieser sogenannten Gruppe stammte der mutmaßliche Attentäter. Ein solch ungezügeltes und leicht durchschaubares Unterfangen mußte scheitern, so daß dem Kandidaten nur noch die andere Möglichkeit blieb, das Totschweigen.

Dieser Part ging um so leichter über die Bühne. Denn für die meisten Menschen in der Bundesrepublik war die gräßliche Bombenexplosion auf der Wies'n nicht viel mehr als eine gewöhnliche Katastrophe gewesen, ein Ereignis, das für einige Stunden Betroffenheit hervorrief, auch Mitleid mit den Angehörigen, aber mehr nicht. Der politische Hintergrund drang kaum ins Bewußtsein. Daß der Neonazismus in der Bundesrepublik mit diesem Attentat den Baader-Meinhof-Terror eingeholt und übertroffen hatte – dieser Vorgang wurde und wird nicht zur Kenntnis genommen. Zu sehr ist die deutsche Öffentlichkeit auf die linke Seite fixiert, zu sehr ist der gesamte Fahndungsapparat einseitig abgerichtet und zu sehr drehte sich die politische Auseinandersetzung um die Gewaltkriminalität von links, als daß die gefährliche Entwicklung auf der äußersten Rechten überhaupt wahrgenommen werden konnte.

Mit zweierlei Maß – das Münchner Attentat hat die extreme Einseitigkeit des politischen Blickwinkels offengelegt. In diesem Buch wird dokumentiert, mit welchen Mitteln und Methoden Unionspolitiker, besonders der CSU-Vorsitzende Strauß, versucht haben, der sozial-liberalen Koalition in Bonn Mitschuld an dem Münchner Anschlag anzulasten. Die Motive dafür sind leicht zu erraten. Jahrelang hat die Union die Rückkehr des Rechtsextremismus auf die politische Bühne nicht wahrhaben wollen. Die verbotene «Wehrsportgruppe Hoffmann» durfte in Bayern «Wehrübungen» und Schulungen für Leute wie den Studenten und mutmaßlichen Attentäter Gundolf Köhler veranstalten, ohne daß ein einziger Beamter etwas unternahm. Warnungen vor einem Neonazismus wurden immer wieder scharf zurückgewiesen bzw. lächerlich gemacht.

Dieselben Politiker der CDU/CSU, die den Rechtsradikalismus jahrelang verharmlost haben, waren zur gleichen Zeit unermüdlich tätig, den geistigen Sumpf des Linksterrors, wie sie es nannten, auszutrocknen. International angesehene Schriftsteller und Professoren wurden als «Sympathisanten» entlarvt und auf die öffentliche Anklagebank gezerrt, ganz im Stil der McCarthy-Ära der fünfziger Jahre in den USA. Vergleiche mit verschiedenen Bereichen – etwa mit dem Klima im Herbst 1977 bei der Schleyer-Entführung, der gerichtlichen Verfolgung der Herausgeber der Dokumentation ‹Buback – Ein Nachruf›, Vergleiche mit den sogenannten Sympathisanten auf beiden Seiten und den Sondergesetzen gegen den Linksterror –, alles dieses macht deutlich, wie sehr die innenpolitische Balance aus dem Lot geraten ist. Mit der Verharmlosung des Rechtsextremismus setzt die Bundesrepublik eine gefährliche Tradition der Weimarer Republik fort. Auch damals stand der Feind der Demokratie auf der äußersten Rechten. Für die Bundesrepublik könnte der Terror von links bereits eine

Episode gewesen sein, wie manche vorausgesagt haben, auch wenn die versprengten Reste der Nachfolgeorganisationen der Baader-Meinhof-Gruppe noch einmal zu einem blutigen Schlag ausholen sollten. Der Terror von rechts steht jedoch möglicherweise erst am Anfang einer unheilvollen Entwicklung, besonders dann, wenn der Nährboden durch neue wirtschaftliche Krisen mit Millionen von Arbeitslosen, durch eine wachsende Ausländerfeindlichkeit und durch anhaltende Unkenntnis über die Ursachen des Nationalsozialismus weiter gedüngt wird. Der Schoß ist fruchtbar, auch wenn dieser Gedanke für manche noch unvorstellbar erscheint. Der Anfang ist schon gemacht, siehe München am 26. September 1980.

Hamburg, im November 1980   Hermann Vinke

1. Das Attentat

«Wir haben gestern einen Streich gemacht»
Das Attentat auf dem Oktoberfest und die Unfähigkeit zu trauern

Gegen 23 Uhr sollte am Freitagabend (26. September 1980) der Wies'n-Rummel für diesen Tag vorbei sein. Eine dreiviertel Stunde vorher befanden sich noch etwa 200000 Menschen auf dem Gelände. Viele bewegten sich bereits auf einen der Ausgänge zu. Wer zur Schnellbahn wollte oder ein Taxi suchte, wählte den Nordausgang, wo ein mit Tannengrün beschmückter Torbogen die Besucher des Oktoberfestes mit einem Spruchband «herzlich willkommen» hieß.

Aber der Torbogen mit dem Willkommensgruß galt den Ankommenden, nicht jenen, die gerade vom Festplatz aus dem Nordausgang zustrebten. Gegen 22.20 Uhr wurden sie jäh aus ihren Gedanken und Stimmungen gerissen. Aus einem Abfallbehälter aus Weißblech, der in etwa 80 Zentimeter Höhe an einem Verkehrszeichen in unmittelbarer Nähe des Torbogens angebracht war, schoß plötzlich eine meterhohe Stichflamme in den abendlichen Himmel, gefolgt von einem ohrenbetäubenden Knall, der den Lärm der Buden und Karussells übertönte. Für Sekunden bebte das ganze Wies'n-Gelände, und für einen winzigen Augenblick lag dann eine gespenstische Stille über dem Vergnügungspark, bis der dumpfe Lärm wieder anhob, immer wieder unterbrochen und übertönt von entsetzlichen Schreien der Angst und Verzweiflung.

Was in dieser Minute von 22.19 Uhr bis 22.20 Uhr am Freitag, dem 26. September 1980, geschehen war, wußte zunächst niemand. Nur das Bild prägte sich denen ein, die das Unglück aus unmittelbarer Nähe miterlebten und überlebten, jenes grauenvolle Bild, das sie wohl nie vergessen werden: In einem Umkreis von etwa 50 Metern krümmten sich zerstörte Leiber, lagen Leichenteile zerstreut, bettelten Sterbende und Schwerverletzte um Hilfe, suchten Festbesucher verzweifelt nach Angehörigen. Das 146. Oktoberfest, das bis dahin friedlich und ohne Zwischenfälle verlaufen war, hatte sich in der Umgebung des Nordausgangs innerhalb von Sekunden in ein Chaos verwandelt.

Als die Menschen, die Augenzeugen gewesen waren, wieder sprechen konnten, schilderten sie den Reportern das Entsetzen. Einer von ihnen: «Ich habe Menschen gesehen, denen Arme und Beine weggerissen waren. Überall war Blut.» Ein anderer Festbesucher: «Ich habe einen Blitz gesehen. Dann wirbelten Menschen durch die Luft. Ich sah zwei tote Kinder. Es war grauenvoll.» Die 19jährige Angela Luttermann berichtete: «Wir waren etwa 30 Meter vom Haupteingang entfernt. Plötzlich gab es eine riesige Stichflamme. Dann erst hörten wir den Knall. Danach war es zunächst totenstill. Dann laute Schreie. Mein Bruder Albert ist sofort hingelaufen. Er ist Sanitäter und wollte helfen. Er kam zurück und weinte. ‹Was soll ich tun?› hat er geschrien.»

Ein Sprengstoffexperte der Bundeswehr, der um 22.19 Uhr den Haupteingang zur Festwiese zufällig passierte, dachte nach dem ersten Schrecken sofort an ein Attentat: «Ein Schlag, eine Explosion, ich dachte, mir hat's den Tank weggerissen. Nach dem Lichtblitz stieg eine weißgelbe Wolke auf. Das muß TNT oder Hexogen gewesen sein.» In einem Bericht der Wochenzeitung *Die Zeit* hieß es später, am 3. Oktober 1980, zu der Wucht der Explosion und den Folgen: «Der hochbrisante Sprengstoff, in einem Papierkorb unter einem Verkehrszeichen deponiert, schlug eine blutige Schneise in die heimwärts strömenden Massen. Zwölf Menschen, unter ihnen drei Kinder, starben sofort in einem Feuerball, und 213 Personen wurden zum Teil lebensgefährlich verletzt. Der Explosionsdruck verbreitete sich großflächig und waagerecht; einigen Menschen wurden die Beine weggerissen. Der Knall war in der Innenstadt zu hören.»

Einer der am Haupteingang wartenden Taxifahrer alarmierte sofort über Funk Polizei und Feuerwehr. In der Polizeizentrale wurde Großalarm gegeben. Zwei Minuten nach der Explosion waren bereits dreißig Beamte am Unglücksort, um Neugierige abzudrängen und den Abtransport der Toten und Verwundeten zu ermöglichen. Die Zufahrtsstraße zum Haupteingang wurde gesperrt, die Menschen auf der Theresienwiese wurden zu den anderen Ausgängen umdirigiert. Sanitäter, die beim Oktoberfest Bereitschaftsdienst hatten, leisteten in einzelnen Fällen Erste Hilfe. Mit den ersten Rettungswagen kamen Notärzte, die die Schwerverletzten unverzüglich medizinisch versorgten, soweit dies möglich war.

Die Szene am Unglücksort war zu diesem Zeitpunkt noch gespenstischer als vorher. Zwischen Toten, Verletzten, Helfern und Neugierigen kreisten die vielen Blaulichter der Polizeifahrzeuge. Dieser unheimliche Tatort zuckte in einem blauschwarzen Licht, während sich im Hintergrund vereinzelt noch Karussells und das Riesenrad drehten. Dazu die Sirenen der an- und abfahrenden Rettungsfahrzeuge.

Trotz des allgemeinen Chaos, das zunächst herrschte, verlief die Bergungs- und Rettungsaktion schnell und effektiv. Auch Soldaten der Bundeswehr und der US-Armee beteiligten sich daran. Taxifahrer stellten ihre Fahrzeuge zur Verfügung, damit die vielen Verletzten möglichst unverzüglich ärztliche Hilfe bekamen. Das Elend und Grauen der Theresienwiese verlagerte sich somit in die Krankenhäuser und Hospitäler, wo die ganze Nacht hindurch die Telefone klingelten, weil Münchner Einwohner und Auswärtige verzweifelt nach Angehörigen suchten.

Bereits kurz nach 23 Uhr hatten Experten des bayerischen Landeskriminalamtes an Ort und Stelle ihre Ermittlungen aufgenommen und mit der Spurensicherung begonnen. Ihre Vermutung verdichtete sich schnell zur Gewißheit; bei der Explosion handelte es sich um ein Bombenattentat, das wahllos Besucher des Oktoberfestes treffen sollte. Die Bombe war – wie später noch genauer festgestellt wurde – 33 Zentimeter lang gewesen, etwa neun Kilogramm schwer und hatte einen Durchmesser von 10,7 Zentimetern. Es handelte sich um eine sogenannte Werfergranate, die nicht aus deutschen Beständen stammte und beim Aufschlag gleich explodierte, da sie ohne Zünder und Leitwerk war. Auch bei der Suche nach möglichen Tätern stießen die Polizeiexperten auf wichtige Erkenntnisse und Indizien. Unter den Toten befand sich der 21jährige Gundolf Köhler aus Donaueschingen, Student der Geologie in Tübingen, dessen Name im Fahndungscomputer der Polizei verzeichnet war. Gundolf Köhler war Anhänger der neonazistischen «Wehrsportgruppe Hoffmann» gewesen und hatte auch an Wehrübungen teilgenommen. Die Polizisten fanden den Ausweis Köhlers und den Autoschlüssel zum Wagen seines Vaters, mit dem er zum Oktoberfest nach München gefahren war.

Bei einer Durchsuchung der Wohnung seiner Eltern wurden am Sonnabend (27. September 1980) ferner Chemikalien zur Herstellung von Bomben und einschlägige Literatur sichergestellt. Die Bundesanwaltschaft in Karlsruhe ist davon überzeugt, daß der Student die Bombe im Keller der elterlichen Wohnung hergestellt hat. Dies hätten Farbspuren ergeben. Gundolf Köhler gilt als der Bombenleger von München, auch wenn der letzte Beweis für seine Täterschaft womöglich niemals angetreten werden kann und er durch seinen Tod einem Gerichtsverfahren entzogen ist. Aus rechtsstaatlichen Gründen muß er deshalb als der *mutmaßliche* Attentäter bezeichnet werden.

Die gründlichen Ermittlungen haben ferner ergeben, daß er für die Tat Hintermänner und Helfershelfer gehabt haben muß. Die Bundesanwaltschaft sucht weiter nach Personen, die in Begleitung von Köhler auf dem Oktoberfest gesehen worden sind, darunter ein etwa 18jähriges dunkelhaariges Mädchen.

Die Anzeichen, daß der Anschlag von Rechtsextremisten verübt worden war, verstärkte sich im Laufe des Sonnabendnachmittags (27. September 1980). Bei mehreren Münchner Zeitungen meldete sich eine mit französischem Akzent sprechende Anruferin, die jeweils den gleichen Text diktierte: «Wir sind die Rechten von Bologna. Wir sind gegen die Roten. Wir haben gestern einen Streich gemacht. Wir werden weitermachen.»

Bologna, das war für Italien eine neue Dimension des faschistischen Terrors gewesen. Bei einem Bombenanschlag auf den Bahnhof der Stadt kamen 84 Menschen ums Leben. Ein Teil des riesigen Gebäudes brach unter der Wucht der Detonation zusammen. Im Laufe der Ermittlungen wurden zwanzig Rechtsextremisten unter dringendem Tatverdacht festgenommen.

Die Parallele zwischen Bologna und München war offensichtlich. Auch in der bayerischen Landeshauptstadt hätte die Zahl der Opfer noch höher sein können. Die Frage, ob tatsächlich Neonazis für das Attentat verantwortlich waren oder Terroristen von der Baader-Meinhof-Seite die Täter waren, diese Frage war von großer politischer Tragweite. Eine Woche vor der Bundestagswahl hätte ein neuer Anschlag von Baader-Meinhof-Leuten die Bonner Koalitionsparteien SPD und FDP wichtige Prozentpunkte kosten können. Ein Attentat, begangen von Rechtsextremisten, würde den Unionsparteien CDU und CSU gefährlich werden. Das Duell Schmidt–Strauß bekam mit dem Bombenattentat auf dem Münchner Oktoberfest einen dramatischen Akzent.

Dieser brisante politische Hintergrund blieb nur für kurze Zeit von dem Geschehen auf der Theresienwiese ausgeklammert. Kanzlerkandidat Franz Josef Strauß und Bundesjustizminister Hans-Jochen Vogel hatten sich unmittelbar nach Bekanntwerden des furchtbaren Ereignisses an den Tatort begeben. Unter dem Eindruck dessen, was sie sahen, konnte sich zunächst niemand vorstellen, daß alles wie bisher weitergehen würde: der mit Beschimpfungen und Verunglimpfungen geführte Wahlkampf und das ausgelassene Oktoberfest. Noch in der Nacht begannen die Vertreter der Stadt München, an der Spitze Oberbürgermeister Erich Kiesl (CSU), mit ihren Beratungen. Kiesl befürwortete zunächst den Abbruch der Wies'n. Er wurde jedoch von Polizeipräsident Manfred Schreiber mit Sicherheitsbedenken konfrontiert. Die zum Oktoberfest und zum Fußballspiel FC Bayern München – Hamburger SV anströmenden Menschenmassen seien nicht mehr zu stoppen. Auch Schausteller und Gastwirte vom Oktoberfest drängten auf Fortsetzung, weil sie um ihre Einnahmen fürchteten.

Schließlich stimmte der Ältestenrat der Stadt zu; der Rummel auf der Theresienwiese wurde fortgesetzt und es wurde weitergefeiert, als ob nichts geschehen wäre. Die «offizielle» Trauerfeier wurde auf Dienstag (30. September 1980) festgesetzt. Die Wies'n-Wirte trugen ihren Musikkapellen auf, zwei Stücke bis dahin nicht zu spielen: «Eins, zwei, g'suffa» und «Ein Prosit der Gemütlichkeit». Ansonsten wollten sie am Dienstagmorgen eine Messe für die Opfer beten lassen. Wirtesprecher Süßmeier: «Wir sind es den Opfern schuldig, daß getrauert wird, sie waren schließlich unsere Kunden.»

Kommerz, politische Kalkulation und die Unfähigkeit, wirkliche Trauer zu zeigen und Mitgefühl mit den Opfern und ihren Angehörigen zu empfinden, bestimmten den weiteren Ablauf des Oktoberfestes. Die Spurensicherung der Kriminalpolizei war am Sonnabendmorgen gegen 8.40 Uhr abgeschlossen. Während in den Krankenhäusern die Schwerverletzten noch mit dem Leben kämpften, drehten sich in unmittelbarer Umgebung des gräßlichen Geschehens bereits wieder Karussells, Riesenräder und Geisterbahnen. Deutscher Ordnungssinn und deutsche Gründlichkeit hatten die Spuren des Bombenattentats gründlich beseitigt. Die Münchner Korrespondentin der Deutschen Presse-Agentur, Florentine Friedmann, hat die Atmosphäre an diesem Sonnabendmorgen auf dem Oktoberfest beschrieben.

Zwei Rosensträuße

München (dpa) – Die Zeiger der zersplitterten Uhr am Haupteingang des Münchner Oktoberfestes sind um 22.19 Uhr stehengeblieben: Knapp zwölf Stunden nach der folgenschweren Explosion erinnern nur sie noch am nebligen Samstagvormittag an die Katastrophe. Längst überdeckt der Duft von gebrannten Mandeln den ätzenden Geruch der Säuberungsmittel, mit denen Straßenreiniger am frühen Morgen die Blutlachen «löschten». Das Hämmern der Arbeiter – die das etwa ein Meter große Pflasterquadrat, wo die Druckwelle Menschen und Teerbelag in die Luft wirbelte, mit neuen Steinen verlegen – wird vom unheimlichen Gruseln aus den Lautsprechern einer nahen Geisterbahn übertönt. Dort stehen Kinder bereits wieder Schlange.

Fast unbemerkt legt eine Gruppe Jugendlicher zwei Rosensträuße auf die Straße. Ihre Handzettel «Hier starben gestern Menschen» landen im Dreck neben einer Losbude, auf der in großen Buchstaben steht: «Geh nicht am Glück vorbei.» Reisebusse fahren vor und spucken Hunderte von Schlachtenbummlern aus, die sich mit Bier in die rechte Kampfesstimmung für das nachmittägliche Fußballmatch FC Bayern München gegen den HSV Hamburg versetzen wollen. Die Karussells drehen sich, die Schau geht weiter.

Doch in die übernächtigten Gesichter der Budenbesitzer und Schausteller steht noch das Entsetzen über die Katastrophe geschrieben, die einige hautnah miterlebten. «Direkt neben mir flog ein Kinderkörper in den Himmel.» Die Wurstverkäuferin vom Brotzeiteck am Haupteingang kann kaum fassen, daß sie noch lebt. «Ich muß einen Schutzengel gehabt haben», sagt sie und zeigt auf die Theke, wo berstende Steine Löcher schlugen.

«Macht denn die Wies'n heute wirklich auf», fragt ungläubig ein Mann aus Stuttgart, der sich extra für seinen Ausflug nach München Lederhosen anpassen ließ und sie jetzt nicht mehr brauchen wird. «Ich hab Angst», gesteht er und geht eilig zur Trambahnhaltestelle – der gleiche Weg war wenige Stunden zuvor den Opfern zum Verhängnis geworden. Am «Eingang für Frauen» in der «Bedürfnisanstalt» bleibt er stehen und schaut den Feuerwehrleuten zu, die eine in Scherben gegangene Kloscheibe mit Brettern vernageln. «Ich verstehe nicht, wieso jetzt alle so tun, als ginge es nur ums Aufräumen.»

Auch die meisten Schausteller und Budenbesitzer sind nicht ganz glücklich mit der Anordnung, «einfach weiterzumachen». Einige von ihnen, so erzählt eine Kletznbrotverkäuferin, fingen unmittelbar nach dem Unglück an, ihre Buden abzubrechen. «Wir dachten, jetzt ist alles aus.» Erst die Frühnachrichten am Samstagmorgen, die neben den genauen Zahlen von Toten und Verletzten auch den Fortgang des 146. Oktoberfestes verkündeten, brachten sie wieder auf die Beine. Doch «einen Tag Festpause hätte die Pietät verlangt».

Bei den Schilderungen der Schreckensnacht beschränken sich fast alle Augenzeugen auf stichwortartige Erinnerungsfetzen. Da ist die Rede von «fünfzehn Meter hohen Stichflammen», «Feuerwerk», «Funkenregen» und «zerfetzten Körpern». Menschen seien «umgeflogen wie die Fliegen». Am schlimmsten war «das Danach», schildert eine Standlfrau und belegt neue Semmeln mit Heringen für die in Scharen zum «Tatort» drängenden Leute. Niemand habe gewußt, was passiert war. Doch alle fühlten: «Es muß grauenhaft sein.» Dann war alles voller «Weinen, Schreien und Panik». Im Verkauf hält sie plötzlich inne und erkennt: «Die Wies'n wird nie mehr so sein wie zuvor.

Das Ausland reagierte anders auf den Terror von rechts; nach dem Bombenanschlag auf den Hauptbahnhof von Bologna demonstrierten 300 000 Italiener gemeinsam mit ihrem Staatspräsidenten gegen den Massenmord. In Paris, wo eine Synagoge Ziel eines Anschlages war und vier Menschen getötet wurden, gingen über 200 000 Menschen auf die Straße, darunter Gewerkschafter und Politiker, Juden und Nicht-Juden. Die Reaktion auf das Münchner Attentat beschränkte sich auf eine kleine Demonstration von knapp zweitausend Leute in Westberlin, zwei Wochen nach dem Anschlag.

Die Erklärung

«Der Skandal Baum»
Wie der Kandidat das Attentat in den Wahlkampf zog

Der bayerische Ministerpräsident und Kanzlerkandidat der Union, Franz Josef Strauß, gab als erster der Versuchung nach, das Münchner Attentat in den Wahlkampf zu ziehen, um daraus politisches Kapital zu schlagen. Die Erklärung von Strauß, die die bayerische Staatskanzlei am Sonnabendvormittag (27. September 1980) herausgab, war zwar im Ton noch vergleichsweise zurückhaltend, deutete aber schon die Richtung an; das Thema «innere Sicherheit» spielte im Wahlkampf eine wesentliche Rolle, ebenso die von Strauß angesprochene «Zerstörung der unverzichtbaren Werte». Die Erklärung des Ministerpräsidenten hatte folgenden Wortlaut:

«Mit Entsetzen hat ganz Bayern die Nachricht von dem ruchlosen Anschlag auf dem Münchner Oktoberfest vernommen. Staatsregierung und Bevölkerung trauern um die Toten. Unsere tiefe Anteilnahme gilt den Angehörigen. Den Verletzten gehört unser Mitgefühl. Wir wünschen ihnen baldige Genesung.

Die bayerischen Behörden haben sofort nach der Tat begonnen, unter Einsatz aller technischen und personellen Mittel den Hergang zu klären und der Täter und ihrer Hintermänner habhaft zu werden.

Die Untat beweist, daß wir im Kampf gegen den Terror, von welcher Seite auch immer, nicht nachlassen dürfen. Die Erfahrungen der Weimarer Republik sind für uns eine abschreckende Erinnerung. Sie mahnen alle demokratischen Kräfte, die Gefahren, die unserer freiheitlichen Ordnung und jedem Bürger drohen, klar zu erkennen und ihnen entschlossen zu begegnen.

Es muß allen Bürgern klarwerden, daß unsere Sicherheitskräfte der vollen Unterstützung aller bedürfen. Polizei und Justiz müssen endlich wieder wirksame Mittel an die Hand gegeben werden, damit die Saat der Gewalt sich nicht ausbreiten kann.

Es muß auch ein Ende haben mit der Zerstörung der unverzichtbaren Werte, die die Grundlage unserer Rechts- und Lebensordnung sind.»

Das Interview

An wen sich die Aufforderung richtete, die «Zerstörung der unverzicht-baren Werte» zu beenden, war klar. Die Sozialisten und Liberalen in Bonn wurden in fast jeder Wahlrede von Unionspolitikern beschuldigt, die «Grundlagen unserer Rechts- und Lebensordnung» mit ihrer Politik zu untergraben. Gemeint war also die Bundesregierung und ganz besonders ein Mitglied der Bonner Koalition, der liberale Bundesinnenminister Gerhart Baum. Seinen Namen hatte Franz Josef Strauß schon am Sonnabendfrüh ins Spiel gebracht, als auch Ultralinke noch als Urheber des Attentats gelten konnten. Der Ministerpräsident meinte mit Blick auf den Wahlkampf: Man müsse jetzt ein Flugblatt verfassen, das nur eines zeige: «Baum im Gespräch mit Mahler.»

Innenminister Baum hatte zusammem mit dem *Spiegel*-Herausgeber Rudolf Augstein und dem ehemaligen Hamburger Justizsenator Ulrich Klug am 28. August 1980 mit Horst Mahler, dem ehemaligen Kampfgefährten von Andreas Baader und Ulrike Meinhof, im Kölner Kolping-Haus eine bemerkenswerte Diskussion geführt. Mahler, einige Wochen zuvor aus langjähriger Haft entlassen, rechnete mit eben diesen Kampfgefährten ab. Sinn und Zweck des Abends, vor allem auch der Teilnahme des Ministers, lagen auf der Hand. «Baum und der *Spiegel*-Herausgeber Augstein wollten Horst Mahler, der sich längst vom Terrorismus losgesagt hat, als eine Brücke zwischen etablierter Gesellschaft und den staatstragenden Kräften auf der einen Seite und der Terroristenszene auf der anderen aufbauen», schrieb *Die Zeit* am 5. September 1980. Das Gespräch Baum–Mahler sowie Pannen bei der Fahndung nach den wegen Mordes gesuchten mutmaßlichen Terroristen Christian Klar und Adelheit Schulz, für die der Bundesinnenminister nach den bekanntgewordenen Einzelheiten keine politische Verantwortung trägt, waren Anlaß für die Opposition gewesen, eine Kampagne gegen Baum zu starten. Baum wurde im Wahlkampf zum Buhmann der Koalition, der für die innere Sicherheit zuständige Minister als ein Sicherheitsrisiko ersten Ranges hingestellt, dem auch nicht ein einziger Polizist anvertraut werden dürfe.

Auf Baum zielte auch der Kanzlerkandidat der Union, Franz Josef Strauß, als er der *Bild am Sonntag* für die Ausgabe vom 28. September 1980 ein Interview gab. Dabei fielen auch jene verhängnisvollen Sätze, in denen er dem Minister Mitschuld am Attentat anlastete und ihn gleichzeitig eine «Skandalfigur» nannte – zu einem Zeitpunkt, als die Ermittlungen erst einige Stunden im Gange waren, die Hinweise auf einen rechtsradikalen Täterkreis sich verdichteten, in den Krankenhäusern Schwerverletzte mit dem Leben rangen und die Särge mit den Toten noch nicht geschlossen waren.

«Könnten Sie nicht woanders auflegen, Herr Strauß?»   Zeichnung: Haitzinger

Hamburger Morgenpost, 2. 10. 1980

F. J. Strauß: «Das sind perverse Gehirne»

Bild am Sonntag: Was war Ihr Eindruck Freitagabend am Tatort?

Strauß: Es sah aus wie ein Artillerievolltreffer im Krieg. Ein erschreckendes Bild. Nach meiner Überzeugung waren es Terroristen von rechts oder von links. Der Terror hat links begonnen, hat sich in der Folgezeit nach rechts entwickelt, und nun schaukeln sich beide gegenseitig hoch. Dieser Anschlag erinnert mich an das furchtbare Ereignis von Bologna.

Bild am Sonntag: Was kann das Ziel einer solchen Wahnsinnstat sein?

Strauß: Es gibt keine Sinngebung des Sinnlosen. Das sind perverse Gehirne, morallose Menschen. Sie sind aber auch ein Zeichen dafür, wohin es kommt, wenn politische Verbrechen entmoralisiert werden.

Bild am Sonntag: Sprechen Sie damit Bundesinnenminister Baum (FDP) an, dem die Union das schon seit einigen Wochen vorwirft?

Strauß: Ja. Herr Baum hat schwere Schuld in zweierlei Hinsicht auf sich geladen. Erstens durch die ständige Verunsicherung und Demoralisierung der Sicherheitsdienste, die sich heute ja nicht mehr trauen, im Vorfeld aufzuklären und den potentiellen Täterkreis festzustellen. Zweitens durch die Verharmlosung des Terrorismus. Für mich ist Herr Baum als Innenminister eine Skandalfigur. Er hat zwar keine unmittelbare Verantwortung für dieses Attentat. Er ist aber als Innenminister fehl am Platz.

Bild am Sonntag: Welche Konsequenzen müssen jetzt gezogen werden?

Strauß: Wir müssen dafür sorgen, daß unsere Sicherheitsdienste wieder ordentlich arbeiten können und daß sie ihre Rechte – natürlich im Rahmen der Verfassung – voll ausschöpfen können. Das Leben, die Freiheit und die Gesundheit unserer Bürger hat für mich einen höheren Stellenwert als das Triebleben dieser Verbrecher.

Aus: *Bild am Sonntag*, 28. 9. 1980

Der Artikel

«Heiße Spur führt zu deutschen Rechtsextremisten» – so hieß es bei *Bild am Sonntag* in derselben Ausgabe, in der Strauß davon sprach, daß die Täter Terroristen «von rechts oder von links» sein könnten und in der er gleichzeitig den Bundesinnenminister zum Mitschuldigen am Bombenattentat erklärte. In der *Welt am Sonntag*, ebenfalls vom 28. September 1980, ließ der bayerische Ministerpräsident einen kurzen Artikel veröffentlichen mit der Überschrift «Die Saat der Gewalt», die zugleich auf der ersten Seite der Sonntagszeitung als große Schlagzeile erschien.

Franz Josef Strauß

«Es war ein grober Leichtsinn, um nicht zu sagen politische Schönfärberei, sich in Sicherheit zu wiegen. Seit Monaten erhalte ich Andeutungen, daß vor den Wahlen mit einem Anschlag zu rechnen sei.

Ob der Anschlag von links oder von rechts kommt: In beiden Fällen ist es die Saat der Gewalt. Wenn man an die Stelle der politischen Auseinandersetzung ideologische Beschwörungen, Teufelsaustreibungen und Volksverhetzung setzt, dann entsteht jene Atmosphäre, in der nicht mehr Geist und Wort, sondern Bombe und Maschinenpistole Mittel der politischen Auseinandersetzung, der Einschüchterung der Bürger und Anzeichen des Verfalls der politischen Moral werden. Zunächst hat der Terror auf der Linken begonnen, und damit ist der Terror der Rechten da und dort großgezogen worden. Das Ganze ergibt schließlich eine Wechselwirkung. Dabei machen wir und insbesondere ich persönlich nie einen Unterschied zwischem extrem links und extrem rechts. Wir haben vor einer solchen Entwicklung jahrelang gewarnt.»

Rückblende

«Wir haben vor einer solchen Entwicklung jahrelang gewarnt» – die Worte des CSU-Vorsitzenden, abgedruckt in der *Welt am Sonntag*, wurden gelesen und auf ihren Wahrheitsgehalt untersucht. Im März 1980 hatte Franz Josef Strauß dem Bonner Korrespondenten des französischen Fernsehens TF 1, Bernard Volker, ein Interview gegeben und dabei auch zum Verbot der «Wehrsportgruppe Hoffmann» Stellung genommen. Von Warnungen war nicht die Rede, im Gegenteil, Strauß zeigte sich eher belustigt von einer solchen Maßnahme und stellte Hoffmann als einen Spinner und Schwachkopf dar. Das Interview ist in dem Buch von Bernard Volker ‹*Franz Josef Strauß – une certaine Idée de l'Allemagne*› enthalten, das im Juli 1980 im Verlag Mengés erschienen ist. Der folgende Auszug wurde aus dem Französischen übersetzt:

Strauß: (...) Ich bin niemals rechts gewesen. Ich habe Ihnen eben schon von meiner Herkunft erzählt. Wir sind immer in der Mitte gewesen. Als die Rechte in Deutschland eine Gefahr für die Demokratie darstellte, da waren wir eher gegen die Rechte als gegen die Linke. Jetzt gibt es keine Gefahr mehr von rechts, weder heute noch in der nahen Zukunft. Sie haben vielleicht die Aktion verfolgt, die gegen die «Wehrsportgruppe Hoffmann» unternommen worden ist ...

Volker: Ein Irrer ...

Strauß: Ja. Die Behörden haben diese Maßnahme ergriffen, weil man sich sagte: «Diese Idioten müssen ausgeschaltet werden. Sie müssen außerstande gesetzt werden, Schaden anzurichten.» Ich habe der Regierung eine Frage gestellt, ich wollte wissen: «Wie viele Personen haben Sie bei dieser Operation verhaftet?» Antwort: «Keine einzige Verhaftung.» Ich habe gesagt: «Warum? Sind sie geflüchtet?» Antwort: «Nein.»

Und doch sind diese Männer als eine große Gefahr dargestellt worden, ich habe den Bundesinnenminister auf die Tribüne steigen sehen, in derselben Pose wie Cicero in der Antike, als er die Verschwörung von Catilina anklagte: «Videat senatus lequit detrimente capiat res publica.» Cicero hat gesagt: «Alle Konsuln haben alle Maßnahmen zu ergreifen, um zu verhindern, daß der Staat Schaden erleidet.» Man muß den Staat retten, das ist es, was seinerseits der Innenminister Baum gesagt hat.

Dann, um sechs Uhr morgens, schickt man fünfhundert Polizisten los, um zwanzig Verrückte auszufragen. Diesen Hoffmann, der wirklich wie ein Kasper aussieht! Diese Type bekommt Fabelsummen für ein Interview. Er spielt eine Rolle, die ihm gefällt, eine Art Mischung aus Ernst Röhm, Adolf Hitler und warum nicht Göring. Wenn niemand von diesem Schwachkopf reden würde, wer würde seine Existenz bemerken? Gut.

Warum hat man niemanden verhaftet? Weil es keinen Beweis gibt, daß sie ein Delikt begangen hätten. Ihr Panzerwagen hat keinen Motor und keine Räder, man kann diese Art Maschine bei irgendeiner Werkstatt oder einem Schrotthändler kaufen. Alte Jeeps können Sie so viele kaufen wie sie wollen. Mein Gott, wenn ein Mann sich vergnügen will, indem er am Sonntag auf dem Land mit einem Rucksack und einem mit Koppel geschlossenen «Battle Dress» (Kampfanzug) spazierengeht, dann soll man ihn in Ruhe lassen.

Die Epoche der paramilitärischen Einheiten ist bei uns in Deutschland vorbei. Und wenn die Alliierten Deutschland nicht gezwungen hätten, sich nach dem Ersten Weltkrieg mit einer Armee von hunderttausend Mann zufriedenzugeben, wenn sie dem Land eine normale Miliz gelassen hätten mit Pflichtwehrdienst, dann hätte es in Deutschland niemals paramilitärische Einheiten gegeben. Wer die offizielle Uniform seines Landes tragen kann, der interessiert sich nicht für eine Operettenuniform. (...)

«Stimmenfang mit Toten»

Die Toten lagen noch auf der Straße, als Franz Josef Strauß schon anfing, das Massaker vom Münchner Oktoberfest für seinen Wahlkampf auszuschlachten. Mit Sohn Max Josef, 21, und Tochter Monika, 18, erschien der Kanzlerkandidat am Freitagabend in der Einsatzleitung, wo sein Finanzminister Streibl das Stichwort bereits ausgegeben hatte: Schuld sei nur die Unfähigkeit des FDP-Bundesinnenministers Baum. Den für die Feuerwehr zuständigen FDP-Stadtrat Manfred Brunner fuhr Streibl an: «Ich sehe keinen Grund dafür, daß ein Mitglied der FDP hier Erklärungen abgibt. Die FDP ist doch mitverantwortlich für das, was hier passierte.»

Noch ging man davon aus, daß Linksterroristen die Bombe gelegt hatten. Und am Sonnabend tönte denn auch Franz Josef Strauß im Familienkreis: «Man müßte jetzt ein Flugblatt verfassen, das nur eines zeigt: Baum im Gespräch mit Mahler.»

Niemals ist einer tiefer in die Grube gestürzt, die er einem anderen graben wollte, als der Kanzlerkandidat von Sonthofen: Einen Tag später wußte man, daß diesmal der Terror von rechts zugeschlagen hatte. Bundesinnenminister Baum, den Strauß jetzt eine «Skandalfigur» nennt, hatte vor eben diesem rechtsradikalen Terror der «Wehrsportgruppe Hoffmann» wiederholt gewarnt und die Gruppe schließlich verboten. Von seiten des Herrn Strauß und seiner Freunde aber gibt es eine ganze Reihe dokumentarisch belegter Bagatellisierungsversuche. (...)

Aus: *stern*, 2. 10. 1980

Wahlkämpfer auf der Walstatt

Das zweite Interview
Oder: «Dieser Versuchung widerstehen»

Reporter und Redakteure der Springer-Zeitungen müssen an diesem September-Wochenende und an den folgenden Tagen ständig in der Nähe von Strauß gewesen sein, denn am Montag (29. September 1980) erschien bereits wieder ein Interview der *Bild-Zeitung* mit dem bayerischen Ministerpräsidenten. Strauß wiederholte seine Kritik am «Skandal Baum» und verschärfte sie noch, indem er ihm vorwarf, schuld daran zu sein, «daß unsere Nachrichtendienste systematisch gelähmt, demoralisiert und zerschlagen wurden».

Der Regierungschef des Freistaates Bayern hielt also seine schweren Beschuldigungen aufrecht, obwohl Generalbundesanwalt Kurt Rebmann inzwischen ein Ermittlungsverfahren wegen Verdachts einer Straftat nach Paragraph 129a des Strafgesetzbuches (Terroristische Vereinigung) gegen Angehörige der verbotenen «Wehrsportgruppe Hoffmann» eingeleitet hatte und obwohl inzwischen sechs Mitglieder dieser berüchtigten Gruppe, darunter der Werbegraphiker Karl Heinz Hoffmann, festgenommen worden waren – jener Gruppe, die am 30. Januar 1980 auf Veranlassung von Bundesinnenminister Gerhart Baum als eine rechtsextremistische, verfassungsfeindliche Organisation verboten worden war. Gleichzeitig wartete der damalige Kanzlerkandidat mit Informationen auf, die abenteuerlich klangen. Man konnte sie so interpretieren, als steuere die DDR-Führung in Ost-Berlin rechtsradikale Banden in der Bundesrepublik – mit Hilfe der Bundesregierung, die für den Freikauf von einzelnen Häftlingen teuer bezahle.

Franz Josef Strauß: Das Blutbad von München
Viele Hoffmann-Leute kommen aus der «DDR»

Bild-Interview mit dem bayerischen Ministerpräsidenten
Von Klaus Walther

München, 29. September

Bild: Herr Dr. Strauß, was sagen Sie zu dem Vorwurf von Regierungssprecher Bölling, Sie scheuten nicht davor zurück, das Attentat von München im Wahlkampf gegen Innenminister Baum auszunutzen?

Strauß: Es ist bezeichnend, daß Herr Bölling sich für Herrn Baum einsetzen muß. Damit identifiziert sich auch Helmut Schmidt mit dem Skandal

Baum. Ich nehme nichts zurück. Ich werde hier noch deutlicher: Herr Baum ist schuld, daß unsere Nachrichtendienste systematisch gelähmt, demoralisiert und zerschlagen wurden. Das nützt links- und rechtsradikalen Verbrechern.

Ich frage die Herren Baum und Bölling, warum dem bayrischen Landeskriminalamt zum Beispiel noch nicht die neuesten Fotos der Terroristen Klar und Schulz vom Bund zugestellt worden sind, obwohl sie vor zwölf Tagen angefordert wurden. Herr Baum soll auch einmal klar sagen, warum er die Festnahme dieser beiden Terroristen verhindert hat, indem er ihr Auftauchen dem Bundeskriminalamt und dem Generalbundesanwalt nicht rechtzeitig mitgeteilt hat. Mit keinem Wort habe ich das scheußliche Attentat für parteipolitische Zwecke benutzt.

Herrn Böllings Einschüchterungskanonade ist ein Beispiel dafür, wie in unserem Land Kritiker mundtot gemacht werden sollen.

Bild: Wurde der Rechtsradikalismus nicht ernst genug genommen?

Strauß: In Bayern, wo ich für die Dienste zuständig bin, wurde alles getan. Im Bund gibt es leider eine Fülle von Versäumnissen.

Ich habe zum Beispiel Informationen, wonach rund zwei Dutzend Mitglieder einer rechtsradikalen Splittergruppe aus der «DDR» kommen. Sie sollen zum Teil sogar von der Bundesregierung freigekauft worden sein und unter Beobachtung des Verfassungsschutzes stehen. Unter anderem auch wegen geheimdienstlicher Tätigkeit für die «DDR». Das muß sorgfältig geprüft werden.

Bild: Was erhofft sich die «DDR» davon?

Strauß: Die Aufmerksamkeit soll vom Linksterror abgelenkt, die Bundesrepublik in der Welt diffamiert und die CDU/CSU mit dem Rechtsradikalismus in Verbindung gebracht werden.

Bild: Oktoberfest – war es eigentlich richtig weiterzufeiern?

Strauß: Münchens Oberbürgermeister konnte die Busse und Sonderzüge, die schon nach München unterwegs waren, nicht mehr aufhalten. Fast eine Million Gäste waren in der Stadt. Bei einem überraschend geschlossenen Oktoberfest hätte das sicher zu Tumulten geführt. Da waren sich alle Polizeiorgane einig. Ich halte die Entscheidung von Münchens OB Kiesl für richtig.

Bild: Glauben Sie, daß der Anschlag mit dem Wahlkampf zusammenhängt?

Strauß: Ich glaube nicht, daß die Saat der Gewalt dieses bisher härtesten Wahlkampfes in der Geschichte der Bundesrepublik jetzt schon aufgegangen ist.

Die Verhetzungskampagne à la Julius Streicher (größter antijüdischer Hetzer der Nazis, d. Red.) und die daraus entstehenden Folgen machen mir aber große Sorgen.

Aus: *Bild am Sonntag,* 29. 9. 1980

Schmidt: Was Strauß sagt,
ist töricht und bösartig

Bild-Interview mit dem Bundeskanzler
Von Michael H. Spreng

Hamburg, 29. September

Bild: Der Terroranschlag von München ist voll zum Thema des Wahlkampfes geworden. CDU/CSU-Kanzlerkandidat Strauß wirft Innenminister Baum vor, er habe die Sicherheitsbehörden demoralisiert und sei deshalb mitverantwortlich. Was sagen Sie dazu?

Schmidt: Ich kann solche törichten, unbedachten und bösartigen Äußerungen nur bedauern. Man kann das nur mit Wahlkampf erklären, und das ist schlechter Wahlkampf. Herr Baum hat als Innenminister Anfang des Jahres die Wehrsportgruppe Hoffmann verboten – im Einvernehmen mit den Landesministern. Der bayerische Innenminister hatte ein solches Verbot nicht aussprechen wollen.

Bild: Sie sehen also keine Versäumnisse des Innenministers.

Schmidt: Keineswegs. Was den Rechtsextremismus angeht, so hat die Bundesregierung, und das gilt auch für Innenminister Baum, die Gefahr nie unterschätzt. Ich denke an die Verhaftung des Rechtsextremisten Röder vor wenigen Wochen. Dagegen hat es Landesinnenminister gegeben, die gesagt haben, man solle den Rechtsextremismus nicht als Schattengefahr aufbauen. Es ist aber kein Schatten, sondern eine ernst zu nehmende Gefahr, wie dieses verdammenswürdige Verbrechen auf der Münchner Oktoberwiese erneut bestätigt hat.

Bild: Sehen Sie jetzt die Gefahr, daß sich Rechts- und Linksterroristen gegenseitig hochschaukeln?

Schmidt: Nein, ich will aber nicht ausschließen, daß die Rechtsextremisten außerhalb deutscher Grenzen mit Gruppen in Verbindung stehen, denen egal ist, wen sie unterstützen. Ich halte eine Unterstützung der Rechtsextremisten aus dem Ausland für sehr wahrscheinlich.

Bild: Befürchten Sie nach dem Anschlag Schaden für den guten Ruf der Bundesrepublik im Ausland?

Schmidt: Es gibt terroristische Anschläge in vielen Staaten Europas, das muß nicht unbedingt den guten Ruf eines Staates im Ausland schädigen, meine größere Besorgnis gilt den Opfern des Anschlags und ihren Angehörigen und denjenigen, die in den Krankenhäusern um ihr Leben ringen.

Bild: Sehen Sie jetzt politische Konsequenzen?

Schmidt: Die politischen Parteien sollten sich nicht in die Ermittlungen des Generalbundesanwalts und der Polizei einmischen. Wer es dennoch tut, muß sich den Vorwurf gefallen lassen, daß er versucht, ein Verbrechen für Wahlkampfzwecke auszunutzen. Ich hoffe sehr, daß sich die politischen Parteien und einzelne Politiker selber Mäßigung auferlegen. Der Vorwurf von Herrn Strauß gegen Herrn Baum, er habe die Sicherheitsbehörden psychologisch nicht richtig behandelt, schlägt natürlich voll zurück auf den Mann, der vor wenigen Tagen bei einer Großkundgebung einen leitenden Polizeibeamten so beleidigt hat, daß er innerhalb weniger Minuten abgelöst und durch einen anderen ersetzt wurde.

Aus: *Bild am Sonntag*, 29. 9. 1980

«Anstand»
Bundeskanzler Helmut Schmidt (SPD) am Montag, dem 29. September 1980, auf einer Wahlkundgebung in Mainz

Da waren die Leichen noch nicht identifiziert, da hat er gestern in der *Bild-Zeitung – Bild am Sonntag –* dazu ein Interview gegeben und hat dem Bundesminister des Inneren in diesem Zusammenhang schwere Schuld zugeschoben, durch ständige Verunsicherung und Demoralisierung der Sicherheitsdienste.

Ich will zu dem Anstand des bayerischen Ministerpräsidenten nichts sagen. Aber ich muß doch den Bundesminister des Inneren, der meiner Regierung angehört, mit einem Satz in Schutz nehmen: Er war derjenige, der Anfang dieses Jahres diese Wehrsportorganisation «Wehrwolf» verboten hat.

Und was die Verunsicherung von Sicherheitsorganen und Polizei angeht, ich habe das noch nicht vergessen, es ist erst eine Woche her, daß der bayerische Ministerpräsident auf dem Marienplatz zu München, weil ihm nicht paßte, daß ein Polizeiführer seine gesetzlichen Pflichten erfüllte, aber nichts tun wollte, was über das Gesetz hinausging, daß er ihn so beschimpft hat, daß der Mann innerhalb von fünf Minuten abgelöst und durch einen anderen ersetzt worden ist.

«Dieser Versuchung widerstehen»
Eilbrief des SPD-Fraktionsvorsitzenden Herbert Wehner vom 29. September 1980 an alle SPD-Bundestagsabgeordneten und Wahlkreiskandidaten

Liebe Freunde, die Schreckenstat von München ist ein Anschlag auf unser demokratisches Gemeinwesen. Es wäre verhängnisvoll, wenn wir Mördern und Bombenlegern den Anspruch zubilligten, sich – sei es «links», sei es «rechts» – politisch darzustellen.

Auch wer aus einer Mordtat politisches Kapital gegen den innenpolitischen Gegner zu schlagen versucht, schadet nur und hilft, wenn auch unbeabsichtigt, denen, die unseren Staat kaputtbomben wollen.

Fast alle, die politische Verantwortung tragen, sind sich dieser Gefahr bewußt. Allein der bayerische Ministerpräsident Strauß fühlt sich dieser Geschlossenheit offenbar nicht verpflichtet. Während die Toten aufgebahrt werden, während die Ärzte noch um das Leben der Schwerverletzten kämpfen, während Polizei und Sicherheitsbehörden Spuren sichern und die Täter ermitteln, gibt Strauß ein Interview nach dem anderen, in denen er versucht, die Verantwortung für die Morde dem innenpolitischen Gegner zuzuschieben.

Dabei müßte zumindest die Achtung vor den Opfern und vor dem Schmerz der Angehörigen es verbieten, das Verbrechen in München zu einem Wahlkampfthema zu machen.

Wir Sozialdemokraten werden uns nicht auf diese Ebene herabziehen lassen. Manch einer mag über die Vorwürfe des bayerischen Ministerpräsidenten Strauß so empört sein, daß es ihn drängt, diesem Mann Entsprechendes entgegenzuhalten.

Mein Rat und meine dringende Bitte: dieser Versuchung widerstehen. Nach Aufklärung der Schreckenstat werden die Demokraten in Ruhe und mit dem erforderlichen Ernst nicht nur über Terrorismus zu sprechen, sondern auch energisch zu handeln haben: die letzten hitzigen fünf Tage vor der Wahl sind dazu der denkbar schlechteste Zeitpunkt.

Wir Sozialdemokraten werden dem nicht Vorschub leisten, daß die Medien etwa zu Recht behaupten könnten, in Bonn entwickle sich jetzt auch noch ein Parteienstreit um das Drama von München. Streit wird auch hier einzig und allein vom bayerischen Ministerpräsidenten und seinen Helfern zu verantworten sein.

Euer

Herbert Wehner

«Unterschiedlich beurteilt»

Alfred Dregger, stellvertretender CDU-Vorsitzender,
Mitglied des Bundestages, am 29. September 1980
zum Attentat in München (laut Deutschland-Union-Dienst):

Die Christlich Demokratische Union Deutschlands spricht den Opfern des Massakers von München und ihren Angehörigen ihr Mitgefühl aus.

Die Union bekämpft seit jeher jede Art von demokratiefeindlichem Extremismus und jede Art von Gewalt und Terror, die von solchen Extremisten ausgeht. *Terrorismus ist rechtsfeindlich und unmenschlich, ohne Rücksicht darauf, von wem er ausgeht und gegen wen er sich richtet.*

Terrorismus ist nicht unvermeidbar, wie viele im Blick auf andere Länder, in denen Terrorismus seit langem üblich ist, entschuldigend gemeint haben. Terrorismus in Deutschland hat geistige und moralische Ursachen. Was mit der Blockierung von Straßenbahnschienen begann, sich über Gewalt gegen Sachen und dann gegen Personen fortsetzte, hat seinen Höhepunkt jetzt in dem Massaker von München gefunden. Wenn Gewalt einmal entfesselt ist, ist ihr Verlauf nicht mehr kontrollierbar. *Alle, die in den hinter uns liegenden Jahren Gewalt verharmlost oder sie je nach ihrer Zielrichtung und Motivierung unterschiedlich beurteilt haben, sind an dieser Entwicklung mit schuldig.* Das gleiche gilt für diejenigen, die nicht bereit waren, alle möglichen rechtsstaatlichen Mittel gegen Terror und Gewalt einzusetzen. (...)

Rückblende

Alfred Dregger am 13. August 1980 im Deutschland-Union-Dienst:
«Der Rechtsextremismus hat weiter verloren. Die politische Bedeutung des Linksextremismus ist dagegen erheblich gewachsen.»
Franz Josef Strauß, CSU-Vorsitzender, am 28. Januar 1979 in der *Welt am Sonntag*:
«Hier wird mit propagandistischen Mitteln eine Hysterie gegen einen angeblichen Rechtsradikalismus betrieben, der jedoch in Umfang und an Heftigkeit mit dem Linksradikalismus überhaupt nicht zu vergleichen ist.»
Gerhard Reddemann, CDU-Bundestagsabgeordneter, laut Pressedienst der CDU/CSU-Bundestagsfraktion vom 19. April 1978:
«Eine wirkliche Gefahr von rechts besteht gegenwärtig nicht.»

«Auf dem rechten Auge blind gewesen?»
Interview des Deutschlandfunks mit dem CDU-Bundestagsabgeordneten Benno Erhard am 29. September 1980

Frage: ... Halten Sie Schuldzuweisungen, wie sie vorgekommen sind, jetzt nach diesem Anschlag für glücklich?
Erhard: Nein! Ich bin der Meinung, daß man vorläufig von irgendwelchen Zuweisungen an Schuld an diese oder jene Stelle Abstand nehmen müßte. Das Ganze muß aufgeklärt werden. Dann könnte man nachher fragen, ob man vorher vielleicht hätte Erkenntnisse gewinnen können, die so etwas hätten verhindern können. Denn das kann ich bis jetzt nicht feststellen.
Frage: Das richtet sich nach allen Seiten?

Erhard: Ja!

Frage: Sie sind ... durchaus aber der Meinung, daß man über das Thema Rechtsextremismus ernsthaft nachdenken sollte in der Bundesrepublik?

Erhard: Ich bin der Meinung, daß man über den Extremismus vor allen Dingen da, wo er zu Gewalttätigkeiten neigt, stets und ständig nicht nur nachdenken muß, sondern in größter Aufmerksamkeit beobachten muß, daß man alles, was man feststellen kann, was zur Gewalttätigkeit entschlossen ist, um diesen Staat zu stören oder gar zu vernichten, mit allen Mitteln dagegen vorgehen muß.

Frage: Würden Sie selbstkritisch das Eingeständnis wagen – auch wenn es in einem Wahlkampf schwerfällt, und ich glaube, das wäre insofern um so bemerkenswerter –, daß alle Politiker und Parteien und auch die Medien der Bundesrepublik – dieses sage ich selbstkritisch – in der letzten Zeit vielleicht auf dem rechten Auge blind gewesen sind? ...

Erhard: ... wir haben auch den Rechtsextremismus immer sorgfältig beobachtet. Nur die qualitativen und quantitativen Unterschiede zwischen Rechts- und Linksextremismus muß man sich auch klarmachen. Bei uns ist der Rechtsextremismus auf eine kleine, sehr kleine Gruppe von Menschen beschränkt, bis jetzt. Mehr kann man nicht sagen. Diese Gruppe ist bisher wegen ihrer Größe und ihrer mangelhaften Organisationsstruktur überhaupt nicht in der Lage, unseren Staat zu gefährden. Natürlich sind sie in der Lage, solche Terrorschläge zu üben. Der Unterschied zwischen den Rechts- und Linksextremisten wird meines Erachtens an der Art der Terroranschläge schon sehr deutlich. Der Rechtsextremismus schlägt so zu, daß möglichst viele Menschen dabei getroffen werden – egal welche, es müssen nur viele Menschen sein –, während der Linksextremismus so arbeitet, daß er diesen Staat in seinen Funktionsträgern und in seiner gesamten Autorität vernichten will oder in Frage stellen will. Diese Unterschiede muß man sich klarmachen, um auch die Bedeutung und auch die Art der Abwehr in der richtigen Weise einzuordnen. (...)

«Nicht ein Schattenreich aufbauen»

Bundesjustizminister Hans-Jochen Vogel (SPD) am 29. September 1980 im Deutschlandfunk zum Bombenattentat und zum Rechtsextremismus

Frage: Immerhin hat der rechts- und innenpolitische Sprecher Benno Erhard Schuldzuweisungen jeglicher Art als unglücklich und unnötig bezeichnet und damit sich in einen gewissen Gegensatz gesetzt zum Kanzlerkandidaten der Union, Franz Josef Strauß, der dieses gleich am Samstag in einem Interview getan hat. Sollte dies nicht auch die Linie der Regierung und der SPD/FDP-Koalition sein, keine Schuldzuweisungen vorzunehmen?

Vogel: Ich glaube, Herr Erhard hat damit nur das ausgedrückt, was eigentlich jeder jetzt in dieser Situation empfindet. Ich empfinde es in besonderem Maße, weil ich anderthalb Stunden nach der Explosion an Ort und Stelle war und die Menschen dort in ihrem Blut habe liegen sehen. Ich muß Ihnen sagen, auf diesem Hintergrund hat es mir fast die Sprache verschlagen. Da bin ich wohl nicht so weit weg von Herrn Benno Erhard, als ich dann am Samstagabend schon vorweg das Interview von Herrn Strauß gelesen habe. Ich muß sagen, da fehlt mir jeder Zugang, daß man einen solchen Vorgang zum Anlaß nimmt, nun eine Kampagne fortzusetzen, nicht. Denn Herr Baum wurde ja schon vorher angegriffen. Mir fehlt auch jeder sachliche Zugang, denn Herr Baum hat die Wehrsportgruppe Hoffmann verboten, übrigens auch auf meine Anregung. Also ich muß sagen: Hier passiert etwas, was ja nicht allzu häufig ist, daß offenbar quer durch die Parteien die Menschen vor dieser Reaktion einigermaßen fassungslos stehen.

Frage: Man sollte aber auch dann nicht dem Innenminister Bayerns, Gerold Tandler, die Schuld – oder eine indirekte Schuld – an der Tat zuweisen.

Vogel: Nein! Aber das ist jedenfalls nach meiner Kenntnis auch keineswegs geschehen, nicht. Ich meine, nachdem Herr Strauß diesen Akzent gesetzt hat, lag es natürlich nahe, daß der eine oder andere gefragt hat, ob man denn nicht in diesem Moment eher selbstkritisch sein muß und sich fragen muß, ob man vielleicht die Gefahr von rechts unterschätzt und nicht richtig qualifiziert hat, nicht. Aber das ist kein Schuldvorwurf.

Frage: Sie würden das also von Herrn Tandler annehmen, was insofern ja auch leichtfällt, als er ja sich vor gar nicht langer Zeit hier im Deutschlandfunk in einer Weise über den Rechtsextremismus geäußert hat, die natürlich diesen Vorwurf der Unterschätzung nahelegt?

Vogel: Ich meine, wenn er da noch Anfang September sagt, man soll nicht ein Schattenreich aufbauen, eine Schattengefahr über das hinaus, was existiert, nun gut, ich meine, Sie haben völlig recht: Man muß sich besonders diszipliniert verhalten in der Situation. Keiner – auch diejenigen, die die Gefahr ernst genommen haben – hat an die Möglichkeit eines solchen Massakers gedacht, nicht. Aber daß auch der Rechtsextremismus Nährboden für terroristische Anschläge ist, das war jedenfalls den in der Regierung Verantwortlichen seit einem, anderthalb Jahren klar. Ich will auch da ganz selbstkritisch sagen: Der erste, der auf diese Gefahren in einem frühen Zeitpunkt aufmerksam gemacht hat, als auch ich noch etwas zweifelnd war, war Willy Brandt mit seinem bekannten Brief. Der stammte schon aus dem Jahre 1977. Aber seit ungefähr ein, anderthalb Jahren habe ich selbst oder noch ebenso Herr Baum in Aufsätzen und auch in unserem dienstlichen Bereich immer wieder die Aufmerksamkeit geschärft.

Und gerade der Generalbundesanwalt ist auf diesem Gebiet nicht ohne Erfolg geblieben. Es sind jetzt – die Fälle, die neuen, einmal abgesehen – insgesamt etwa vierzehn Personen, die sich in Haft befinden aus dem rechtsextremistischen Bereich.

Frage: Sie haben gerade selbstkritisch gesagt, daß also auch die Regierung und die Koalitionsparteien sich fragen müssen, ob sie die Gefahr von rechts nicht unterschätzt haben. Wie erklären Sie denn, daß in der Bundesrepublik offenbar nicht nur Politiker und Parteien und Regierungen leicht nach rechts geschielt haben, also vielleicht nicht weggeschaut, aber es nicht richtig wahrgenommen haben? Liegt das vielleicht daran, daß auch die Sicherheitsbehörden aus ihrer Mentalität heraus zunächst einmal dazu neigen, solange es keine direkten Taten auf rechtsextremer Seite gibt, diese mittelmäßige Kleinbürgerlichkeit, die sich dort meist ergibt, eben eher zu akzeptieren als linksintellektuelle Spintisierereien?

Vogel: Damit keine Mißverständnisse entstehen: Das, was ich sagte, bezog sich auf die Tatsache, daß Willy Brandt im Sommer 1977 einen Anstoß gegeben hat. Ich kann für die Folgezeit – jedenfalls für die Regierung – bei aller Neigung zur Selbstkritik nicht mehr akzeptieren, daß man also auf dem rechten Auge geschielt hätte oder daß man blind gewesen wäre, nicht. Dies ist ja gerade wohl der große Unterschied gegenüber Weimar. Ich erinnere auch an eine Vielzahl von Urteilen, die ergangen ist, eine Strafe vierzehn Jahre Freiheitsentzug, nicht. Nur, damit wir also hier genügend differenzieren. Warum man – und nun zu Ihrer eigentlichen Frage –, warum man hier eine Zeitlang also – was weiß ich – bis Mitte der siebziger Jahre dies für weniger gefährlich gehalten hat, das hat verschiedene Wurzeln, zum Beispiel auch die naheliegende Wurzel, daß man eben geglaubt hat, unser Volk sei gegen nazistische Ideen durch die furchtbaren Verbrechen des Nationalsozialismus und durch den schrecklichen Zusammenbruch ein für allemal immun, nicht. Das war – glaube ich – ein wichtiger Gesichtspunkt. Man hat es einfach gar nicht für möglich gehalten, daß diese mörderischen Gedanken in irgendeiner Form wieder Zuspruch finden. Sei es auch nur in den Köpfen von wenigen Verblendeten. Das andere, was Sie erwähnten, mag auch eine gewisse Rolle gespielt haben, nicht. Dann muß ja auch die zeitliche Abfolge der Terroranschläge gesehen werden. Zunächst gab es eben Terroranschläge von der anderen Seite.

Frage: Übrigens: Rechnen Sie – das muß man sich natürlich jetzt auch fragen – vielleicht in nächster Zeit – oder gibt es Indizien dafür –, daß ähnliche Gefahren von dem klassischen Terrorismus – ich nenne ihn einmal so – von links drohen?

Vogel: Also, ich habe gelernt, mit Prophezeiungen und Voraussagen außerordentlich vorsichtig zu sein. Mit diesem Vorbehalt, würde ich meinen, derartige Massaker an Menschen, bei denen es überhaupt keinen Anknüpfungspunkt zu der politischen Zielsetzung gibt, die hat es bisher bei linksterroristischen Anschlägen nicht gegeben. So wahnsinnig die Philosophie dieser Linksterroristen auch ist, aber es war immer noch erkennbar, warum und wieso die Aktivität sich in diese oder jene Richtung richtete, einfach wie in Bologna oder beim Italicus-Expreß oder hier auf dem Oktoberfest wahllos Menschen zu Tode zu bringen, dies hat es von links her bisher nicht gegeben. (...)

Rückblende eins
Brief des SPD-Vorsitzenden Willy Brandt vom 12. Juli 1977 an Bundeskanzler Helmut Schmidt

Sehr geehrter Herr Bundeskanzler,
dem Parteivorstand der SPD gehen in der letzten Zeit Schreiben zu mit Klagen über Treffen von sogenannten Kameradschaftsbünden, rechtsextremen Kampfverbänden und politischen Gruppen, bei denen öffentlich nazistische Symbole gezeigt und entsprechende Gedanken vertreten werden, gegen einzelne Bevölkerungsgruppen gehetzt wird und unverhohlen zum Kampf gegen die freiheitliche demokratische Grundordnung der Bundesrepublik Deutschland aufgerufen wird. Ich weiß, daß es sich bei den Veranstaltern und Teilnehmern solcher Treffen um eine deutliche Minderheit in unserem Lande handelt.

Diese Vorgänge stoßen aber bei vielen unserer Bürger vor allem dann auf Unverständnis oder sogar Besorgnis, wenn diese Veranstaltungen mit Wissen und Billigung der zuständigen Verwaltungsbehörden stattfinden und diejenigen, die sich gegen solche Umtriebe wenden, Versammlungsverbote und Strafverfolgung hinzunehmen haben.

Die uns über solche Vorgänge vermittelte Darstellung läßt zugleich den Verdacht aufkommen, daß die auf kommunaler Ebene zur Entscheidung Berufenen den uns von rechtsextremen, neonazistischen Gruppen drohenden Gefahren weit weniger wachsam gegenüberstehen als den Angriffen, die von Extremisten am anderen Rande unseres politischen Spektrums gegen unsere freiheitliche demokratische Grundordnung vorgetragen werden. Der Gesetzgeber hat ein ausreichendes Instrumentarium zum Schutz des Staates vor Staatsfeinden zur Verfügung gestellt, das ohne Ansehung der Person angewendet werden sollte.

Ich wäre Ihnen, verehrter Herr Bundeskanzler, dankbar, wenn sich die Bundesregierung in der ihr geeignet erscheinenden Form dieser Angelegenheit annimmt.

Zu Ihrer Orientierung füge ich Ihnen Kopien einiger der uns zugegangenen Schreiben bei.

Mit freundlichen Grüßen
Willy Brandt

Rückblende zwei

Unionspolitiker zeigten für die Mahnung des SPD-Vorsitzenden seinerzeit keinerlei Verständnis, im Gegenteil, sie überschütteten Brandt mit Vorwürfen. So schrieb der CDU-Bundestagsabgeordnete Willi Weiskirch am 23. August 1977 in der *Aachener Volkszeitung*:

«Der Verdacht liegt nahe, daß Brandt das Augenmerk der Öffentlichkeit nach rechts lenken wollte, um das Blickfeld nach links einzuengen ... Wenn seit Tagen der ‹häßliche Deutsche› wieder durch die Zeitungen in unseren Nachbarländern geistert, dann nicht zuletzt deshalb, weil Willy Brandt mit seiner törichten Neonazismus-Äußerung ein markantes Stichwort dazu geliefert hat.»

Der CDU-Bundestagsabgeordnete Hans Hugo Klein versuchte, den SPD-Chef ins «Sympathisantenlager» abzudrängen:

«Brandt weiß natürlich auch, daß derzeit vom Rechtsradikalismus keine ernsthafte Bedrohung der Bundesrepublik ausgeht. Seine Attacke gegen die Bundesregierung kann mithin nur als Versuch einer Ablenkung von den ernsten Gefahren des Linksextremismus gesehen werden, die Brandt wohl den mit dem Kommunismus sympathisierenden und kooperierenden Kräften in seiner eigenen Partei schuldig zu sein glaubt.»

Der *Bayernkurier* schließlich, das Organ der CSU, sah den Vorsitzenden der SPD schon ganz im sowjetischen Lager:

«Wieder einmal erweist sich Brandt als verläßlicher Anwalt sowjetischer Westpolitik. Kein Wunder, daß die linken Agitatoren in West und Ost die Brandt-Botschaft begierig aufgegriffen haben, sie zum ‹Beweis› ihrer antifreiheitlichen Denunziation herangezogen und gleichzeitig auch die Konservativen mitdiffamierten. Die Rechnung des SPD-Vorsitzenden, sich selbst ins rechte linke Licht zu rücken und die demokratische Opposition gleichzeitig zu verleumden, ist aufgegangen. Zum Schaden für Deutschland.»

Rückblende drei

Gerold Tandler, bayerischer Innenminister (CSU) am 4. September 1980 im Deutschlandfunk zum Rechtsextremismus

«Wer die Lage kennt, der weiß, daß es zwar einen Rechtsextremismus gibt, aber daß die eigentlichen großen Gefährdungen von seiten des Linksextremismus kommen. Man soll doch nicht ein Schattenreich aufbauen, eine Schattengefahr aufbauen über das hinaus, was existiert.»

Die doppelte Moral

Wie *Bild* und *Welt* über Gundolf Köhler und Gudrun Ensslin berichteten

In der Berichterstattung der gedruckten Presse kristallisierten sich bald beachtliche Unterschiede heraus. Während sich Blätter wie die *Süddeutsche Zeitung*, die *Frankfurter Rundschau* und überwiegend auch die *Frankfurter Allgemeine* um eine sachliche Darstellung des Ereignisses bemühten, propagierten die Zeitungen des Springer-Konzerns eifrig die These vom Einzeltäter, wobei der mutmaßliche Attentäter Gundolf Köhler schnell von seinem rechtsradikalen Hintergrund gelöst wurde. «Ein Tüftler und Naturfreund», so beschrieb ihn die *Welt*, und *Bild* wußte zu berichten, daß Köhler Bäume liebte und daß er als Einzelgänger galt.

Solche Darstellungen der Springer-Zeitungen standen in einem krassen Gegensatz zu Berichten, die eben diese Zeitungen etwa drei Jahre zuvor über die mutmaßlichen Baader-Meinhof-Attentäter veröffentlicht hatten. Nach der Entführung des Arbeitgeberpräsidenten Hanns-Martin Schleyer und der Ermordung von vier seiner Begleiter im Herbst 1977 hieß es in der *Bild*-Zeitung vom 12. September 1977: «Neben den Blutspuren, welche die Mörder hinterlassen haben, zieht sich jetzt sichtbar eine geistige Spur zu den Sympathisanten.»

Und als die Häftlinge Andreas Baader, Jan Carl Raspe und Gudrun Ensslin tot in ihren Zellen aufgefunden wurden, kannte *Bild* keine Gnade mehr. Über Ensslin schrieb das Revolverblatt: «Erst fromm, dann brutal» – über Baader fast genüßlich: «Genickschuß!» und über Raspe: «Raspe lag in seiner Zelle in einer Blutlache, in der rechten Hand eine Pistole. Er röchelte ...» So beschreibt man das Abschlachten von Tieren.

Gnade gab es auch nicht für die Eltern der toten Häftlinge. Die Mutter von Gudrun Ensslin sah sich in *Bild* vom 19. Oktober 1977 so wiedergegeben: «Gudruns Mutter grübelt, ob man mit den Morgenandachten für die sieben Ensslin-Kinder im evangelischen Pfarrhaus nicht doch zuviel des Guten getan habe.» Pfarrer Helmut Ensslin hatte sogar Mühe, seine Tochter dort zu beerdigen, wo sie es gewünscht hatte. Derartig war die Stimmung im Lande angeheizt, und zwar vor allem von den Blättern des Großverlegers Axel Caesar Springer, der ständig im Namen Christi seine Stimme erhebt und Andersdenkenden Moralpredigten hält. Es bedurfte schließlich des Muts und des Anstands eines Mannes wie Manfred Rommel, Oberbürgermeister in Stuttgart und Mitglied der CDU, daß die Toten von Stammheim auf dem Waldfriedhof beigesetzt werden konnten. Rommel mochte die doppelte Moral nicht mitmachen.

Der mutmaßliche Attentäter –
ein Tüftler und Naturfreund

H. Horrmann, Donaueschingen

«Mit Sprengstoff zu tüfteln, das war seit vielen Jahren Köhlers Hobby. Mal experimentierte er im Wald, mal zu Hause», sagte der Angestellte Hermann Lennartz. «1975, da ging in seiner Wohnung eine selbstgebastelte Bombe hoch», erinnerte sich Gerhard Kiefer, Lokalredakteur der *Badischen Zeitung* in Donaueschingen. «Gundolf Köhler erlitt schwere Verbrennungen an Händen und Armen. Der Unfall wurde bei der Polizei aktenkundig.»

Kiefer kannte den hochaufgeschossenen, 185 cm großen, schlanken Geologiestudenten mit dem militärisch kurzen Kraushaarschnitt, der im Verdacht steht, ein Attentäter von München zu sein und der selbst dabei umkam, wie kaum ein anderer.

Kiefer in einem Gespräch mit der *Welt*: «Seit fünf Jahren bot Köhler als freier Mitarbeiter regelmäßig Reportagen und Fotos, meist Heimatthemen, Sagen und Ausflugsthemen an. Nachdem er wegen eines Hörfehlers aus der Bundeswehr ausgeschieden war, studierte er in der Woche in Tübingen Geologie. Samstags stand er schon morgens früh in der Redaktion – das Wochenende verbrachte er stets zu Hause bei seinen Eltern. Er war betont korrekt, nie aber freundlich. Als er einmal die 18 Mark Foto-Honorar für ein Bild von der Kalksteinhöhle im Döttinger Loch an der B 31 nicht bekommen hatte, beschwerte er sich in schneidendem Ton, ein unerfreuliches Gespräch.

Kontakte zu anderen Bürgern, zu Clubs oder politischen Parteien, hatte Köhler nie. Lediglich im Geschichtsunterricht des Gymnasiums hat er vor dem Abitur einmal eine politische Meinung geäußert, nämlich, daß nichts in der Geschichte zufällig komme, alles durch Stärke und Ausdauer lenkbar sei. Das gelte auch für die Zukunft unseres Landes.»

Von einer rechtsradikalen Gruppe, der Wehrsportgruppe Hoffmann beispielsweise, wisse man in Donaueschingen nichts, sagt Kiefer. Köhler habe in der Öffentlichkeit auch nie etwas verlauten lassen, aus dem direkt oder im nachhinein eine Verbindung oder Zugehörigkeit abgeleitet werden kann. Aufgefallen war in Donaueschingen die Naturverbundenheit des 21jährigen.

Kiefer nennt ein Beispiel: «Im Wald, nahe unserer 18 000-Seelen-Stadt, gibt es ein romantisches Eidechsen-Brünnle, eine Quelle, die aus einem Fels entspringt und dann als Rinnsal zwischen Steinen plätschert. Rowdies zerstörten dieses idyllische Plätzchen zweimal mutwillig. Gundolf Köhler hat das Ausflugsziel ohne Auftrag jedesmal wieder aufgebaut, Steinwerk gemauert, ein Kupferrohr verlegt. Anerkennung wollte er dafür nicht hören. Dazu war er zu eigenbrötlerisch, zu verschlossen und kontaktarm. So habe ich ihn auch nie mal mit einer Freundin gesehen.»

Der Vater des toten Studenten, Hermann Köhler, ein pensionierter Diplom-Landwirt, der bei einer badischen Landbaugesellschaft beschäftigt war und passives CDU-Mitglied ist, brach nach der polizeilichen Hausdurchsuchung zusammen. In seinem Einfamilienhäuschen am Stadtrand war er für keinen mehr zu sprechen. Gundolf Köhlers jüngerer Bruder, der noch zur Schule geht, schirmte die Familie ab.

Aus: *Die Welt*, 29. 9. 1980

Ensslin: Erst fromm, dann brutal – ohne sie gäbe es keine BM-Bande

Ohne die Pfarrerstochter Gudrun Ensslin (37) aus Schwäbisch Gmünd, auf deren Nachttisch noch bis zum 22. Lebensjahr die Bibelsprüche des Evangelischen Mädchenwerks lagen, hätte es die Baader-Meinhof-Bande nicht gegeben. Aus ihrer fanatischen Liebe zu dem Autos knackenden Andreas Baader entwickelte sich die schreckliche Love-Story – an deren Ende Mord stand. Autos knacken – das war für Baader Spaß, für die Ensslin aber gesellschaftlicher Protest.

So fing alles an

Gudruns Mutter grübelt, ob man mit den Morgenandachten für die sieben Ensslin-Kinder im evangelischen Pfarrhaus nicht doch zuviel des Guten getan habe. Doch zunächst schien eine gute Saat aufzugehen:

Die blonde, 1,70 Meter große, schlanke Gudrun wollte Lehrerin werden: «Ich möchte mit lebendigen Menschen arbeiten», sagte sie.

Zwei Schlüsselerlebnisse warfen sie aus der Bahn: Sie war 1967 in Berlin dabei, als bei Krawallen der Student Ohnesorg erschossen wurde.

Schlüsselerlebnis Nr. 2: die Bekanntschaft mit Baader. Studentin Gudrun Ensslin schwärmte über den Mann ohne Abitur: «Der hat nix geschrieben, der hat alles im Kopf.»

Mit Baader steckte sie 1968 in Frankfurt ein Kaufhaus an – aus Protest gegen den Vietnam-Krieg. Ulrike Meinhof war von der Ensslin so fasziniert, daß sie sich dem Paar anschloß: Die Baader-Meinhof-Bande war geboren!

Als Baader gefaßt wurde, überredete die Ensslin die Meinhof: Befreit Baader mit Gewalt. Das früher so fromme Mädchen nahm in Kauf, daß ein unschuldiger alter Mann dabei lebensgefährlich angeschossen wurde.

Vier Morde

Immer brutaler organisierte die Ensslin, die 1967 Sohn Felix (Patenonkel: Rudi Dutschke) zur Welt brachte, mit Baader und Raspe vier Morde: Eine Bombe zerriß 1972 drei US-Soldaten in Heidelberg, eine Bombe einen Soldaten in Frankfurt. Ihre «Grundeinstellung war es, von ihren Waffen Gebrauch zu machen, um zu verletzen und zu töten», sagte Richter Foth über die Ensslin, als er sie im April dieses Jahres zu lebenslänglich verurteilte.

Aber noch aus der Haft in Stammheim gab sie Befehle zu neuen Morden.

Aus: *Bild*, 19. 10. 1977

Der Attentäter:
Köhler liebte Bäume, zündete Bomben

Von Alexandra Wehner und Herbert O. Glattauer

Gundolf Köhler (21) galt als Einzelgänger. Er wohnte in Tübingen, wo er Geologie und Chemie studierte. Er fotografierte Tiere, Pflanzen, Höhlen, wollte auch ein Buch über Heimatsagen schreiben.

Keiner hätte ihm die Tat zugetraut. Seinen Hang zum Militarismus, zum Rechtsextremismus nahm keiner ernst.

Er war 1,78 groß, kräftig gebaut, breitschultrig.

Aber er war kontaktarm, psychologisch unausgereift, verstockt. Wenn er unter Leuten war, zog er den Kopf ein. «Er war schwierig, hatte kaum Kameraden», sagt der Medizinstudent Carlo R., der ihn schon vom Gymnasium kannte. «Nur ein einziges Mal machte er bei einem Schulstreich mit: Er legte dem Lehrer einen nassen Schwamm auf den Stuhl.»

Er und seine drei Brüder – einer ist Studienassessor in Karlsruhe – wurden streng erzogen, mußten früh zu Hause sein. Der Vater meinte es gut.

Hermann Köhler ist Diplomingenieur. Er war beim Flurbereinigungsamt angestellt, ist pensioniert.

Auf dem Fürstenberg-Gymnasium in Donaueschingen war Gundolf mittelmäßig, hatte aber Zweien in Physik, Chemie und Biologie. 1974 wollte er im Keller aus einem Unkrautvertilgungsmittel Sprengstoff machen – es gab eine Explosion, er mußte zwei Wochen in die Uni-Klinik Freiburg. Seither war sein Gesicht links vernarbt.

Nach dem Abitur (1978) diente er bei den Panzergrenadieren in Emmingen. Nach drei Monaten mußte er heim: dienstuntauglich wegen eines Hörfehlers.

Die Nazi-Organisation «Hoffmann» wurde sein Leben: Hier galt er was, durfte «Krieg» spielen. Er versuchte sogar, Pistolen zu besorgen, allerdings vergebens.

Das Blutbad auf der «Wies'n» ist das Ende Gundolf Köhlers ...

Aus: *Bild*, 29. 9. 1980

Genickschuß! Andreas Baaders blutiges Testament

rb. Stuttgart/Bonn, 20. Oktober Andreas Baader hat sein Leben durch einen Genickschuß beendet. Er hielt den Lauf der Pistole gegen seinen Nacken und drückte ab. Er wollte damit nach Ansicht der Experten vortäuschen, daß er ermordet wurde; blutige Aufforderung an die anderen Terroristen, mit neuen schrecklichen Anschlägen den «Mord» zu rächen. In Gesprächen mit Geistlichen und auch in Briefen sollen Baader, Raspe und Gudrun Ensslin schon vor Wochen erklärt haben: Wenn uns was zustößt, dann war es auf keinen Fall Selbstmord.

Die Obduktion der Leichen hat einwandfrei ergeben, daß sich die drei selbst getötet haben. Bundesinnenminister Maihofer gestern auf die Frage, wie er sich bei Baader den Schuß von hinten erklärt: «Man kann die Perfidie auch so weit treiben, daß man seine eigene Tötung zur Hinrichtung macht.»

Aus: *Bild*, 20. 10. 1977

Bild-Kommentar

Warum kommen Attentäter aus gutem Haus?

Der junge (mutmaßliche) Massenmörder von München ist tot. Er kam «aus gutem Hause», wie man gedankenlos sagt – weil Geld und «gehobenes» Ansehen «gut» sind?

Als ob Arbeiterkinder nicht aus gutem, ja aus besserem Hause kommen könnten.

Schon bei den Linksterroristen fiel auf: Die meisten stammen aus Familien der «oberen Schichten». Wohl deshalb: Wem der Weg ins Leben leichtgemacht wurde, wem alles durchsetzbar scheint – der will auch alles haben.

Die Schwelle zur Gewalt ist dann schnell überschritten. Daß die Rechtsextremisten nun ihre Blutspuren ziehen, ist gewiß die Antwort auf den mörderischen Linksextremismus.

Aus: *Bild*, 29. 9. 1980

Baader, Ensslin und Raspe auf Prominenten-Friedhof

Empörung in Stuttgart / Gräber in der Nähe des Mahnmals
Eigener Bericht

the. Stuttgart, 22. Oktober
Erregte Diskussionen und Empörung haben unter Stuttgarts Bevölkerung die Umstände der für Donnerstag angesetzten Beerdigung der drei Selbstmörder Andreas Baader, Jan Carl Raspe und Gudrun Ensslin ausgelöst. Die drei Terroristen sollen auf dem Prominenten-Friedhof beigesetzt werden, auf dem der erste Bundespräsident, Theodor Heuss, der langjährige Oberbürgermeister Arnulf Klett und der Schauspieler Erich Ponto die letzte Ruhe fanden.

Im Testament der Terroristen steht: Sie wollen auf dem Stuttgarter Waldfriedhof «an hervorragender Stelle» gemeinsam begraben werden. Ein entsprechendes Gesuch von Pfarrer a. D. Helmuth Ensslin, dem Vater der Terroristin, hatte im Stuttgarter Rathaus zunächst Ratlosigkeit ausgelöst. Schließlich gab man dem Gesuch «aus rechtlichen Gründen» nach.

Ursprünglich wollte Helmuth Ensslin den kommenden Dienstag als Beerdigungstermin durchsetzen. An diesem Tag soll auch der ermordete Hanns-Martin Schleyer nach einem Staatsakt beigesetzt werden. Dieses Ansinnen wurde abgelehnt. Man einigte sich auf den Donnerstag.

«Die Stadtverwaltung hat der Beisetzung auf dem Waldfriedhof zustimmen müssen», sagte der zuständige Beamte Fritz Schauer. Oberbürgermeister Manfred Rommel (CDU) soll die Genehmigung schriftlich gegeben haben. Wie es heißt, wegen der «besonderen politischen Brisanz der Angelegenheit».

Oberbürgermeister Rommel rechtfertigte seine Entscheidung: «Wir haben den Antrag so behandelt, als wären die drei eines natürlichen Todes gestorben. Man kann nicht über den Tod eines Menschen hinaus bestimmte Erwägungen anstellen. Außerdem hätte die Ablehnung des Antrags unnötigerweise zu einer Erregung im Ausland geführt.»

Diese Entscheidung hat auch im Stuttgarter Rathaus zu hitzigen Debatten geführt. Bürgermeister Thieringer hatte sich dafür ausgesprochen, die Terroristen getrennt und sogar auf verschiedenen Friedhöfen beizusetzen. Thieringer soll sogar mit seinem Rücktritt gedroht haben.

Viele Stuttgarter befürchten jetzt, daß das gemeinschaftliche Terroristen-Grab zu einer anarchistischen «Gedenkstätte» wird – und das ausgerechnet in unmittelbarer Nähe des Mahnmals für die Opfer des Nazi-Regimes. Als Provokation wird außerdem die Ankündigung des Geistlichen Helmuth Ensslin gesehen, er wolle von den drei Selbstmördern Totenmasken anfertigen lassen.

Aus: *Hamburger Abendblatt,* 22. 10. 1977

Das Münchner Attentat

Die Eltern: Unser Sohn Gundolf ist unschuldig

Eigener Bericht – dpa – ap

toe. Bonn, 4. Oktober

Die Eltern und die drei Brüder des aus Donaueschingen stammenden Studenten Gundolf Köhler, der von den Ermittlungsbehörden bisher als mutmaßlicher Attentäter bei dem Bombenanschlag auf dem Münchner Oktoberfest angesehen wird, sind der festen Überzeugung, daß Gundolf Köhler an dem Anschlag nicht beteiligt war «und deshalb unschuldig ist».

In einer in München veröffentlichten Erklärung protestierte die Familie gegen die «vorschnelle offizielle Bekanntgabe» des Namens von Gundolf Köhler durch die Bundesanwaltschaft zu einem Zeitpunkt, als die Ermittlungen noch im Anfangsstadium gewesen waren. Man verwahre sich dagegen, «einen Menschen auf Grund einer längst überholten Computerspeicherung zum mutmaßlichen Täter abzustempeln».

Die Personalien des Studenten, der bei dem Attentat ums Leben kam, seien nur in den Computer des Verfassungsschutzes gelangt, weil er als Sechzehnjähriger «Informationskontakte» zur «Wehrsportgruppe Hoffmann» gehabt habe. Er habe damals zwei Wochenendseminare dieser Gruppe besucht, sei jedoch niemals Mitglied gewesen.

Seit Beginn seines Geologiestudiums in Tübingen habe er die Richtung der «Wehrsportgruppe» verurteilt. Er habe zu keiner extremistischen Gruppe Kontakt gehabt und sich in seiner Freizeit mit Musik und Heimatforschung beschäftigt. Am Tage des Attentats sei Gundolf Köhler nach München gefahren. In seinem Wagen habe man nichts gefunden, was mit dem Anschlag in Zusammenhang stehen könnte.

Die im Elternhaus Köhlers sichergestellten Chemikalien stammen nach Angaben der Familie im wesentlichen von einem Bruder Gundolf Köhlers, der Chemiker ist. Es sei der Nachbarschaft bekannt, daß ein Teil davon außer zu Experimenten auch zur Herstellung von Knallkörpern für Neujahr verwendet worden sei. Es sei «unverantwortlich», aus diesem Umstand und aus der Tatsache, daß sich Gundolf bei chemischen Versuchen eine Gesichtsverletzung zugezogen habe, auf seine Täterschaft zu schließen.

Die Bundesanwaltschaft, die sich weder auf eine Einzeltäter- noch auf eine Gruppentheorie festlegen will, lehnte eine Stellungnahme zu der Kritik der Familie Köhler ab. Sie bestätigte lediglich, daß eine Werfergranate britischer Herkunft für den Anschlag benutzt wurde. Damit scheint zumindest erwiesen, daß Köhler die Bombe nicht gebaut hat.

Über eine kommunistische Unterwanderung rechtsextremer Gruppierungen liegen der Bundesregierung keine Erkenntnisse vor. Auch dem Verfassungsschutz sei dazu nichts bekannt, erklärte der Regierungssprecher. Von seiten der Unionsparteien war behauptet worden, ehemalige «DDR»-Flüchtlinge seien nach ihrem Freikauf durch die Bundesregierung in rechtsradikalen Organisationen tätig geworden, um die Bundesrepublik zu diffamieren.

Aus: *Hamburger Abendblatt*, 4. 10. 1980

«Herr Tandler, schweigen Sie um Gottes willen»
Der bayerische Innenminister und die These vom Einzeltäter

Mit seiner Kampagne gegen Bundesinnenminister Gerhart Baum (FDP) stand der bayerische Ministerpräsident innerhalb der Union nicht allein. Seine politischen Freunde, allen voran der bayerische Innenminister Gerold Tandler (CSU), leisteten eifrig Schützenhilfe. Tandler ließ keine Möglichkeit aus, auch seinerseits den Bundesinnenminister zu attackieren, die sich häufenden Vorwürfe wegen einer Verharmlosung und Fehleinschätzung des Rechtsextremismus durch CSU und CDU zurückzuweisen und die These vom Einzeltäter Köhler zu propagieren.

Die Frage, ob der mutmaßliche Attentäter allein gehandelt hatte oder der Anschlag auf dem Oktoberfest von mehreren Rechtsextremisten geplant und ausgeführt wurde, rückte in der Woche vor der Bundestagswahl am 5. Oktober 1980 mehr und mehr in den Mittelpunkt der innenpolitischen Auseinandersetzung. Die nach dem Bombenanschlag vorläufig festgenommenen sechs Anhänger der neonazistischen «Wehrsportgruppe Hoffmann» waren am Montag (29. September 1980) wieder freigelassen worden. Dies schien zunächst für die These vom Einzeltäter zu sprechen. In Wirklichkeit bestand der Tatverdacht weiter, aber das Belastungsmaterial reichte nicht, um einen Haftbefehl auszustellen.

Dennoch propagierte Tandler die These vom Einzeltäter. Selten hat ein amtierender Innenminister, dem ein Teil der staatlichen Ermittlungsbehörden unterstellt ist, das Ergebnis der Ermittlungen so massiv vorwegzunehmen versucht. Tandler scheute auch nicht davor zurück, eine öffentliche Kontroverse mit Generalbundesanwalt Kurt Rebmann anzufangen, und zwar mit dem Vorwurf, die Festnahme der Rechtsextremisten bewußt verzögert zu haben. Die Bundesregierung und vor allem Bundesjustizminister Hans-Jochen Vogel (SPD) hatten darauf gedrängt, den Generalbundesanwalt einzuschalten, nicht nur wegen des Verdachts der terroristischen Vereinigung, sondern auch, um das Attentat und seinen politischen Hintergrund aus dem Wahlkampf herauszuhalten. Der bayerische Innenminister bemühte sogar die Gerichte, um aus seiner politischen Bedrängnis herauszukommen. Am Dienstag (30. September 1980) erwirkte er bei der neunten Zivilkammer des Landgerichts München eine einstweilige Verfügung gegen Bundeskanzler Schmidt. Darin wurde dem Kanzler die Behauptung untersagt, Tandler habe ein

Verbot der «Wehrsportgruppe Hoffmann» nicht aussprechen wollen. Außerdem forderte er den Kanzler auf, seine Behauptung bis Donnerstagmittag (2. Oktober 1980) zu widerrufen, andernfalls werde er ihn durch Klage dazu zwingen. Da nach Auskunft des bayerischen Innenministeriums die Frist für eine entsprechende Erklärung Schmidts ohne befriedigende Antwort des Bundeskanzlers verstrich, wurde Klage eingeleitet.

Der bayerische Innenminister betrieb seine und des Kanzlerkandidaten öffentliche Rechtfertigung so weit, daß der SPD-Bundestagsabgeordnete Karl Liedke, stellvertretender Vorsitzender seiner Fraktion, ihn schließlich öffentlich anflehte: «Um Gottes willen, Herr Tandler, schweigen Sie! Für einen Innenminister verbietet es sich, ein Spekulant zu sein.»

Tandler: Die Wehrsportgruppe war nie Gefahr für die staatliche Ordnung

Peter Schmalz, München

Welt: Herr Minister, der Bundeskanzler hat Ihnen vorgeworfen, Sie hätten die Wehrsportgruppe Hoffmann nicht verbieten wollen. War das im Januar ausgesprochene Verbot also ein Wunsch von Bundesinnenminister Baum, zu dessen Durchführung Sie gezwungen wurden?

Tandler: Entweder weiß der Bundeskanzler über den ganzen Vorgang nicht Bescheid und er macht im Wahlkampf nur verleumderische Behauptungen, ohne sich irgendwelcher Informationen zu bedienen, oder er weiß über die Rechtszuständigkeiten nicht Bescheid. Denn immer dann, wenn eine Organisation in mehreren Bundesländern auftritt, ist für ein Verbot allein der Bundesinnenminister zuständig. Dies ist bei der Wehrsportgruppe Hoffmann seit 1976 der Fall, nachdem die Organisation auch in Tübingen aufgetreten ist. Das Verbot konnte also nur von Herrn Baum ausgesprochen werden.

Welt: Halten Sie demnach die Ermittlungen der bayerischen Behörden gegen die Wehrsportgruppe für ausreichend?

Tandler: Der Hauptteil des Materials, das Herrn Baum überhaupt erst die Möglichkeit gab, ein Verbot auszusprechen, stammt ja von unseren Behörden. Und ich betone nochmals: Ich habe mich nie gegen ein Verbot ausgesprochen; das ist ja eine glatte Lüge.

Welt: Nun hat Ihnen Herr Baum aber vorgeworfen, Sie hätten ihn getadelt dafür, daß er in seinem Verfassungsschutzbericht die Gefahren des Rechtsextremismus darstellt. Sie haben es damals den Aufbau einer «Schattenfigur» genannt.

Tandler: Das ist ja alles Unsinn. Wir haben nur gesagt, daß die Wehrsportgruppe Hoffmann – und bei dieser Beurteilung bleibe ich auch – zu keinem Zeitpunkt eine Gefährdung für unsere rechtsstaatliche Ordnung bedeutet hat. Daß eine solche Gruppe einzelne Gewaltakte begehen könne, hat niemand bei uns bezweifelt. Aber das ist doch ein großer Unterschied im Hinblick darauf, ob die rechtsstaatliche Ordnung in Gefahr ist. Für eine solche Gefährdung ist das rechtsextreme Potential zu gering.

Welt: Sie können also bei sich oder Ihren Vorgängern keine Schuld finden, daß man möglicherweise zu lasch mit der Gruppe umging?

Tandler: Ich kann nur sagen: Wenn man den gleichen Maßstab an alle extremistischen Gruppen anlegt wie im Januar dieses Jahres für das Verbot dieser Gruppe, dann hätten auf der linken Seite schon eine ganze Reihe von Organisationen verboten werden müssen. Außerdem haben die bayerischen Behörden – soweit es ihre Zuständigkeit betraf – gegen Hoffmann und seine Anhänger in einer ganzen Reihe von Fällen strafrechtliche Maßnahmen eingeleitet. Aber auf eine Feststellung lege ich besonderen Wert: Die Bundesregierung und die sie tragende Bundestagsmehrheit haben ein Gesetz konzipiert und im Bundestag mit Mehrheit beschlossen, wonach der Aufruf zu politischen Gewaltakten in Zukunft nicht mehr unter Strafe gestellt sein soll. Das ist doch eine Verharmlosung von politischer Gewalt.

Welt: Hat der bayerische Verfassungsschutz zu irgendeinem Zeitpunkt nach dem Verbot der Wehrsportgruppe den Beobachtungskontakt zu ihr verloren?

Tandler: Wir haben von Bayern aus nicht nur konsequent das Verbot mitgetragen, sondern hernach auch die weitere Beobachtung durchgeführt. Sonst wäre es nicht möglich gewesen, schon am Samstagvormittag, also nur wenige Minuten, nachdem feststand, daß der mutmaßliche Attentäter dieser Gruppe angehörte, einen Fahrzeugkonvoi Hoffmanns auf der Autobahn Salzburg anzuhalten. Die Entscheidung dafür ist zu einem Zeitpunkt gefallen, als die gesamte Fahndungsaktion noch in bayerischer Verantwortung lag.

Welt: Nun kam es am Samstag zwischen Ihnen und dem Generalbundesanwalt zu einer heftigen Kontroverse über den Zeitpunkt des Polizeieinsatzes gegen die Wehrsportgruppe.

Tandler: Eigentlich kann es gar keine Kontroverse geben, da es die Tatsachen sind. Wir waren um 14.30 Uhr in der Lage, unsere Aktionen zu starten. Ich habe um 15.55 Uhr mit Herrn Rebmann telefoniert und ihm gesagt, daß ich es für unverständlich halte, daß die Aktion erst um 18 Uhr anlaufen soll. Vor allem schon deswegen, weil bei uns schon aus Journalistenkreisen nachgefragt wird, ob eine Verbindung der Wehrsportgruppe Hoffmann tatsächlich bestehe. Ich habe ihm gesagt, wenn diese Meldung über den Rundfunk geht, wird der Erfolg der ganzen Aktion in Frage gestellt.

Welt: Und warum wurde nicht zugegriffen?

Tandler: Rebmann sagte mir, weil Baden-Württemberg und Hessen noch nicht soweit seien. Im Fall Baden-Württembergs stimmte das sicher nicht, das habe ich in einem Gespräch mit meinem Kollegen Herzog in Stuttgart nachgeprüft. In diesem Zusammenhang hat sich natürlich der Verdacht aufgedrängt, daß die Aktion so spät gestartet werden sollte, um dem SPD-Blatt *Zeitung am Sonntag* eine Exklusiv-Information zuzuspielen. Wir haben ernst zu nehmende Informationen, daß zu diesem Zeitpunkt diese Zeitung allein über die geplante Aktion informiert war. Dadurch wird auch erklärbar, warum der Generalbundesanwalt sich weigerte, am Samstag eine Pressekonferenz abzuhalten.

Welt: Sahen Sie durch das Hinauszögern am Samstag eine Gefährdung für den Erfolg der Fahndung?

Tandler: Da man zu diesem Zeitpunkt noch nicht absehen konnte, daß die Gruppe mit der Tat nicht in Verbindung stand, liefen wir mit jeder Minute Abwarten Gefahr, daß eine Meldung durch die Medien die Gruppe zum Verschwinden veranlassen könnte. Und wir mußten ja leider erleben, daß – wie immer – die Informationen aus Bonn herausgelaufen sind.

Aus: *Die Welt*, 30. 9. 1980

Die Wurzeln der Gewalt
Von Dieter Schröder

Die Erkenntnis, daß es sich bei dem verbrecherischen Bombenanschlag auf der Münchner Oktoberwiese wahrscheinlich um die Tat eines einzelnen handelt, sollte nicht wieder zur Verdrängung einer Auseinandersetzung führen, die schon längst fällig gewesen wäre: die Beschäftigung mit dem Rechtsradikalismus in der Bundesrepublik. Voraussichtlich würde uns dies ohnehin schwerfallen, da sich das Ausland nun mehr als bisher schon mit dieser Erscheinung befassen wird, die wir, weil sie unliebsame Erinnerungen weckt, gerne verdrängen, was wesentlich zu unserer verharmlosenden Haltung gegenüber den Gefahren des Rechtsextremismus beiträgt. «Halbverrückte Spinner» nannte der bayerische Innenminister Tandler die Mitglieder der «Wehrsportgruppe Hoffmann» noch im Februar dieses Jahres nach dem Verbot durch Bundesinnenminister Baum.

Das «Umfeld» des Rechtsradikalismus ist diffus im Gegensatz zum Linksextremismus, dessen terroristischer Kern aus den irregeleiteten Desperados einer Protestbewegung besteht. Durch ihre Systemfeindlichkeit und ihre Verbrechen haben die Linksextremisten ihre Gefährlichkeit erwiesen; die Verfassungsfeindlichkeit der Rechten galt dagegen als weniger deutlich; ihre Taten ließen keine eindeutige Stoßrichtung gegen das «System» und dessen Repräsentanten erkennen. So taten sich NPD-Mitglieder im öffentlichen Dienst leichter als Angehörige linksextremistischer Gruppen; so konnten die Parteien nach jedem Verfassungsschutzbericht die gleiche Debatte führen, in der die Opposition der Regierung vorwarf, die Gewichte zugunsten des Linksextremismus zu verschieben und die Gefahr des Rechtsextremismus überzubewerten. Ausländische Darstellungen über den Rechtsradikalismus in der Bundesrepublik galten als uninformierte Sensationsmache, wenn nicht als böswillige Verleumdung. Noch leichter macht man es sich, wenn man den Rechtsradikalismus einfach wie der CSU-Abgeordnete Spranger als Verschwörung der DDR gegen die Bundesrepublik darstellt.

Gibt es also gar keinen Grund, über den Rechtsradikalismus zu reden, wenn Köhler nur ein Einzelgänger und «Irrer» ist? Doch, mehr als einen. Sicherlich nicht in dem Sinne, daß heute oder morgen ein neuer Hitler vor der Tür steht. Eine solche Vorstellung ist nach wie vor ein Hirngespinst einer krankhaften Phantasie. Es gibt den Rechtsradikalismus auch nicht nur in der Bundesrepublik, ebensowenig wie es in den zwanziger und dreißiger Jahren den Faschismus nur in Deutschland gegeben hat. Aber hier hat er seine unmenschlichste Inkarnation gefunden, und deshalb sollten wir, ohne auf das Ausland zu schielen, die Zeichen des Rechtsradikalismus richtig deuten. Aus der Observantenecke allein ist das nicht möglich. Mit einem derart engen Blickfeld würde man einige durchaus beunruhigende Zeichen übersehen. Seit der Ausstrahlung des Fernsehfilms *Holocaust* haben mit der Vergrößerung des neonazistischen Anhangs auch die Gewalttaten zugenommen. Die vor einigen Jahren aufgebrandete Hitlerwelle ist keineswegs zu Ende. Nicht alles daran ist verständliche Neugier einer nachwachsenden Generation. Einiges davon ist hängengeblieben, insbesondere unter arbeitslosen, um ihre Hoffnungen betrogenen jungen Menschen.

Schließlich hat der Fremdenhaß, die Abneigung gegen Ausländer, Gastarbeiter und Asylanten nicht nur eine Flut erschreckender Briefe ausgelöst, sondern auch zur Bildung neuer rechtsradikaler Gruppen geführt, die sich in den letzten Wochen durch Anschläge auf Ausländerlager hervorgetan haben, wobei es bereits zwei Tote gegeben hat. Der erkennbar gewordene unterschwellige Rassismus hat inzwischen sogar die Parteien beunruhigt, die zu Beginn des Wahlkampfes mit dem Hochspielen des Asylanten-Themas nicht wenig dazu beigetragen haben. Auch das ist eine neue Erscheinung. Radikalismus dieser Art findet sogar an den Rändern der großen Parteien eine Heimat, wobei dies nicht nur für CDU/CSU-, sondern auch für SPD-Wähler gilt. Um so mehr haben alle demokratischen Parteien

Grund, das Thema Rechtsradikalismus aus dem Parteienstreit herauszuhalten und dem Aufkommen einer Stimmung entgegenzutreten, die einen Nährboden für Extremisten oder auch nur für Irre abgeben könnte. Die Wurzeln der Gewalt reichen in unserem Lande zu tief.

Aus: *Süddeutsche Zeitung*, 30. 9. 1980

Gewalt gegen jedermann

Von E. v. Loewenstern

Am Tatort wurde der zerfetzte Leichnam eines gewissen Gundolf Köhler gefunden, der der neonazistischen «Wehrsportgruppe Hoffmann» zugerechnet wird. Köhler war Student. Studenten, was immer sie treiben, genießen den Schutz der Parole vom «Schnüffelstaat», der im Freiraum Universität nichts zu suchen habe. Vielleicht wüßte man jetzt schon sehr viel genaueres über den Studenten Köhler, vielleicht hätte man rechtzeitig das Nötige erfahren, um dieses Blutvergießen zu verhindern, wenn die Sicherheitsbehörden gewalttätige Grüppchen konsequent infiltrieren könnten, wo immer sie sie fänden.

Aber man erinnert sich an die jämmerlichen Vorkommnisse in und um Bremen, wo von höchst einflußreicher Seite nicht etwa die nachgewiesene Zusammenarbeit gewisser Gruppen zu einer blutigen Aktion gegen die Bundeswehr aufs Korn genommen wurde, sondern die «Schnüffler» und «agents provocateurs», die angeblich oder wirklich diese Gruppen infiltriert hatten. Und man erinnert sich des Bremer Verfassungsschutzes, der nichts wußte, weil er sich gar nicht hingetraut hatte.

Das ist das zweite Mißverständnis: nicht nur läßt sich Gewalthetze nicht keimfrei steuern, so daß immer nur die «richtigen», politisch genehmen Leute gegen die politisch nicht genehmen Kandidaten zuschlagen, es läßt sich auch die Lähmung der Sicherheitsbehörden nicht so steuern, daß sie zwar gegenüber der sympathischen Seite versagen, die andere Seite dagegen fest im Griff behalten. Dabei kann ein Vorwurf gegen die Behörden gewiß nicht erhoben werden, der dennoch immer wieder auftaucht: daß sie auf dem rechten Auge blind seien. Wenn der Verfassungsschutzbericht 1980 auch nur annähernd so gründlich die staatsfeindlichen Tendenzen von links aufgelistet hätte, wie die von rechts, wenn linke Gewalthetze ebenso unnachsichtlich verfolgt würde wie neonazistische Propaganda, dann wäre schon viel für die öffentliche Sicherheit getan, und die staatlichen Organe wären besser equipiert, ihre materiell durchaus ausreichenden Möglichkeiten zu nutzen, ohne Ansehung der Person, ohne Ansehung der Couleur.

Aus: *Die Welt*, 29. 9. 1980

Die Behauptung ...

«Wir haben den Extremismus nie bagatellisiert, im Gegenteil, wir haben unser größtes Augenmerk sowohl auf den Extremismus von rechts wie auf den von links gelegt. In welchem Umfang, geht allein daraus hervor, daß die Überwachung der Tätigkeiten dieser Organisation («Wehrsportgruppe Hoffmann») durch das bayerische Landesamt für Verfassungsschutz ab 1976, dem Zeitpunkt der Gründung, bis zum heutigen Tag unablässig und sehr korrekt und sehr nachhaltig war, was sich dadurch beweisen läßt, daß der Konvoi, der am vergangenen Samstag Richtung Salzburg unterwegs war, auf der Autobahn gestoppt werden konnte, weil man über die Bewegungen dieser Gruppe eben jeweils entsprechend Bescheid wußte.»

Innenminister Gerold Tandler
am 30. September 1980 im Fernsehmagazin *Panorama*.

... und die Wirklichkeit: Bayerische Grenzer ließen Hakenkreuzträger passieren

Bonn, 30. September.

Als «völlig unverständlich» hat der Obmann der SPD im Innenausschuß des Bundestages, Hugo Brandt, das erst jetzt in Einzelheiten bekannt gewordene Verhalten bayerischer Grenzbeamter gegenüber siebzehn jungen Deutschen am Grenzübergang Simbach-Brücke bezeichnet.

Am 31. Juli 1980 hatten zwei Wehrmachtsfahrzeugen ähnliche Kübelwagen mit je vier Personen die bayerische Grenzstelle überquert, um nach Österreich einzureisen. Die Betroffenen trugen uniformähnliche Kleidung mit Hakenkreuzen. In den Kübelwagen sollen sich Zeltplanen, Tornister, Funkgeräte und Wehrmachtskoppel mit Hakenkreuzen befunden haben.

Nach Mitteilung des Parlamentarischen Staatssekretärs im Bundesinnenministerium, Andreas von Schoeler, in einem Brief an den SPD-Politiker Hugo Brandt ist die Personengruppe beim Grenzübertritt von der bayerischen Grenzpolizei zwar personell erfaßt, aber nicht am Grenzübertritt gehindert worden. Die österreichischen Grenzbehörden verweigerten der Gruppe die Grenzüberschreitung und schickten sie samt Kübelwagen in die Bundesrepublik zurück.

Zwei Tage später versuchte eine weitere Gruppe aus neun Personen in ähnlicher Kostümierung und ebensolcher Ausrüstung wiederum am Grenzübergang Simbach mit einem VW-Bus und einem VW Käfer nach Österreich zu gelangen. Die bayerische Grenzpolizei ließ die neun Perso-

51

nen passieren, die österreichischen Grenzpolizisten schickten sie zurück. «Eine Erfassung der zweiten Gruppe durch die bayerische Grenzpolizei hat offenbar nicht stattgefunden», heißt es in dem Schreiben von Schoelers.

Die Mitglieder der am 31. Juli registrierten ersten Gruppe «sind den Verfassungsschutzbehörden fast alle als Anhänger neonazistischer Aktivistengruppen bekannt», teilte der Parlamentarische Staatssekretär mit. Vier von ihnen seien wegen rechtsextremistischer Tätigkeit in Ermittlungsverfahren verwickelt oder schon rechtskräftig verurteilt. Nach Angaben des Bayerischen Landesamtes für Verfassungsschutz «hat die bayerische Grenzpolizei gegen die von ihr erfaßten acht Gruppenmitglieder keine Anzeige erstattet». Eine Überprüfung der mitgeführten Gegenstände habe zu keiner Beanstandung geführt, erklärte das Verfassungsschutzamt in München. Auf Anfrage des Bundesinnenministeriums bei dem Münchener Amt für Verfassungsschutz sei mitgeteilt worden, «Abzeichen oder NS-Kennzeichen sind angeblich nicht mitgeführt worden», endet der Brief von Schoelers. Er läßt offen, wieso dann die österreichische Grenzstelle den beiden Gruppen die Einreise verweigerte.

Ein Sprecher der Grenzsicherheitsabteilung Braunau-Brücke, die österreichische Grenzstelle jenseits des Inns gegenüber dem bundesdeutschen Simbach, bestätigte am Dienstag gegenüber der *Frankfurter Rundschau*, daß am 31. Juli und 2. August zwei Gruppen deutscher Jugendlicher mit Hakenkreuz-Koppelschlössern und anderen NS-Emblemen zurückgewiesen worden seien. Einige von ihnen hätten für jedermann sichtbar eine Art Militärmantel mit SS-Runen getragen. Ein ausführlicher Bericht über diese ungewöhnliche Touristengruppe mit Kübelwagen sei an die Finanzlandesdirektion Oberösterreich in Linz erstattet worden.

Aus: *Frankfurter Rundschau*, 1. 10. 1980

Die Agenten-Theorie

Von Ost-Berlin gesteuert
Interview des CSU-Bundestagsabgeordneten Carl-Dieter Spranger mit dem Norddeutschen Rundfunk am 1. Oktober 1980 zur inneren Sicherheit

Frage: ... Was ist Ihnen bekannt über angebliche – muß ich sagen – oder tatsächliche Kontakte zwischen Rechtsradikalen in der Bundesrepublik und der DDR?

Spranger: Wir haben dem jetzigen Bundesinnenminister Herrn Baum vorgeworfen, daß er es unterläßt, die Öffentlichkeit über die Beteiligung kommunistischer Nachrichtendienste an der Organisation des Terrorismus und des politischen Extremismus samt ihrer Aktionen hier ausreichend zu informieren. Und es ist völlig abgeklärt und Faktum, daß hier nun nicht nur im Rahmen der Organisation und Durchführung von Terrorakten der Linksextremisten Ost-Berlin mitspielt, sondern es gibt auch absolut sichere und umfangreiche Informationen darüber, daß rechtsradikale Aktivitäten in der Bundesrepublik Deutschland seit Bestehen unseres Staates gezielt, unter anderem auch vom Ost-Berliner Ministerium für Staatssicherheit, gesteuert sind. Es gibt also hier Hinweise nicht nur von dem ehemaligen Chef des Bundesnachrichtendienstes Gehlen ... beispielsweise auch in einer *Welt*-Serie im Jahre 1978 von Herrn Deschner ganz deutlich dargestellt.

Frage: Es war auch die Rede davon, daß freigekaufte ehemalige DDR-Häftlinge unter den Rechtsextremisten zu finden seien.

Spranger: Ja. Ich verweise wiederum auf diese Deschner-Serie im April 1978 und verweise darauf, daß also für die Sachverständigen natürlich nicht der geringste Zweifel daran besteht, daß man hier eine ideale Einschleichungs- und Einschleusungsmöglichkeit in der Rolle des politischen Häftlings findet ...

Frage: Nun sind diese Darstellungen ja auch öffentlich angezweifelt worden. Koalitionspolitiker haben also Beweise gefordert. Sie haben ja eben auch zitiert. Also das meiste so aus dem Jahre 1978. Und damals hatte ja auch die Bundesregierung auf derartige Anfragen zu solchen Darstellungen geantwortet, es gebe keine Erkenntnisse, daß DDR-Geheimdienste hinter den Rechtsextremisten in der Bundesrepublik stünden. Gibt es denn auch neuere Erkenntnisse?

Spranger: Da kann ich nur sagen, entweder ist die Bundesregierung falsch informiert oder sie informiert die Öffentlichkeit falsch. Zum Beispiel dieser Gundolf Köhler. Hier gibt es ja nun Anhaltspunkte dafür, daß in dem Dunstkreis des Gundolf Köhler auch Leute des Ministeriums für Staatssicherheit tätig waren. Man sollte Herrn Baum, wenn es überhaupt einen Sinn hat, diesen Innenminister zu diesen Dingen zu fragen, mal fragen, wie denn hier der Sachstand der Ermittlungen sei...

Frage: Sie haben heute in einem Zeitungsinterview dem Generalbundesanwalt Kurt Rebmann Pannen vorgeworfen und praktisch ein Versagen. Womit begründen Sie das?

Spranger: Ich bitte aber auch meine zusätzlichen Bemerkungen nun zur Kenntnis zu geben, daß ich erklärt habe, daß die Verhaltensweisen des Herrn Rebmann ganz offensichtlich unter politischem Druck erfolgt sein müssen. Denn für mich ist es einfach unerfindlich, wie man also die Verhaftung von sechs Rechtsextremisten im Zusammenhang mit dem Münchener Anschlag bekanntgeben kann und am nächsten Tag oder kurz danach nun mitteilen muß, daß also hier gegen die kein ausreichender Verdacht vorliegt. Entweder hat man hier schlampig ermittelt, oder man hat der Öffentlichkeit Ermittlungsergebnisse nur vorgetäuscht, die nun eine Verhaftung letztendlich nicht rechtfertigen. Und das ist erstens zu diesem Zeitpunkt, angesichts zweitens der schwerwiegenden Ereignisse in München, ein nicht tragbares Verhalten. Aber wie gesagt, ich gehe auch davon aus, daß hier politischer Druck die Entscheidung des Herrn Rebmann in dieser Phase bestimmte.(...)

«Pauschal diffamiert»

Brief des Bundesministers für innerdeutsche Beziehungen, Egon Franke, vom 3. Oktober 1980 an den bayerischen Ministerpräsidenten Franz Josef Strauß

Sehr geehrter Herr Ministerpräsident,

bei allem Verständnis dafür, daß in der Hitze des Wahlkampfs nicht jedes Wort mit der Apothekerwaage zu messen ist, muß ich doch mit Entschiedenheit dagegen protestieren, daß Sie in Ihrem Interview in der *Bild-Zeitung* vom 29. September 1980 im Zusammenhang mit dem Terroranschlag von München die besonderen Bemühungen der Bundesregierung in unerträglicher Weise diffamiert haben. Sie behaupten, Informationen zu besitzen, wonach «zwei Dutzend» Mitglieder einer rechtsradikalen Gruppe aus der DDR kommen und freigekauft sein sollen. Dies ist mir besonders unverständlich, weil es gerade Sie selbst waren, der in der Vergangenheit in zahlreichen Fällen – insgesamt für weit über 50 Personen – mich um Hilfe gebeten haben und ich Ihnen diese selbstverständlich nicht verweigert habe.

Menschen, die oft unter den schwierigsten Umständen aus der DDR zu uns kommen, sollte die Integration in die Bundesrepublik Deutschland nicht dadurch erschwert werden, daß Politiker sie – nach allem, was sie erlebt haben – auch noch pauschal diffamieren.

Ich wäre Ihnen sehr verbunden, wenn es nach dem 5. Oktober möglich sein sollte, daß Sie die bewährte und auch von Ihnen immer wieder in Anspruch genommene Möglichkeit der besonderen Bemühungen von dem schiefen Licht befreien könnten, in das sie durch Ihre Wahlkampf-Ausführungen gestellt worden sind.

Mit freundlichen Grüßen
Egon Franke

«Das alte Dreifach-Klischee»

In Westdeutschland, so hatte schon vor zehn Jahren die *Frankfurter Allgemeine* kritisiert, unterlägen rechtsextremistische Taten «tendenziell alle dem gleichen Interpretationsschema».

«1. Die Täter werden für kaum zurechnungsfähig erklärt.

2. Man betont die Einzeltat ... wobei

3. die rechtsextreme Irrläuferei wenn möglich der heimlichen Identität mit der Linken gezogen wird.»

Das alte Dreifach-Klischee erwies sich auf verblüffende Weise als brandaktuell. Gleich nach der Tat war – erstens – allenthalben zu hören, der Anschlag sei das Werk eines Wahnsinnigen, «nur noch mit medizinischen Dimensionen zu messen» (CDU-Vorsitzender Helmut Kohl).

Während die Fahnder noch Zeugen vernahmen und Spuren verfolgten, die auf eine «Organisationstat» (Generalbundesanwalt Kurt Rebmann) zu deuten schienen, erklärte – zweitens – Franz Josef Strauß bereits, «alles» spreche «dafür, daß es sich um die Tat eines einzelnen gehandelt» habe, eben jenes Geologiestudenten Gundolf Köhler, 21, dessen Leiche am Tatort gefunden worden war.

Obendrein – drittens – wagte Strauß sogleich die Prognose, was als rechtsradikal erscheine, könne sich bald als linksradikal erweisen: «Spuren des Attentats» führten in eine «ganz andere Richtung» als angenommen.

Zwei Tage nach dem Anschlag antwortete Strauß in einem *Bild*-Interview auf die Frage, ob «der Rechtsradikalismus nicht ernst genug genommen» worden sei:

«In Bayern, wo ich für die Dienste zuständig bin, wurde alles getan. Im Bund gibt es leider eine Fülle von Versäumnissen.

Ich habe zum Beispiel Informationen, wonach rund zwei Dutzend Mitglieder einer rechtsradikalen Splittergruppe aus der ‹DDR› kommen. Sie sollen zum Teil sogar von der Bundesregierung freigekauft worden sein und unter Beobachtung des Verfassungsschutzes stehen.»

Davon, daß massenhaft Ostagenten in die Neonazi-Szene «eingefiltert» (Strauß) worden seien, weiß der Verfassungsschutz freilich nichts. «Blanker Unsinn», urteilte Richard Meier, der Präsident des Kölner Bundesamtes.

«Strauß' demagogische Vorwürfe» seien, kommentierten in- und ausländische Blätter, «so abstrus, daß man sich nur an den Kopf fassen kann» (*Süddeutsche Zeitung*). Mit seinem Versuch, als einziger namhafter Politiker die Terrortat in den Wahlkampf zu zerren, habe der Kandidat, so Zürichs *Tages-Anzeiger*, abermals bewiesen, daß er «in kritischen Situationen seine Nerven nicht im Zaum halten» könne.

Aus: *Der Spiegel*, 6. 10. 1980

2. Kampagne, zweiter Teil

«Diesen zum Teufel hauen»
Franz Josef Strauß
und der Geist von Sonthofen

Strauß selber blieb in den Tagen vor der Bundestagswahl nicht untätig. Die Staatskanzlei in München versicherte fast täglich, der Ministerpräsident habe «die Gefahr des Terrorismus, gleichgültig welcher Couleur, niemals verniedlicht». Alles spreche nach dem bisherigen Ermittlungsstand für die Tat eines einzelnen, betonte der Sprecher der Staatskanzlei, Hans Tross, und vergaß nicht hinzuzufügen, daß die Bundesregierung mit Innenminister Baum (FDP) an der Spitze seit langem die Gefahren des Terrorismus verharmlost, die Sicherheitsorgane verunsichert und die staatliche Autorität geschwächt habe.

In der Dienstag-Ausgabe der Münchner *Abendzeitung* (30. September 1980) wartete der bayerische Ministerpräsident mit der Neuigkeit auf, die «Wehrsportgruppe Hoffmann» habe vom libyschen Staatschef Ghaddafi Geld erhalten und mit ihm Geschäfte gemacht. Strauß sagte, er habe die «ziemlich gesicherte Information», daß Hoffmann und andere Mitglieder der Gruppe Lastwagen nach Libyen verkauft hätten und dafür von Ghaddafi bezahlt worden seien. Und Bundesinnenminister Baum habe Ghaddafi «aufgesucht und mit ihm engste Zusammenarbeit im Kampf gegen den Terrorismus vereinbart». In diesem Interview äußerte sich der damalige Kanzlerkandidat auch zur angeblichen Infiltration nicht nur seitens des Staatssicherheitsdienstes der DDR, sondern auch des sowjetischen Geheimdienstes KGB: »Wenn man die Kriegführung des (sowjetischen) KGB und der verwandten Dienste – dazu gehört auch der Staatssicherheitsdienst (der DDR) – kennt, dann kann man mit Sicherheit davon ausgehen, daß man versucht, rechtsextremistische Vereinigungen nicht nur zu infiltrieren, sondern auch für provokative Zwecke zur Diffamierung der Bundesrepublik zu gebrauchen.»

Die Trauerfeier für die Bomben-Opfer war kaum vorbei, als der Kanzlerkandidat zur nächsten Attacke schritt. Über eine Wahlkundgebung am Dienstagabend in Augsburg berichtete der bayerische Landesdienst der Deutschen Presse Agentur: «Vor etwa 6000 bis 10000 Zuhörern auf dem Rathausplatz wiederholte Strauß unter Hinweis auf das ‹lange Sündenregister› von Bundesinnenminister Baum seinen Appell an die Wähler, ‹diesen zum Teufel hauen› und mit ihm den Kanzler abzulösen. Störversuche einiger Dutzend Demonstranten quittierte der CSU-Vorsitzende mit dem Hinweis: ‹Hier geht die Saat der Gewalt auf.›»

Am nächsten Tag stieß der CSU-Vorsitzende nach. In einem Artikel für das CSU-Organ *Bayernkurier* schrieb Strauß unter Bezug auf das Münchener Attentat, der «in erster Linie zuständige» FDP-Innenminister Baum habe sich «begründet den Beinamen eines Unsicherheitsministers erworben». Strauß weiter:

«Seine Bemühungen, den Staat in seinen rechtlichen und gesetzlichen Möglichkeiten einzuschränken, seine Anstrengungen, die letzten Schranken zu beseitigen, damit Staatsfeinde ungeniert in den Staatsdienst kommen, seine Verunsicherung der staatlichen Sicherheitsorgane auf allen Ebenen, seine peinlichen gemeinsamen Auftritte mit Ex-Terroristen – all das schafft nicht nur ein der inneren Sicherheit in unserem Staat abträgliches psychologisches Klima, sondern konkrete Gefährdung.»

«Das ist der Geist von Sonthofen»

Stern-Interview mit Bundesinnenminister Gerhart Baum (FDP)

2. Okt. 1980

Stern: Herr Baum, der Unions-Kanzlerkandidat Franz Josef Strauß hat Sie eine «Skandalfigur» genannt und erklärt, Sie treffe eine Mitschuld am Münchner Bombenanschlag. Strauß fordert Ihren Rücktritt. Werden Sie ihm den Gefallen tun?

Baum: Nein, natürlich nicht. Wenn Herr Strauß schon meint, Vorwürfe erheben zu müssen, so wäre sein eigener Innenminister die richtige Adresse. Denn der Anschlag fand schließlich in Bayern statt. Ich erhebe allerdings keine Vorwürfe gegen die bayerischen Behörden. Besonders der bayerische Verfassungsschutz hat verdienstvolle Arbeit geleistet.

Stern: Der bayerische Ministerpräsident versucht offensichtlich, Ihnen die Toten von München anzulasten.

Baum: Daß Strauß es überhaupt wagt, die Opfer von München für seinen Wahlkampf zu mißbrauchen, entlarvt ihn mehr als alles andere. Das ist der Geist von Sonthofen. Dem bedingungslosen Machtstreben wird alles preisgegeben.

Stern: Mußte Strauß nicht von seinen eigenen Behörden wissen, daß die Täter im rechtsradikalen Lager zu suchen sind?

Baum: Strauß wußte in der Tat schon am Samstagmorgen, daß sich der Verdacht auf ein Mitglied der von mir verbotenen und aufgelösten «Wehrsportgruppe Hoffmann» konzentrierte. Dieser junge Mann hat sich offenbar selbst in die Luft gesprengt. Strauß liegt aber nichts an einer sachlichen

Information der Bürger. Denn das Ergebnis steht für ihn von vornherein fest: Schuld hat Baum, Schuld hat die FDP. Nur in der Vernichtung der FDP sieht Strauß eine Chance, doch noch an die Macht zu kommen.

Stern: Trifft Sie der Vorwurf, die bundesdeutschen Sicherheitsdienste seien verunsichert und der Terrorismus werde verharmlost?

Baum: Dieser Vorwurf ist absurd. Ich bin seit meinem ersten Verfassungsschutzbericht von der Union beschimpft worden, weil ich auf terroristische Ansätze im Rechtsextremismus hingewiesen und aufgefordert habe, auch auf die Gefahren von rechts zu achten. Es war Herr Tandler, der Innenminister von Herrn Strauß, der mich damals öffentlich bezichtigte, eine «Schattengefahr» aufzubauen. Die große Gefahr sei vielmehr der Linksextremismus.

Stern: Also keine Versäumnisse?

Baum: Keine. Die Vorwürfe von Strauß an die Sicherheitsbehörden sind haltlos. Ohne die Arbeit des Verfassunngsschutzes wären zum Beispiel die rechten Bombenwerfer, die den Tod zweier vietnamesischer Flüchtlinge in einem Hamburger Ausländerheim verursachten, nicht gefaßt worden. Auch der gegenwärtige Ermittlungsstand zum Münchner Attentat beruht weitgehend auf der Arbeit des Verfassungsschutzes.

Stern: Der Rechtsradikalismus ist in den letzten Jahren immer gewalttätiger geworden. Trotzdem erscheint vielen Bürgern die Gefahr von der extremen Linken größer. Hat es die Bundesregierung versäumt, hier politisch aufzuklären?

Baum: Nein, wir haben nichts versäumt. Aber unsere Aufklärung wird von der Union mit ihren Vorwürfen, die Bundesregierung überzeichne die Gefahren des Rechtsextremismus, unterlaufen. Ich garantiere Ihnen: Die Bundesregierung ist weder auf dem rechten noch auf dem linken Auge blind.

Stern: Auf welchem Boden konnte denn die rechtsradikale Saat gedeihen?

Baum: Die wachsende Ausländerfeindlichkeit ist ohne Zweifel ein Nährboden für rechtsextremistische Bestrebungen. Dieses mit Emotionen befrachtete Thema ist leider auch in den Wahlkampf hineingezogen worden. Doch zu einer entschlossenen Bekämpfung des Extremismus von rechts und links gehört die Gemeinsamkeit der Demokraten.

Stern: War das Münchner Sprengstoffmassaker der Beginn einer neuen Terrorwelle, und müssen wir in Zukunft – ähnlich wie in Italien – mit den Bombenlegern von rechts leben?

Baum: Bisher ist unklar, ob es sich um den Exzeß eines einzelnen handelt oder ob der Bombenanschlag die geplante Aktion einer Gruppe war. Wir werden alle Anstrengungen unternehmen, um eine weitere Eskalation der

Gewalt zu verhindern. Dazu gehört allerdings, daß nicht parteipolitische Hysterie die Arbeit von Politikern und Sicherheitsbehörden belastet und hemmt.

Rückblende
«... und räumen so auf»
Auszüge aus der Sonthofener Rede von Franz Josef Strauß am 18. November 1974

«Wer also in Zukunft sagt, diese SPD und FDP sind nicht mehr fähig, unseren Staat und unsere Gesellschaft vor Verbrechern zu schützen, trifft den Kern. Es geht quer durch alle Bereiche, die Verherrlichung der Verbrechen schon in der Schulpolitik angefangen, wo sie dann politisch verbrämt werden, dann geht's in die Medienpolitik hinein...»

«Und jetzt hier in demokratischer Gemeinsamkeit zu sagen, wir Demokraten in SPD/FDP und CDU/CSU, wir halten also jetzt nun zusammen in dieser Situation, hier müssen wir den Rechtsstaat retten – das ist alles blödes Zeug! Wir müssen sagen, die SPD und FDP überlassen diesen Staat kriminellen politischen Gangstern. Und zwischen kriminellen und politischen Gangstern ist nicht der geringste Unterschied, sie sind alle miteinander Verbrecher. Und wenn wir hinkommen und räumen so auf, daß bis zum Rest dieses Jahrhunderts von diesen Banditen keiner es mehr wagt, in Deutschland das Maul aufzumachen. Selbst wenn wir es nicht ganz halten können. Aber den Eindruck müssen wir verkörpern.»

«Da können wir nicht genug an allgemeiner Konfrontation schaffen... Stichworte: Wir kämpfen für die Freiheit, gegen den Sozialismus, für die Person und das Individuum, gegen das Kollektiv, für ein geeintes Westeuropa, gegen eine sowjetische Hegemonie über ganz Europa.»

Aus: Klaus Warnecke: F. J. Strauß im Zwielicht der Geschichte, München 1979

Zweimal Deutschland im Herbst

Ein Vergleich mit 1977

Je schärfer die innenpolitische Auseinandersetzung um den Bomben-anschlag von München geführt wurde und je näher der Wahltermin am 5. Oktober 1980 rückte, um so mehr geriet das eigentliche Geschehen auf der Theresienwiese in den Hintergrund. Wohl niemals vorher ist ein politisches Attentat so schnell aus dem Bewußtsein der Bevölkerung verschwunden wie jenes am Abend des 26. September 1980 auf dem Münchner Oktoberfest. Was an diesem Tag innerhalb weniger Sekun-den geschah und schließlich dreizehn Menschen das Leben kostete und viele Unschuldige zu Krüppeln machte, das blieb wenige Tage später letztlich nur noch für die unmittelbar Betroffenen und ihre Angehörigen eine grausame Erfahrung. Ihre Umwelt reagierte bald so, als ob nichts gewesen wäre.

Gewiß trugen andere Ereignisse wie die anstehende Wahlentschei-dung und die Freilassung der Kinder im Entführungsfall Kronzucker/ Wächtler in Italien dazu bei, daß das öffentliche Interesse sich anderen Dingen zuwandte. Aber das erklärt noch keineswegs das «Zur-Tages-ordnung-Übergehen»; die Menschen in der Bundesrepublik fühlten sich tatsächlich nicht «betroffen». Das Münchner Attentat wurde als eine Ka-tastrophe empfunden, die politische Dimension blieb außen vor.

Drei Jahre vorher, im Herbst des Jahres 1977, hatte es in der Bundes-republik Deutschland ebenfalls ein politisches Attentat gegeben, und damals reagierten die Menschen ganz anders, auch die Politiker. Beide Ereignisse sind in ihrem jeweiligen Ablauf nicht ganz vergleichbar, aber es handelt sich in beiden Fällen um politisch motivierte Gewalttaten, und ein kurzer Vergleich, eine knappe Erinnerung an die Vorgänge im Herbst 1977 macht schon deutlich, wie sehr in der Bundesrepublik mit zweierlei Maß gemessen wird.

Am 5. September 1977 wurde um 18.11 Uhr in Köln-Braunfeld der Wa-gen des Arbeitgeberpräsidenten Hanns-Martin Schleyer (62) von einem Terror-Kommando überfallen. Bei einem Schußwechsel kamen vier sei-ner Begleiter ums Leben, Schleyer selber wurde von den Terroristen verschleppt. Noch am Abend desselben Tages hielt Bundeskanzler Hel-mut Schmidt über Rundfunk und Fernsehen eine Ansprache, in der er erklärte: «Uns alle erfüllt nicht bloß tiefe Betroffenheit angesichts der Toten, uns erfüllt alle auch tiefer Zorn über die Brutalität, mit der die Terroristen in ihrem verbrecherischen Wahn vorgehen. Sie wollen den demokratischen Staat und das Vertrauen der Bürger in unseren Staat aushöhlen.» Der Kanzler sagte dies gewiß in Übereinstimmung mit den Gefühlen und Empfindungen eines großen Teils der Bevölkerung. Schmidt kündigte eine «massive Verstärkung» des Bundeskriminalamtes und anderer Sicherheitsorgane an. «Die notwendigen Mittel und Hilfsmittel dafür werden selbstverständlich verfügbar gemacht werden.»

Am Tag nach dem Überfall auf den Arbeitgeberpräsidenten, am 6. September 1977, sprach Oppositionsführer Helmut Kohl anläßlich einer Sitzung der CDU/CSU-Bundestagsfraktion in West-Berlin von einer «Kriegserklärung» an die Zivilisation, die Verfassungsordnung, den Frieden und den rechtmäßigen Anspruch der Bürger auf Unversehrtheit. Nach Zeitungsberichten erklärte Kohl ferner, die Bekämpfung des Terrorismus sei Aufgabe für jedermann. Auch die «Sympathisantenszene» gelte es zu bekämpfen. Weder «Theologen, Philosophen noch sonstwer» seien berechtigt, «tollwütige Verbrecherbanden» zu rechtfertigen.

Noch schriller reagierte der Historiker Golo Mann. In einem Artikel von Mann auf der ersten Seite der Tageszeitung *Die Welt* vom 7. September 1977 heißt es: «Man befindet sich in einem Ausnahmezustand. Man befindet sich in einer grausamen und durchaus neuen Art von Bürgerkrieg.» Nach Ansicht des Autors sollten Bürger, die ihre Grundrechte mißbrauchen, «ihre eigenen Grundrechte verlieren» – womit die Verfassung auf den Kopf gestellt wäre. Als Sofortmaßnahmen schlug er vor, die verurteilten und in Untersuchungshaft sitzenden Baader-Meinhof-Häftlinge zu isolieren. Außerdem: «Sämtliche Vertrauensanwälte der Terroristen sind unter dringendem Verdacht der Komplicenschaft auszuschließen» – eine Empfehlung, die kurz darauf praktiziert wurde, ohne gesetzliche Grundlage, denn das Kontaktsperregesetz wurde erst Ende September 1977 im Eilverfahren durch die politischen Instanzen gejagt und verabschiedet.

In derselben Ausgabe der Zeitung *Die Welt* brachte das Blatt ein Interview mit dem damaligen Bundestagspräsidenten Prof. Karl Carstens. Der Politiker Carstens plädierte darin für eine Änderung der Haftbedingungen für Terroristen, eine Überwachung des mündlichen Verteidigerverkehrs mit einsitzenden Baader-Meinhof-Anhängern, gegen den sogenannten Umschluß, also die Zusammenführung von Häftlingen in den Strafvollzugsanstalten und gegen eine Zwangsernährung von Gefangenen, weil sie ein «inhumaner Vorgang» sei.

Am 7. September 1977 verhängte die Bundesregierung eine strikte Nachrichtensperre über alle Vorgänge in Verbindung mit dem Entführungsfall Schleyer. Eine öffentliche Kontrolle über alles das, was im «großen Bonner Krisenstab» geschah, gab es von da an nicht mehr, was praktisch bedeutete, daß ein Grundrecht außer Kraft gesetzt war. Einen Tag später, am 8. September 1977, stachelte die *Bild-Zeitung* die allgemeine Hysterie weiter an. In einem Kurzkommentar wurde die Bevölke-

rung aufgerufen, zu den Waffen zu greifen: «Unser aller Bewährungs-
probe steht noch aus: den Bürgerkrieg ernst nehmen, das heißt Ernst
machen gegen die Krieger. In diesem Kampf darf es keine mildernden
Umstände geben. Nur dieses: Das Grundgesetz in der linken, die Waffen
in der rechten Hand.»

Kein Wunder, daß bald die Diskussion über die Wiedereinführung der
Todesstrafe einsetzte. Der CSU-Bundestagsabgeordnete Lorenz Niegel
empfahl, «mit allem Für und Wider» die Todesstrafe zu diskutieren, die
laut Artikel 102 des Grundgesetzes abgeschafft ist. Niegel: «In der Bevölkerung wird das von uns erwartet.» Friedrich Zimmermann, Chef der
CSU-Landesgruppe im Bundestag, rief alle dazu auf, «das Undenkbare
zu denken».

Solche Äußerungen wurden zu einem Zeitpunkt getan, als Arbeitge-
berpräsident Hanns-Martin Schleyer noch nicht von seinen Entführern
ermordet worden war. Statt in den Wochen quälenden Wartens und
Bangens um das Schicksal von Schleyer beruhigend zu wirken, gossen
einige Öl aufs Feuer. Die Nation geriet dabei allmählich in einen Ausnahmezustand, in dem mühsam erkämpfte rechtsstaatliche Prinzipien zur
beliebigen Verfügungsmasse von Politikern wurden, ein Ausnahmezustand, in dem die Abrechnung mit den sogenannten Sympathisanten
stattfinden konnte, der politischen Linken.

An diese Stimmung versuchte der bayerische Ministerpräsident und
Kanzlerkandidat nach dem Münchner Attentat anzuknüpfen. Aber diesmal lagen die Dinge ganz anders; die Rechten waren am Werk gewesen,
und sie hatten grausamer und brutaler zugeschlagen als die Baader-
Meinhof-Leute es je bei einem ihrer Anschläge getan hatten. Und dies
passierte sozusagen vor der Haustür des bayerischen Ministerpräsidenten. Damit ließen sich Versäumnisse und Fehleinschätzungen des
Rechtsextremismus nicht mehr wegwischen. Die einzige Chance bestand darin, von dem schlimmen Geschehen abzulenken und es nach
Möglichkeit in Vergessenheit geraten zu lassen.

Mord darf kein Mittel der Politik sein

Von Herbert Marcuse

In ihrer Stellungnahme zum Terror in der Bundesrepublik muß sich die
Linke zunächst von zwei Fragen leiten lassen: 1. Können die terroristischen Aktionen zur Schwächung des kapitalistischen Systems beitragen?
2. Sind diese Aktionen gerechtfertigt vor den Forderungen revolutionärer
Moral? Ich muß auf beide Fragen eine negative Antwort geben.

Die physische Liquidierung einzelner Personen, selbst der prominentesten, unterbricht nicht das normale Funktionieren des kapitalistischen Systems selbst, wohl aber stärkt sie sein repressives Potential – ohne (und das ist das Entscheidende) die Opposition gegen die Repression zu aktivieren oder auch nur zum politischen Bewußtsein zu bringen.

Gewiß, diese Personen repräsentieren das System: aber sie *repräsentieren* es nur. Das heißt, sie sind ersetzbar, auswechselbar, und das Reservoir für ihre Rekrutierung ist fast unerschöpflich.

Die Erzeugung von Unsicherheit und Angst in der herrschenden Klasse ist kein revolutionärer Faktor angesichts des schreienden Mißverhältnisses zwischen der im Staatsapparat konzentrierten Gewalt einerseits und der Schwäche der von den Massen isolierten terroristischen Gruppen andererseits. Unter den in der Bundesrepublik herrschenden Bedingungen (die der präventiven Gegenrevolution) ist daher die Provozierung dieser Gewalt destruktiv für die Linke.

Es mag Situationen geben, wo die Beseitigung von Protagonisten der Repression wirklich das System verändert – wenigstens in seinen politischen Manifestationen – und die Unterdrückung liberalisiert (zum Beispiel das erfolgreiche Attentat auf Carrero Blanco in Spanien; vielleicht auch die Tötung Hitlers). Aber in beiden Fällen war das System bereits in der Phase des Zerfalls, eine Situation, die in der Bundesrepublik sicherlich nicht existiert.

Aber der marxistische Sozialismus steht nicht nur unter dem Gesetz des revolutionären Pragmatismus, sondern auch der revolutionären Moral. Das Ziel: der befreite Mensch muß in den Mitteln erscheinen. Revolutionäre Moral verlangt, solange die Möglichkeiten dafür bestehen, den offenen Kampf – nicht die Verschwörung und den hinterlistigen Überfall. Und der offene Kampf ist der Klassenkampf. In der Bundesrepublik und nicht nur dort ist die radikale Opposition gegen den Kapitalismus heute zum großen Teil von der Arbeiterklasse isoliert: Die Studentenbewegung, die «deklassierten» Radikalen der Bourgeoisie, die Frauen suchen die ihnen eigenen Formen des Kampfes. Die Frustrierung ist kaum erträglich: Sie entlädt sich in Terrorakten gegen Personen – in Aktionen, die von Individuen und kleinen isolierten Gruppen ausführbar sind.

Diese Individualisierung des Kampfes stellt die Terroristen vor die Frage der Schuld und Verantwortung. Die von den Terroristen als Opfer gewählten Vertreter des Kapitals sind ihnen für den Kapitalismus verantwortlich, wie Hitler und Himmler verantwortlich waren für die Konzentrationslager. Das macht die Opfer des Terrors nicht unschuldig – aber ihre Schuld kann nur gesühnt werden durch die Abschaffung des Kapitalismus selbst.

Ist der Terror in der Bundesrepublik eine legitime Fortsetzung der Studentenbewegung mit anderen Mitteln, angepaßt an die intensivierte Repression? Auch diese Frage muß ich negativ beantworten. Der Terror ist vielmehr ein Bruch mit dieser Bewegung. Die Apo war, mit allen Vorbehalten in bezug auf ihre Klassenbasis, eine Massenbewegung im internationalen Maßstab und mit einer internationalen Strategie: Sie bedeutet einen Wendepunkt in der Entwicklung der Klassenkämpfe im Spätkapitalismus: nämlich die Proklamation des Kampfes für die «konkrete Utopie», für den Sozialismus als qualitativ verschiedene, alle traditionellen Ziele übersteigende und doch reale Möglichkeit. Die Bewegung schreckte nicht zurück vor der offenen Konfrontation, aber in ihrer großen Majorität verwarf sie den konspiratorischen Terror. Dieser ist nicht ihr Erbe: Er bleibt der alten Gesellschaft verhaftet, die er doch stürzen will. Er arbeitet mit ihren Waffen, die doch nicht ihren Zweck erfüllen. Zugleich spaltet er die Linke noch einmal zu einer Zeit, wo die Zusammenfassung aller oppositionellen Kräfte geboten ist.

Gerade weil die Linke diesen Terror verwirft, hat sie es nicht nötig, in die bürgerliche Verfemung der radikalen Opposition einzustimmen. Sie spricht ihr autonomes Urteil im Namen des Kampfes für den Sozialismus. In diesem Namen spricht sie ihr «Nein – das wollen wir nicht». Die Terroristen kompromittieren diesen Kampf, der doch auch ihr eigener ist. Ihre Methoden sind nicht die der Befreiung – nicht einmal die des Überlebens in einer Gesellschaft, die für die Unterdrückung der Linken mobilisiert ist.

Aus: *Die Zeit*, 16. 9. 1977

«Wer Freude hat, birgt eine Bombe»
Von Heinrich Böll

Keine politische Gruppierung, wie immer sie sich definieren mag, sollte auch nur den geringsten Zweifel mehr lassen, daß die kaltblütig geplante Ermordung und Entführung von Mitbürgern nicht nur «kein Mittel im politischen Kampf» ist; Zwei- oder Vieldeutigkeiten sind nicht mehr am Platz, es ist nicht die Zeit für Frivolitäten oder Zynismus, und wer da «klammheimliche Freude» empfindet, sollte wissen, daß er eine Bombe in sich birgt; und ich setze diese heimliche Freude nicht nur bei einigen voraus, die sich «links» definieren, auch bei den anderen. Heimliche Trauer ist angebracht – demonstrative Trauer hat immer etwas Peinliches. Vielleicht sollte man bei *jeder* Entführung, bei *jedem* Mord öffentlich Signal geben: *alle* Ampeln auf Rot stellen – oder Grün, auf daß uns angezeigt werde, in welch einer chaotischen Welt wir leben. Südamerikanische Freunde haben mir erzählt, daß sie bei politischen Veranstaltungen, die im Saal und bei Licht stattfinden, alle zwanzig Sekunden das Licht ausschalten, denn alle zwanzig Sekunden stirbt auf dem südamerikanischen Kontinent ein Kind an Hunger, Krankheit, Vernachlässigung. Wahrscheinlich sind wir, umgeben von Ampeln und der Aufdringlichkeit der Werbeleuchtschriften, für Signale kaum noch erreichbar. An- und eingespannt, wie wir sind, sind wir in Gefahr, das Entsetzliche – vier Mitbürger ermordet, ein fünfter entführt – nur noch als spannend zu empfinden. Ich weiß nicht, welche und wieviel düstere Instinkte da wach werden. Der, der da irgendwo sitzt, wartet, um sein Leben bangt, Herr Schleyer, wird unwirklich, und ist in Gefahr, zum Vehikel zu werden für die, die sich da heimlich freuen. Schon gehen manche Kommentare und publizistische Spekulationen an ihm vorbei, über ihn hinweg, und es ist diese Tatsache, die mich über das Verbrechen selbst hinaus, verstört.

Wir alle, alle wissen: Es ist der Segen und das Kreuz des Rechtsstaates, daß er auch die rechtmäßig behandeln muß, die sich gegen das Recht vergangen, das Gesetz gebrochen haben, ob als Mörder oder Diebe, als Entführer oder Betrüger. Das Recht steht über Stimmungen, Volksmeinungen, Umfragen, Statistiken, es steht über Schlagzeilendemagogie und tagespolitischer Spekulation. Das «gesunde Volksempfinden» hat sich in der Geschichte meistens als krank erwiesen, und nicht nur im Lande der häßlichen Deutschen. Wenn es – außer ihrem erklärten Ziel – das Ziel der Terroristen ist, innenpolitische Konfrontation zu schaffen, so sind sie auf dem besten Wege, dieses Ziel zu erreichen. Es geht hier nicht um polizeitechnische, kriminalistische Maßnahmen, es geht um eine Welle von Verdächtigungen, die hochschwappen kann, hochgepeitscht bis in die Wahlkämpfe hineinschlagen wird; im «gesunden Volksempfinden», diesem unermeßlichen Reservoir, verbergen sich viele Wählerstimmen. Und es gibt natürlich nicht nur solche, die begehrlich Stimmung machen, auch solche, die sich als Märtyrer dieser Stimmung ihre Rolle wünschen; unzählige aber gibt es, die, wie ich es gerade über Helga Nowak in den *Nürnberger Nachrichten* lese, als «Anarchistenhelfer» nachbarschafts- und heimatvertrieben werden. Es wäre wohltuend, etwa im *Bayernkurier* oder in der *Welt* – aufs *Deutschlandmagazin* wage ich nicht zu hoffen – Fälle ähnlicher und weniger prominenter Art ohne heimliche oder offene Genugtuung analysiert zu sehen.

Wenn man, wie Herr Maihofer ankündigt, die «geistige Auseinandersetzung» beginnt, sollte man sich nicht länger auf die falsche Alternative: Verbrecher – irregeleitete Idealisten stützen. Manch einer ist aus Idealismus zum Mörder und Verbrecher geworden; man sollte ‹Schuld und Sühne› noch einmal lesen, oder auch ‹Michael Kohlhaas›, oder, wenn das als zu anstrengend empfunden wird, braucht man nur in einen Western hineinzuschauen, wo idealistisch motivierte Materialisten etwa bei einer Gefangenenbefreiung deren Wächter kaltblütig ermorden.

Wir sollten aus unserer Geschichte wissen, daß der Gegensatz Verbrecher–Idealist keiner ist. Ich weiß nicht, wie viele, wahrscheinlich hunderttausende, aus Idealismus Nazis geworden sind; sie sind nicht alle Verbrecher geworden, und es sind nicht alle Verbrecher, die in der Naziwelle mitschwammen, Idealisten gewesen; es gibt da Mischungen, Übergänge, und es gibt – nicht nur in den Ländern, wo die häßlichen Deutschen wohnen – krude Formen des Materialismus, die einen jungen Menschen zum Idealisten machen können, ohne daß er ins Verbrecherische absinken muß. So einfach jedenfalls ist die Alternative nicht; es hat keinen Sinn, die geistige Auseinandersetzung auf diesem Niveau zu beginnen. Wenn alle, aber auch alle Vorschläge zur Behebung der Arbeitslosigkeit in einer Aufforderung zum Konsum bestehen (irgendeiner sprach sogar vom «fröhlichen Konsumieren»), wird es immer mehr «Idealisten» geben; ob sie irregeleitet werden, hängt von uns ab, von uns allen, ganz gleich, wie wir uns definieren, und es wäre nicht nur bedauerlich, es wäre verhängnisvoll, wenn sich «linke» und «rechte» Festungen bildeten.

Während ich dies schreibe, ist das Schicksal von Herrn Schleyer noch ungewiß (Informationsstand vom Mittag des 13. September 1977). Ich hoffe, daß er wohlbehalten bei seiner Familie ist, wenn dieser Artikel erscheint.

Aus: *Die Zeit*, 16. Sept. 1977

Gruppe oder Bande

Zurück zum Anschlag auf dem Oktoberfest: Vergleichbare Artikel wie die Aufsätze von Heinrich Böll und Herbert Marcuse in der *Zeit* zur Schleyer-Entführung sind im Zusammenhang mit dem Bombenattentat nicht zu finden. Die Politiker beherrschten die Szene, und bereits der sprachliche Umgang mit dem Terror läßt ihre widersprüchliche Haltung erkennen. Keiner der Unionspolitiker, die sich zum Münchener Attentat äußerten, kam auf den Gedanken, die «Wehrsportgruppe Hoffmann» in eine «Wehrsportbande Hoffmann» umzubenennen. Dabei hätte dieser Gedanke gerade für die Union nahegelegen bzw. wäre für sie konsequent gewesen, denn führende Politiker von CDU und CSU waren es, die sich immer wieder vehement gegen die Bezeichnung «Baader-Meinhof-Gruppe» ausgesprochen hatten. Wer von «Gruppe» sprach, rutschte nach dem politischen Blickwinkel der Opposition automatisch in das Lager der «Sympathisanten». Lauthals forderte sie deshalb die Sprachregelung «Banden» – vom politischen Gegner und vor allem von den Journalisten. Wer sich dem nicht fügte, lebte mit dem Stigma eines heimlichen Anhängers der Linksterroristen.

Alfred Dregger, stellvertretender Vorsitzender der CDU, hat in der Bundestagssitzung vom 13. März 1975 demonstriert, wie er sich den sprachlichen Umgang mit den Baader-Meinhof-Anhängern vorstellt. Aus der Debatte, die sich um die Einführung eines neuen Gewaltparagraphen drehte, einige Zitate Dreggers:

«Beunruhigender, meine Damen und Herrn, als die allgemeine Kriminalität ist das Auftreten organisierter Politgangster ...»

«Die Politkriminalität organisierter Banden unterscheidet sich von der allgemeinen Kriminalität ...»

«Den Politgangstern geht es um die Durchsetzung eines zwar pervertierten, aber doch politischen Ziels ...»

«Die Politgangster sind hervorragend organisiert, verfügen über internationale Verbindungen und verstehen sich selbst als Kriegführende ...»

«Ich halte die Politgangster nicht für abartige Hang- und Triebtäter, gegen die in der Tat eine gesetzliche Todesdrohung wirkungslos wäre. Ich halte sie auch nicht alle für Anarchisten alter Art. Ich glaube, wir müssen sie ernst nehmen als eine Bande eiskalt entschlossener, nüchtern kalkulierender Leute, die den Willen haben, ihre Vorstellung von Staat und Gesellschaft mit Gewalt und den Mitteln psychologischer Kriegführung den anderen aufzuzwingen.»

«Wir brauchen ein von den besten Sicherheitsexperten erstelltes Programm zur Zerschlagung der Politbanden ...»

«Wir müssen die Verbrecher jagen.»

Dieses alles richtete sich, wie gesagt, gegen den Terror der Baader-Meinhof-Gruppe. Nichts dergleichen ist im Hinblick auf die politische Gewaltkriminalität von rechts zu vernehmen. Sprachlich wird nur in einer Richtung sanktioniert. Das gilt auch für den Begriff des «Sympathisanten», der im Laufe der Auseinandersetzung um den Terrorismus umgedreht wurde. Im «Mescalero»-Prozeß Anfang November 1978 vor dem Landgericht in Berlin, als zahlreiche Professoren und Rechtsanwälte wegen der Dokumentation ‹Buback – Ein Nachruf› vor Gericht standen, sagte einer der Angeklagten, Professor Hermann Pfütze, zu dieser Sinnverdrehung:

«Bislang galt es zwar als private Neigung, aber jederzeit öffentlich sagbar, zum Beispiel mit einer Partei zu sympathisieren oder mit einer Befreiungsbewegung in der sogenannten Dritten Welt. Jetzt dagegen wird der Begriff für eine Art Komplicenschaft benutzt, als eine öffentliche Verdächtigung, die auch das private Leben bedroht. ‹Sympathisant› – das ist der Jagdbegriff der Hetzer und Hüter gegen alle kritischen Linken und radikalen Demokraten, die sich nicht eilig und öffentlich distanzieren.»

«Wehrsport ist nicht strafbar»
Ein Dokument jahrelanger Verharmlosung des Rechts-extremismus durch die CSU

Die Gefahr des Rechtsradikalismus in der Bundesrepublik ist von allen vier im Bundestag vertretenen Parteien falsch eingeschätzt worden. Kaum ein Politiker hat es für denkbar gehalten, daß es 35 Jahre nach der Befreiung vom Nationalsozialismus wieder einen militanten Rechtsextremismus geben würde, der mit Bombenanschlägen und Attentaten das Erbe Hitlers anzutreten versucht. Im Jahre 1980 hat der Terror von rechts sogar ein alarmierendes Ausmaß erreicht. Insgesamt vier Anschläge gehen auf das Konto der Neonazis:
– Am 30. Juni 1980 explodierte im Ausländerlager Zirndorf bei Nürnberg ein Sprengkörper; es entstand erheblicher Sachschaden.
– Am 17. August 1980 wurde auf eine Asyl-Unterkunft in Lörrach ein Sprengstoffanschlag verübt. Eine Frau erlitt schwere Verletzungen.
– Am 22. August 1980 war ein Ausländerwohnheim in Hamburg Ziel eines Brandanschlags mit Molotow-Cocktails. Zwei Vietnamesen, die ihr Land unter abenteuerlichen Umständen verlassen mußten und in der Bundesrepublik eine neue Heimat finden sollten, starben qualvoll.
– Am 26. September 1980 explodierte auf dem Münchner Oktoberfest eine Bombe. Dreizehn Personen wurden getötet, über 200 Menschen so schwer verletzt, daß viele von ihnen ihr Leben lang Krüppel bleiben.

Die Fehleinschätzung der neonazistischen Gefahr durch Politiker und Parteien geht nicht auf ein bloßes Versäumnis zurück; sie hat tiefere Ursachen, die mit der Geschichte der Bundesrepublik Deutschland zusammenhängen. Der Publizist Walter Boehlich hat darauf in einem Aufsatz hingewiesen, der in dem Buch ‹Ein deutscher Herbst› (Frankfurt 1980) erschienen ist. Dort heißt es unter der Überschrift «Schleyers Kinder»: «Die Bundesrepublik ist zu dem geworden, was sie ist, weil sie sich zwar beredt vom Faschismus distanziert, in ihrer Mehrheit aber dem Antifaschismus nie eine Chance gegeben hat. Sie ist von denen geprägt worden, die nicht gegen Hitler gekämpft haben.»

Natürlich haben einzelne Parteien versucht, dem «Antifaschismus eine Chance zu geben», allen voran die SPD mit ihrem Vorsitzenden Willy Brandt, der selber zu den Widerstandskämpfern gegen die Hitler-Diktatur gehörte. Aber für die Politik der SPD hatte und hat die Wahrung und Mehrung des Wohlstands der Bundesbürger allemal absoluten Vorrang etwa vor dem Bemühen, eine antifaschistische Tradition zu begründen. Solche Anstrengungen blieben im wesentlichen Splitterparteien und Gruppen wie der Deutschen Kommunistischen Partei (DKP) und der Deutschen Friedens-Union (DFU) überlassen. Erst seit etwa drei Jahren unternehmen führende Sozialdemokraten kontinuierlich Anstrengungen, den Ursachen des wachsenden Rechtsradikalismus politisch zu begegnen.

Innerhalb der Sozialdemokratischen Partei hat sich der SPD-Landesverband Bayern wohl am intensivsten um ein Vorgehen staatlicher Stellen gegen Karl-Heinz Hoffmann und seinen neonazistischen Anhang bemüht. Die im bayerischen Landtag in Opposition stehende Partei nutzte das ganze parlamentarische Instrumentarium, um die CSU-geführte Landesregierung zum Handeln zu bewegen, jedoch vergeblich. Bei schriftlichen Anfragen und mündlichen Interventionen mußte die SPD dafür nicht selten Spott und peinliche Belehrungen über sich ergehen lassen. So meinte Innenminister Gerold Tandler (CSU) im Frühjahr 1979: «Der ‹Wehrsport› ist nicht strafbar.» Und Franz Josef Strauß erklärte an die Adresse der sozialdemokratischen Opposition gerichtet: «Machen Sie sich doch nicht lächerlich.»

Die SPD hat ihre eigenen Bemühungen und die ablehnende Haltung der christlich-sozialen Landesregierung dokumentiert. Die Zusammenstellung beginnt mit dem Jahre 1963 und endet mit dem Datum 19. August 1980. Das Attentat auf dem Oktoberfest passierte nach Abschluß des Papiers. Besonders vor dem Hintergrund dieses Bombenanschlags ist die Zusammenstellung ein Dokument jahrelanger Verharmlosung des Rechtsextremismus durch die bayerische Landesregierung. Während der staatliche Ermittlungsapparat in der ganzen Bundesrepublik auch jeder kleinsten Spur bei der Suche nach möglichen linksterroristischen Gewalttätern nachging, durften in Bayern Hoffmann und seine Gesinnungsfreunde ungehindert militärische Übungen abhalten. Deutlicher konnten Ministerpräsident Strauß und sein Innenminister Tandler nicht unter Beweis stellen, daß sie auf dem rechten Auge nichts sehen wollten.

1963: Karl-Heinz Hoffmann, der spätere Gründer und Führer der Wehrsportgruppe Hoffmann (WSG) wird beim Waffenschmuggel in der Türkei ertappt.

1968: Hoffmann veranstaltet in Nürnberg ein Fest, dessen Teilnehmer fast ausschließlich Uniformen und Embleme aus der NS-Zeit tragen.

1973: Der Werbegrafiker Karl-Heinz Hoffmann aus Heroldsberg/Mittelfranken beginnt mit dem Aufbau der Wehrsportgruppe Hoffmann, der anfangs 23 Männer angehören. Die rechtsradikale Zielsetzung – dargestellt in einem «politischen Manifest» – ist die Zerschlagung der bestehenden Gesellschaftsstrukturen zugunsten eines «autoritären Führerstaates». In diesem Neunzehn-Punkte-Programm bringt Hoffmann zum Ausdruck, daß der Zweck der WSG weder durch eine Betätigung im parlamentarisch-parteipolitischen Bereich noch mittels einer außerparlamentarischen Sammlungsbewegung zu verwirklichen sei. Nur militante Kader als Speerspitze einer «Bewegung», die «gegen radikal links radikal rechts» zu kämpfen verstünden, seien dazu in der Lage. Hoffmann, der sich in der Vergangenheit als Gegner jeder «Spielart» demokratischer Ordnungen bezeichnet, erklärt über die künftigen Ziele der WSG, er werde nun in seinen Reihen eine gemeinsame politische Gesinnung züchten und später eine «Partei» mit einer modernen Gesellschaftsform gründen.

Anfang 1974: Das Wochenmagazin *stern* veröffentlicht einen «Heil Hoffmann» betitelten Beitrag, nach dem Hoffmann mit jungen Leuten in Kampfanzügen und Stahlhelmen militärische Übungen veranstaltet.

Februar 1974: Die Nürnberger Polizei betont, daß sie den Mann nicht für harmlos hält; der Nürnberger Stadtrat kündigt einen mit Hoffmann abgeschlossenen Mietvertrag über das Schlößchen Almoshof, wo die «Feldübungen» (*stern*-Magazin) stattfanden.

Februar 1974: Das bayerische Innenministerium nimmt erstmals Stellung zur WSG Hoffmann, nachdem der *stern*-Artikel eine öffentliche Diskussion ausgelöst hat: «Hoffmann und seine Gruppierung sind dem bayerischen Innenministerium bekannt.» Das Innenministerium betont weiter, daß kein Ermittlungsverfahren gegen Hoffmann geführt werde. Die Erkenntnisse reichen nach dem bayerischen Innenministerium nicht aus, eine «verfassungsfeindliche Zielsetzung» nachzuweisen.

14. März/23. Mai 1974: Der sicherheitspolitische Sprecher der SPD-Landtagsfraktion, Alfred Sommer, erkundigt sich in einer schriftlichen Anfrage bei der bayerischen Staatsregierung, ob diese sich in der Lage sieht, private paramilitärische Ausbildungsgruppen zu verbieten, die sich wie in Nürnberg-Almoshof (WSG) vorgenommen haben, ihre Ziele mit Waffengewalt zu erreichen. Weiter will er wissen, was die Staatsregierung unternimmt, eine solche staatsgefährdende Entwicklung radikaler und extremer Gruppen von Anfang an zu unterbinden.

Innenminister Dr. Bruno Merk, CSU, betont in der Antwort auf die SPD-Anfrage, Schauexerzieren und «Geländeübung» der WSG seien eigens für Presse und Fernsehen inszeniert worden. «Die bisher gewonnenen, gerichtlich verwertbaren Erkenntnisse über die Zielsetzung der Gruppe sind nach Auffassung der Staatsregierung derzeit noch keine geeignete Grundlage für ein Verbot ... die Gruppe wird von den Sicherheitsbehörden weiterhin sorgfältig beobachtet, um gegebenenfalls die erforderlichen Maßnahmen treffen zu können.»

Anmerkung: Die hier zitierte «sorgfältige Beobachtung durch Sicherheitsbehörden» taucht in sämtlichen Stellungnahmen des Innenministeriums in den kommenden Jahren auf!

1974: Bundesinnenminister Hans-Dietrich Genscher betrachtet die Aktivität der WSG als «außerordentlich bedenklichen» Vorgang. In der Fragestunde des Bundestags will er die abschließende Bewertung der Verfassungsmäßigkeit der Tätigkeit der Hoffmann-Gruppe dem bayerischen Innenministerium vorbehalten, weil sich ihre Tätigkeit auf Bayern beschränke. Die vorliegenden Erkenntnisse reichen nach Ansicht Genschers nicht aus, um eine «verfassungsfeindliche Zielsetzung» nachzuweisen, ihre Aktivitäten würden jedoch «sorgfältig» weiter beobachtet.

1974: Seit 1974 wird die WSG Hoffmann bis zu ihrem Verbot im Jahre 1980 in allen Verfassungsschutzberichten des Bundes und des Landes Bayern genannt.

Sommer 1975: Nach «Manövern» der WSG, Anzeigen, Festnahmen und Beschlagnahmaktionen kommt es zu einem ersten Prozeß vor einem Nürnberger Schöffengericht: Hoffmann wird von der Anklage eines fortgesetzten Vergehens gegen das Uniformverbot freigesprochen. Das Landgericht Nürnberg-Fürth spricht aber dann eine Geldstrafe von 8000 Mark aus, die 1977 rechtskräftig wird. Die *Deutsche National-Zeitung* bezahlt die Strafe.

März 1976: Hoffmann initiiert den «Freundeskreis zur Förderung der Wehrsportgruppe Hoffmann», der der finanziellen Unterstützung der WSG dient.

Hoffmann unterhält Verbindungen zum Freundeskreis «Denk mit» und zur Bürger- und Bauernintitiative; Kontakte bestehen auch zu Rechtsextremisten im Ausland.

Dezember 1976: In der Tübinger Innenstadt kommt es zu einer blutigen Studentenschlägerei. Dafür hat der Vorsitzende des rechtsgerichteten Hochschulringes Tübinger Studenten (HTS), Axel Heinzmann, die WSG angeheuert. Sowohl Heinzmann wie auch Hoffmann sprechen in ihrem gemeinsamen Kampf gegen linksorientierte Demonstranten von einer «Notwehrsituation». Das endgültige Urteil zu dieser vorsätzlich provozierten blutigen Auseinandersetzung fällt erst am 16. März 1980.

Februar 1977: Auf der Autobahn Nürnberg–München wird die Wehrsportgruppe in voller Uniform und Ausrüstung auf dem Weg in ein «Manöver» vorläufig festgenommen, und verschiedene Waffen sowie sämtliche Uniformen werden beschlagnahmt.

17. Mai/12. Juli 1977: Der SPD-Landtagsabgeordnete Helmut Geys bezieht sich in einer schriftlichen Anfrage über die WSG Hoffmann auf ein Extrablatt der Zeitung *Die Tat*, nach der es sich bei dieser Gruppe um eine «paramilitärische Kampftruppe» handle, «stärker bewaffnet als einst die

SA», ausgerüstet mit «schwerem Gerät» (Kettenfahrzeuge, Mannschaftswagen, Staffeln schwerer Motorräder) und weitverzweigter Verbindungen zum internationalen Faschismus, in der Woche für Woche junge Nazis und Mitkämpfer an «verlöteten» Waffen ausgebildet würden, so daß die Truppe jederzeit in der Lage sei, diese und andere Waffen zu gebrauchen. Die Anschaffung von Unterhaltskosten des Materials gingen in die Hunderttausende. Geys will unter anderem wissen,

– wie die Staatsregierung die Rechtslage hinsichtlich des Besitzes der Waffen und der militärischen Ausrüstung sowie der Ausbildung an diesem Gerät beurteilt,
– wer Anschaffung und Unterhalt von Waffen und Geräten finanziert,
– welche rechtlichen Möglichkeiten bestehen, um die Tätigkeit dieser Gruppe zu unterbinden oder einzuschränken und von welchen Möglichkeiten die Staatsregierung bereits Gebrauch gemacht hat,
– ob die Staatsregierung in der WSG eine politische Gefahr sieht und
– was sie gegebenenfalls künftig dagegen zu unternehmen gedenkt.

Auf die SPD-Anfrage antwortet der bayerische Innenminister Dr. Alfred Seidl, CSU: «... Davon unabhängig muß jedoch festgestellt werden, daß das Betreiben des ‹Wehrsports› selbst keine strafbare Handlung darstellt; gleiches gilt für die ‹Ausbildung› an verschweißten Waffen.

Ohne in die Zuständigkeit des Bundesministers des Inneren eingreifen zu wollen, bin ich der Ansicht, daß für ein Verbot noch keine ausreichenden Gründe vorhanden sind.

Ich betone erneut, daß mein Haus die WSG besonders aufmerksam beobachten läßt und – ungeachtet der Zuständigkeit des Bundesministers des Innern – auch die Möglichkeit von Verbotsmaßnahmen prüft.»

November 1977: In einer Anfrage im Landtag von Baden-Württemberg fordern fünf SPD-Abgeordnete die Landesregierung auf, anläßlich des Überfalls des WSG mit dem Hochschulring Tübinger Studenten auf eine Gruppe von Antifaschisten in Tübingen die Verfassungsmäßigkeit der beiden Gruppen zu überprüfen.

Das baden-württembergische Innenministerium erklärte, das Bundesinnenministerium sei zuständig. Auf Grund des Nürnberger Urteils vom 22. Juli 1976 gebe es Anhaltspunkte dafür, daß sich die WSG gegen die verfassungsmäßige Ordnung richte. Das Innenministerium werde diese Gruppe weiterhin «sorgfältig beobachten» (!).

Ende 1977: Hauptquartier der Wehrsportgruppe Hoffmann wird ein von der Verlobten Hoffmanns gekauftes verfallenes Schloß in Ermreuth im Landkreis Forchheim.

30. November 1977/16. Januar 1978: Auf die Aufforderung der SPD-Landtagsabgeordneten Ursula Pausch-Gruber in einer schriftlichen Anfrage, die Wehrsportgruppe Hoffmann zu verbieten, antwortete die CSU-Regierung: «... für ein vereinsrechtliches Verbot der ‹Wehrsportgruppe Hoffmann› (ist) spätestens seit dem Tübinger Vorfall im Dezember 1976 ... der Bundesminister des Innern zuständig, weil sich die Tätigkeit der Gruppe über das Gebiet eines Landes erstreckt.»

Februar 1978: Der SPD-Bundestagsabgeordnete Dr. Rudolf Schöfberger fragt die Bundesregierung nach den Möglichkeiten des Verbots der WSG und warum es innerhalb von vier Jahren nicht gelungen sei, die Zuständigkeit zu regeln. Das Bundesinnenministerium erklärt, die unterschiedlichen Auffassungen, wer für ein Verbot zuständig sei, hätten nicht zu einer Beeinträchtigung des Verfahrens geführt, die Kompetenz müsse allerdings noch geklärt werden.

«Chef, wie lange dauert es noch?»

«Chef, wie lange dauert es bis zur Machtübernahme noch?» so höre ich oft die jungen Kameraden fragen. Teils unmißverständlich als Spaß gedacht, teils aber auch mit durchaus ernstem Unterton. «Jungs», sage ich dann, «wir sind schwach, unsere Position ist zur Zeit erbärmlich hoffnungslos, wie sie wohl niemals zu anderen Zeiten für ähnliche Zielsetzungen gegeben war.» Aber darf uns das hindern, diesen Kampf zu führen – diesen Kampf, von dessen Rechtmäßigkeit und Ehrenhaftigkeit wir überzeugt und durchdrungen sind? – nein ... Wir halten in unseren Herzen all unsere Schwächen und Neigungen mit brutaler Brachialgewalt in Schach. Somit sind wir in der Lage, ein hohes Ziel, welches sich der primitiven Sucht nach Sofortverwirklichung entzieht, über einen längeren Zeitraum hinweg zu verfolgen. Am Ende wird der Sieg stehen. Männer wie Mao Tse-tung haben mehr als zwei Dezennien um die Macht gekämpft, bis den hoffnungslos erscheinenden Anstrengungen schließlich von außen kommende Veränderungen der Gesamtkonstellation zu Hilfe kamen. Das Entscheidende an diesem Beispiel ist, daß Mao nicht auf 22 Jahre fixiert war, er hätte auch 30 Jahre und länger gekämpft – ja, er hätte auch gekämpft, wenn er sein Ziel nicht zu seiner Lebzeit hätte durchsetzen können. Warum ich als «Rechter» ausgerechnet dieses Beispiel wähle? Ganz einfach – weil Beispiele aus der deutschen Geschichte strafrechtlich relevant werden können.»

> Auszug aus der Verfügung des Bundesinnenministeriums
> zum Verbot der «Wehrsportgruppe Hoffmann»,
> zitiert nach *Kommando*, dem Organ der WSG

---

7. März 1978: Das Landgericht Nürnberg-Fürth verurteilt Hoffmann wegen verbotenen Uniformtragens, Widerstands gegen Vollstreckungsbeamte und eines Vergehens gegen das Waffengesetz zu einem Jahr Freiheitsstrafe mit Bewährung und 5000 Mark Geldbuße. Das Gericht ordnet daneben die Einziehung von vier Gewehren und der Geländeuniform Hoffmanns an.

19. Juli/25. August 1978: Der Sicherheitsexperte der SPD-Landtagsfraktion Alfred Sommer fordert die Staatsregierung auf, endlich energisch gegen die Wehrsportgruppe Hoffmann vorzugehen. In einer schriftlichen Anfrage will Sommer wissen, ob sie in den Aktivitäten der Wehrsportgruppe eine Gefährdung des demokratischen Rechtsstaates erblicke und wie sie politisch Andersdenkende vor Übergriffen dieser Gruppe schützen wolle. Hoffmann hat erklärt, er werde mit seinen Anhängern offen und heimlich fotografieren, «um zu sehen, wer sich mit Linksradikalen einläßt. Ganz sicher ziehen wir daraus Konsequenzen.»

Innenminister Dr. Alfred Seidl, CSU, erklärt auf die Anfrage von Sommer: «Eine akute Gefährdung unseres freiheitlichen demokratischen Rechtsstaates ist dagegen zur Zeit durch keine extreme Organisation gegeben. Für die ‹Wehrsportgruppe Hoffmann› gelte es in gleicher Weise, wobei besonders die geringe Zahl der Mitglieder von Bedeutung ist.» Im übrigen habe diese Gruppe, so Seidl, die massive Aufwertung, wie sie sie durch die mehrmaligen schriftlichen Anfragen und die Presse erfahre, nicht verdient. Ein geringes Interesse der Presse an dieser Gruppe wäre sicher auch ein Mittel im Kampf gegen diese extreme Vereinigung. Seidls Ministerium sieht «für besondere Maßnahmen zum Schutz Andersdenkender vor Übergriffen der ‹Wehrsportgruppe Hoffmann› keinen Anlaß».

Sommer ist empört über eine derartig «lasche Behandlung dieser rechtsradikalen Gruppe». Seidl verharmlose hier Vorgänge, die in weiten Kreisen der Bevölkerung Erinnerungen an die Repressalien des Nazi-Regimes hervorrufen. In Vergleich zu Seidls Aussagen setzt der SPD-Abgeordnete die Äußerungen von Staatsanwalt Gerulf Schmidt, der das Verhalten Hoffmanns als «gefährlich» und als einen «Herd für weitere Ansteckung» bezeichnet hat. Sommer: «Das aber scheint den Innenminister kalt zu lassen.»

12. Januar 1979: Vom 12. bis 14. Januar hält die Wehrsportgruppe Hoffmann eine Geländeübung in der Gegend von Neunkirchen im oberfränkischen Landkreis Forchheim ab. Nach Auskunft der örtlichen Polizei hätten die etwa zwanzig Leute «Kasperle gespielt».

8. Februar 1979: Der SPD-Landes- und Fraktionsvorsitzende Dr. Helmut Rothemund bezeichnet die Passivität der CSU-Regierung gegenüber den versteckten Aktivitäten der WSG Hoffmann als unverständlich.

Anfang 1979: Seit Januar 1979 gibt Hoffmann die Druckschrift *Kommandozeitung für den europäischen Freiwilligen* heraus, die sich auch selbst als «WSG-Zeitung» bezeichnet.

12. Februar 1979: Das Verwaltungsgericht Ansbach hat das von der Stadt

Nürnberg verfügte Verbot von Waffenbesitz für die WSG bestätigt. Das Verwaltungsgericht erklärt zum Einspruch Hoffmanns: «Der Kläger ist ein militanter Radikaler faschistoider Ausrichtung, der die Demokratie und die jetzige Staatsform ablehnt und eine radikale Veränderung der Gesamtstruktur zugunsten eines an dem Führerprinzip ausgerichteten Nationalstaates anstrebt.»

20. Februar/12. März 1979: Der SPD-Landtagsabgeordnete und stellvertretende Fraktionsvorsitzende Karl-Heinz Hiersemann fordert die Staatsregierung zum Vorgehen gegen die «rechtsradikale Kaderorganisation des Wehrsportlers» Karl-Heinz Hoffmann auf. Hiersemann will in einer Anfrage wissen, ob bei einer Geländeübung Hoffmanns im Januar 1979 Waffen benutzt, Ausländer beteiligt und Fernsehaufnahmen von einem kanadischen Filmteam gemacht worden seien.

Innenminister Gerold Tandler, CSU, erklärte zu dieser SPD-Anfrage: «Wenn sich eine Vereinigung an die allgemeinen gesetzlichen Regelungen ... hält, kann die Abhaltung zu ‹Wehrsportübungen› nicht unterbunden werden. Der ‹Wehrsport› selbst ist nicht strafbar.»

7. März/11. April 1979: Auf eine schriftliche Anfrage der SPD-Landtagsabgeordneten Günter Wirth und Rolf Langenberger antwortet Innen-Staatssekretär Franz Neubauer, CSU: «Die rechtsextreme Wehrsportgruppe Hoffmann wird von einem ‹Freundeskreis zur Förderung der Wehrsportgruppe Hoffmann› finanziert, der von Karl-Heinz Hoffmann 1976 selbst initiiert worden ist und im wesentlichen aus den jetzigen und früheren aktiven Anhängern der WSG besteht.

... Die Staatsregierung sieht zur Zeit keine Möglichkeit, die beschriebene Finanzierung der Wehrsportgruppe Hoffmann zu unterbinden.

22. März 1979: In den Beratungen des Haushalts für den Geschäftsbereich des bayerischen Ministerpräsidenten und der Staatskanzlei für die Haushaltsjahre 1979/80 erklärt Ministerpräsident Franz Josef Strauß: «Eine fünfte Feststellung! Machen Sie sich doch nicht lächerlich, wenn Sie gewisse Gruppierungen – Sie haben heute die Wehrsportgruppe Hoffmann genannt – durch Ihre ständigen, in der Öffentlichkeit vorgetragenen überdimensionierten Darstellungen überhaupt erst der bayerischen Bevölkerung bekannt gemacht und ihnen damit eine Bedeutung zumessen, die sie nie hatten, nie haben und in Bayern nie bekommen werden.

Ich glaube, daß schon der frühere bayerische Innenminister anläßlich der Beantwortung einer Anfrage einmal auf dieses Thema hingewiesen hat.

Außerdem sollte Ihnen bekannt sein, daß das Landesamt für Verfassungsschutz in seinen Monatsberichten jeweils das aufführt, was in diesem Monat den Behörden und ihren Mitarbeitern aufgefallen ist. Wenn in einem Monat keine Aktivität vorliegt, dann enthält der Bericht auch keine Angaben darüber. Aber das erlaubt Ihnen nicht, hier eine Komplicenschaft zwischen der bayerischen Staatsregierung und dieser lächerlichen Gruppe zu etablieren.

Auch hier sitzen Sie nicht nur im Glashaus und werfen mit Steinen; man müßte eher sagen: Im Haus des Gehängten soll man vom Strick nicht reden.

Denn wenn die Verbindungen Ihrer Partei und führender bayerischer Sozialdemokraten mit der kommunistischen Tarnorganisation PDI so gering wären wie unsere Verbindungen zu der Wehrsportgruppe, dann hätten Sie manche Probleme weniger in Ihren Reihen.»

5. April 1979: Auf eine mündliche Anfrage des SPD-Landtagsabgeordneten und stellvertretenden Fraktionsvorsitzenden Karl-Heinz Hiersemann im bayerischen Landtag bestätigt Innenminister Gerold Tandler, die WSG verfüge über keine Waffenscheine.

30. Mai 1979: Auf die mündliche Anfrage des SPD-Landtagsabgeordneten Rolf Langenberger, ob Tandler eine große Gefahr darin sehe, daß «gerade zu Aggressivität neigende Jugendliche sich von einer so militant auftretenden Gruppe (WSG Hoffmann) am ehesten anheuern lassen, weil sie annehmen, ihre aggressiven Neigungen dort besonders gut austoben zu können» antwortet der bayerische Innenminister Gerold Tandler, CSU: «Das ist nicht zu bestreiten.»

10. Juli 1979: Der SPD-Bundestagsabgeordnete Rudolf Schöfberger spricht sich nachdrücklich für ein Verbot der WSG Hoffmann aus.

November 1979: Hoffmann wird wegen verbotenem Uniformtragens und wegen Widerstands gegen die Staatsgewalt zu einem Jahr Freiheitsentzug sowie 3000 Mark Geldbuße verurteilt.

4. Dezember 1979: Im Ausschuß für Fragen des öffentlichen Dienstes erklärt der CSU-Abgeordnete Manfred Weiß in der Debatte über den SPD-Gesetzentwurf zur Änderung des Gesetzes über die Errichtung eines Landesamtes für Verfassungsschutz: «Die Bestimmung ... würde es ausschließen, zum Beispiel die Wehrsportgruppe Hoffmann weiterhin zu überprüfen, da man ihr sonst unterstellen müsse, daß sie allen den Schädel einschlagen will, auch wenn sie nur ein paar Übungen in der freien Natur mache und Nazi-Lieder singe.»

30. Januar 1980: Die nach Behördenerkenntnissen größte Organisation von Neo-Nazis, die Wehrsportgruppe Hoffmann, wird vom Bundesinnenministerium verboten.

30. Januar 1980: Auf einer Pressekonferenz bezeichnet Innenminister Tandler das bundesweite Verbot der rechtsextremen WSG als exemplarischen Schlag gegen den Extremismus in der Bundesrepublik. Tandler erinnert daran, daß diese Gruppierung zwar schon wegen ihrer äußerst geringen Mitgliederzahl niemals eine echte Bedrohung unseres Staatsgefüges dargestellt habe, wegen ihres aufsehenerregenden Auftretens in der

Öffentlichkeit aber eine stete Belastung des Ansehens der Bundesrepublik in der Welt gewesen sei.

30. Januar 1980: Alle Parteien im bayerischen Landtag begrüßen das Verbot der Wehrsportgruppe Hoffmann.

Im Parlament erklärte der stellvertretende SPD-Fraktionsvorsitzende Karl-Heinz Hiersemann: «Die Sozialdemokraten in diesem Hause bemühen sich schon seit längerer Zeit, Licht in die Angelegenheit zu bringen und die staatlichen Stellen zu veranlassen einzugreifen. Wir sind dankbar, daß dies jetzt geschehen ist.»

Machtübernahme

Die «Machtübernahme» wird nicht mit demokratischen Mitteln angestrebt. Die WSG betrachtet sich als außerparlamentarische Gruppierung, die Gründung einer Partei zur Durchsetzung seiner Ziele lehnt Hoffmann ab. Vielmehr soll die «Machtübernahme» auf gewaltsamem Wege durchgeführt werden, da die WSG sich als militante Kaderorganisation bzw. als Kampfgruppe versteht und mit einer Vielzahl von gut funktionierenden zu einer Aktionseinheit zusammengeschlossenen Gruppen politische Erfolge erringen will. Bezeichnend ist auch, daß als Beispiel für die angestrebte «Machtübernahme» nicht das Vorbild eines mit demokratischen Mitteln herbeigeführten Machtwechsels herangezogen, sondern auf den militärischen Kampf Maos – und, indirekt auch auf Hitler – Bezug genommen wird.

Aus der Begründung des Bundesinnenministeriums
zum Verbot der «Wehrsportgruppe Hoffmann»

In derselben Sitzung erklärt Tandler: «Ich begrüße dieses Vereinsverbot insbesondere unter dem Aspekt, daß das Auftreten der Wehrsportgruppe in der Öffentlichkeit zu einer Gefährdung des Ansehens der Bundesrepublik Deutschland im Ausland geführt hat. Ich betone allerdings bei dieser Gelegenheit, daß es auch linksextreme Gruppen gibt, die für die freiheitlich-demokratische Grundordnung und die Sicherheit unseres Landes gefährlich, vermutlich weitaus gefährlicher sind.»

30. Januar 1980: Gleichzeitig mit dem Verbot der WSG durchsucht die Polizei die Zentrale der Gruppe, die «Villa» Hoffmanns in Ermreuth, sowie die Wohnungen der mutmaßlichen Angehörigen in Bayern und anderen Bundesländern. Dabei werden Waffen, Geländefahrzeuge – darunter ein Panzer und eine 2-cm-Flak, Nazi-Embleme, Uniformen und umfangreiches Schriftmaterial sichergestellt.

13. Februar 1980: Die Staatsanwaltschaft Nürnberg leitet die Ermittlungen wegen Verstoßes gegen das Waffengesetz gegen Mitglieder der WSG ein.

29. Februar 1980: Hoffmann legt gegen das bundesweite Verbot seiner Organisation beim Bundesverwaltungsgericht in Berlin Einspruch ein. Damit werden auch die Ermittlungen der Staatsanwaltschaft bis zur Entscheidung dieses Einspruchs ausgesetzt.

8. März 1980: Hoffmann und seine Gesinnungsgenossen liefern am Ort einer verbotenen neonazistischen Kundgebung des «Tübinger Instituts zur Bekämpfung kommunistischer Menschenrechtsverletzungen» in Nürnberg den Polizeibeamten, die die Personalien feststellen wollen, eine «Straßenschlacht» mit ausgeblasenen und mit Farbe gefüllten Eiern und beschimpfen die Beamten als «Polizistenschweine». Ein Polizist wird verletzt.

16. März 1980: Hoffmann erhält im Urteil zur blutigen Studentenschlägerei in der Tübinger Innenstadt im Dezember 1976 siebeneinhalb Monate Freiheitsstrafe auf Bewährung, sein Auftraggeber, der Vorsitzende des rechtsgerichteten «Hochschulringes Tübinger Studenten», Axel Heinzmann, sechs Monate und drei Wochen. In erster Instanz war Hoffmann im Oktober 1977 zu zehn Monaten Haft und 2000 Mark Geldstrafe verurteilt worden.

8. Mai 1980: Der SPD-Landtagsabgeordnete Klaus Warnecke betont vor dem Plenum des bayerischen Landtags: «... Ich wollte nur darauf hinweisen, daß wir Sozialdemokraten Sie seit Jahren darauf hingewiesen haben, daß wir in dieser Wehrsportgruppe Hoffmann eine militante, extremistische Organisation sehen, die im Jahre 1979 stärker war als die SS im Jahre 1929.» Die mitgeschriebenen Zwischenrufe stellen Lachen und Ach geh! bei der CSU fest.

17. August 1980: Der SPD-Landtagsabgeordnete und stellvertretende Fraktionsvorsitzende Karl-Heinz Hiersemann erkundigt sich in einer schriftlichen Anfrage nach weiteren Aktivitäten der Mitglieder der ehemaligen Wehrsportgruppe Hoffmann. Der DGB-Kreisvorsitzende in Bamberg Hans-Josef Haarkötter will festgestellt haben, daß sich im Gebiet von Bamberg eine neonazistische Gruppe «Hitlerjugend Gaustadt» mit zwei Rockergruppen und ehemaligen Mitgliedern der Wehrsportgruppe zusammengetan habe.

19. August 1980: Dem bayerischen Innenministerium liegen keine Ergebnisse darüber vor, daß die verbotene rechtsextremistische Wehrsportgruppe Hoffmann sich in anderer Form weiterbetätigt. Auch gebe es keine Hinweise, daß ehemalige Mitglieder der Wehrsportgruppe in anderen rechtsextremistischen Organisationen aktiv seien. Tandler wollte seinerseits auf die entsprechende Anfrage des SPD-Landtagsabgeordneten und stellvertretenden Fraktionsvorsitzenden Karl-Heinz Hiersemann nicht ausschließen, daß die von der SPD «zur Schau getragene Sorge um rechtsextreme Aktivitäten» einen Versuch darstellt, «von den bundesweit zu verzeichnenden Volksfrontaktionen des Jusos abzulenken».

Die Internationale der Unverbesserlichen
Verbindungen deutscher Neonazis zum ausländischen Rechtsextremismus – Aus einem Bericht des Bundesinnenministeriums über «Rechtsextremistische Bestrebungen 1979»

Die Neonazis erweiterten 1979 ihre Verbindungen zu Gesinnungsgenossen im Ausland. Schwerpunkte der Kontakte waren neonazistische Kreise in den USA, Kanada, Belgien, Dänemark, Großbritannien, Frankreich, Spanien, Österreich und in der Schweiz.

1. «NSDAP – Ausland- und Aufbauorganisation» (NSDAP-AO)
Die aus Aktionszellen in der Bundesrepublik Deutschland bestehende NSDAP-AO hat ihr von Lauck geleitetes Propagandazentrum in den USA. Lauck, der publizistisch für die «National Socialist Party of America» tätig ist, hat in den USA keinen größeren Anhängerkreis.

2. «White Power Publications»
Ähnlich wie Lauck mit seinen Druckschriften und Plakaten schleust auch der Deutsch-Amerikaner Georg P. Dietz (51) aus Reedy/West Virginia neonazistisches, insbesondere rassistisches Propagandamaterial aus seinem «White Power Publications»-Vertrieb in größeren Mengen in die Bundesrepublik Deutschland ein. Dietz, der «der Welt die strahlende Wiedergeburt der nationalsozialistischen Bewegung mit dem leuchtenden Symbol des Hakenkreuzes über Deutschland verkünden» möchte, gibt seit 1979 Roeders Schrift *Europäische Freiheitsbewegung* heraus.

3. «Samisdat Publishers Ltd.»
Der Deutsch-Kanadier Ernst C. F. Zündel (40) verbreitete 1979 aus Toronto Schriften und Tonbänder insbesondere gegen die TV-Serie ‹Holocaust›. In der kostenlos versandten Broschüre *An mein Volk* erläuterte er die Zielsetzung seines «Samisdat»-Verlags und der angeblich hinter ihm stehenden «Kampfgruppe Zündel». Er organisierte im Spätsommer 1979 die Vortragsreise Christophersens in den USA und Kanada.

4. «Vlaamse Militanten Orde» (VMO)
Der Belgier Albert Armand Eriksson (47) aus Antwerpen war mit seiner neonazistischen VMO der Initiator für einige internationale Neonazitref-

fen auf belgischem Boden. Wie jedes Jahr ständen dabei die neonazistischen Veranstaltungen am Rande der «Ijzerbedevaart», dem Flämischen Volkstumstreffen in Diksmuide, im Vordergrund. Deutsche Neonazis nahmen daran teil. Drei Deutsche wurden 1979 in Diksmuide wegen Waffenbesitzes vorläufig festgenommen, nachdem es zu handgreiflichen Auseinandersetzungen zwischen uniformierten Teilnehmern und Ordnungskräften gekommen war. VMO-Aktivisten reisten verschiedentlich zu Zusammenkünften mit deutschen Gesinnungsgenossen in die Bundesrepublik Deutschland.

5. «British Movement» (BM) u. a.

Die Zusammenarbeit des Briten Michael McLaughlin (37) aus Shotton/ Wales, Leiter des neonazistischen BM, mit deutschen Neonazis wurde 1979 durch Treffen in England, in der Bundesrepublik Deutschland und in anderen Ländern verstärkt. Daneben bestehen auch deutsche Kontakte zur rassistischen «National Front» des John Tyndall (45) aus London und zu der militanten Gruppe «Column 88». Sie bekannte sich zu zahlreichen Briefbombenanschlägen im Jahre 1978. Im Oktober 1979 wurde ein großes Lager von Waffen und Munition bei einem BM-Aktivisten ausgehoben.

6. Verbindungen zu französischen Rechtsextremisten

Eine besondere Anziehungskraft auf führende deutsche Rechtsextremisten übte die französische «Nouvelle Droite» (ND) aus. Als Chefideologe gilt Alain de Benoist (36) aus Paris, dem ein von einer naturgegebenen, hierarchisch geordneten Elite geführter Staat vorschwebt und der die «Ideologie der Gleichmacherei» ebenso bekämpft wie die «jüdisch christliche Tradition». Die einen nationalen Sozialismus anstrebende «Fédération d'Action Nationale et Européenne» (FANE) unterhielt enge Beziehungen zu deutschen Neonazis. Sie führte im August 1979 in den Pyrenäen ein europäisches Lager durch, zu dem auch deutsche Neonazis eingeladen waren.

7. «Circulo Espanol de Amigos de Europa (CEDADE)

Kontakte deutscher Rechtsextremisten zu dem faschistischen CEDADE und der «Fuerza Nueva» wurden 1979 ausgebaut. Die CEDADE arrangierte Ausbildungslager in Spanien, an denen auch Deutsche teilnahmen. So hielt sich eine Gruppe der «Wiking-Jugend» im Sommer in einem Lager nahe Madrid auf. Das Lager wurde nach Ausschreitungen, die u. a. von «Heil Hitler»-Rufen und dem Absingen des Horst-Wessel-Lieds begleitet wurden, von der Polizei aufgelöst.

8. «Aktion Neue Rechte» (ANR)

Insbesondere die JN unterhalten Beziehungen zu der österreichischen ANR des Dr. Bruno Haas (28) aus Wien, die Anfang 1979 ihre deutschen Freunde in einem Rundbrief aufforderte, Aktionen gegen österreichische Einrichtungen in der Bundesrepublik Deutschland durchzuführen.

9. «Dansk Nationalsocialisk Ungdom» (DNSU)

Der «DNSU-Nordland Forlag» des dänischen Neonazis Povl Heinrich Riis-Knudsen (30) wurde auch 1979 in Publikationen deutscher Neonazis als Kontaktadresse genannt. Andererseits wirbt der dänische Verlag in deutschen neonazistischen Schriften, z. B. in Christophersens *Die Bauernschaft* für Bücher Hitlers, Goebbels und Rosenbergs.

10. «Europäische Neuordnung» (ENO)

Christophersen ließ sein gerichtlich beschlagnahmtes und der Einziehung unterliegendes Buch *Die Ausschwitz-Lüge* über den Schweizer Verlag «Courrier du Continent» vertreiben, der dem «Generalsekretär» der ENO, Gaston Armand Amaudruz (59) aus Lausanne, gehört.

3. Mit zweierlei Maß

Ein Text-Vergleich
Der «Mescalero»-Nachruf und die
Ankündigungen der «Wehrsportgruppe
Hoffmann» zur Machtübernahme

Die umfangreiche Begründung des Bundesinnenministeriums für das Verbot der «Wehrsportgruppe Hoffmann» gibt detaillierten Aufschluß über die verfassungswidrigen Ziele und Methoden der Neonazis. Die «Machtübernahme» soll auf gewaltsamem Wege erfolgen, Hoffmann und seine Leute verstehen sich als «Kampfgruppe», die im Untergrund operiert und konspiriert; mit welchen Methoden, das ist in einer Reihe von Schriften nachzulesen.

An die amtliche Darlegung des Bonner Innenministeriums knüpfen sich einige Fragen an; zum Beispiel, weshalb das Verbot erst im Januar 1980 ausgesprochen wurde, oder weshalb die Texte der «Wehrsportgruppe» und anderer neonazistischer Organisationen zwar Eingang in die Akten des Verfassungsschutzes finden, aber darüber hinaus kaum strafrechtliche Ermittlungen, geschweige denn einen Aufschrei der Empörung auslösten.

Ein Vergleich mit einem Text, der aus dem linken Spektrum kommt, macht deutlich, wie sehr in der Bundesrepublik auch in diesem Bereich mit zweierlei Maß gemessen wird. Der «Mescalero»-Nachruf eines anonymen Göttinger Studenten auf den Anfang April 1977 ermordeten Generalbundesanwalt Siegfried Buback wird noch immer als ein Dokument der Verherrlichung von Gewalt angesehen, wie die Rede des Münchner Oberbürgermeisters Erich Kiesl (CSU) anläßlich der Trauerfeier für die Opfer des Oktoberfest-Anschlags beweist. Dabei ist dieser Nachruf eher das Gegenteil.

Im Untergrund

«Die WSG muß auch als nicht verbotene Organisation Verhaltensformen entwickeln, die in gewisser Weise dem Verhalten einer im Untergrund arbeitenden Vereinigung gleichen.

So muß der genaue Mitgliederstand ständig verschleiert werden, es darf auch künftig keine Übersicht darüber geben, wer am Dienst teilnimmt, wer Reservestatus hat und wer als ziviler Helfer gilt. Das Eindringen von Infiltranten muß weiterhin abgewehrt werden. Wo es Spitzeln dennoch gelingt, sich vorübergehend einzunisten, darf der Erkenntnisspielraum nur dürftig sein. Durchgesickerten Tatsachen muß mit gezielter Desinformation begegnet werden.

Auf Grund der hier nur grob angeschnittenen Problematik ordne ich an, daß sämtliche praktischen Übungen prinzipiell nur noch im Rahmen der kleinsten WSG-Einheit, eines Kommandos (ein Unterführer, fünf Mann, drei zivile Helfer) durchgeführt werden dürfen.

Nur in besonderen Fällen soll ein kompletter WSG-Zug, bestehend aus zwei Kommandos, zur Übung antreten. Jede Ausbildung im größeren Rahmen ist zur Zeit schädlich und daher untersagt. Auch bei Übungen in entlegenen Gebieten ist stets das Gesichtsnetz zu tragen. Für Neuzugänge sind spezielle Ausbildungskommandos zusammenzustellen.

Das sofortige Eingliedern neuer Bewerber ohne abgeschlossene Sicherheitsprüfung und längere Beobachtungszeit ist absolut untersagt.»

Auszug aus der Verbotsverfügung
des Bundesinnenministeriums zur Charakterisierung
der «Wehrsportgruppe Hoffmann»,
zitiert nach *Kommando*, Nr. 3, dem Organ der WSG

«Buback – Ein Nachruf»
Auszüge aus dem «Mescalero»-Text

Meine unmittelbare Reaktion, meine «Betroffenheit» nach dem Abschuß von Buback ist schnell geschildert; ich konnte und wollte (und will) eine klammheimliche Freude nicht verhehlen. Ich habe diesen Typ oft hetzen hören, ich weiß, daß er bei der Verfolgung, Kriminalisierung, Folterung von Linken eine herausragende Rolle spielte ...

Aber das ist ja nun nicht alles gewesen, was in meinem und im Kopf vieler anderer nach diesem Ding herumspukte ...

Wir alle müssen davon runterkommen, die Unterdrücker des Volkes stellvertretend für das Volk zu hassen, so wie wir allmählich schon davon runter sind, stellvertretend für andere zu handeln oder eine Partei aufzubauen ...

Warum liquidieren? Lächerlichkeit kann auch töten, zum Beispiel auf lange Sicht und Dauer. Unsere Waffen sind nicht lediglich Nachahmungen der militärischen, sondern solche, die sie uns nicht aus der Hand schießen können ...

Um der Machtfrage willen (o Gott!), dürfen Linke keine Killer sein, keine Brutalos, keine Vergewaltiger ...

«Alltägliche Gewalt»

Weil der «Mescalero»-Text immer wieder unvollständig und verfälschend zitiert wurde und in der Presse und politischen Öffentlichkeit auf totale Ablehnung stieß, entschlossen sich 43 Wissenschaftler, Pädagogen und Anwälte, die Dokumentation ‹Buback – Ein Nachruf› herauszugeben; die Veröffentlichung zog eine Serie von Prozessen nach sich. Im November 1978 standen die Herausgeber des Nachrufs vor dem Berliner Landgericht. Einer der Angeklagten, der Professor für Sozialpädagogik Hellmut Lessing, erklärte:

«Wenn wir uns im Herbst 1978 in einem politischen Prozeß verteidigen müssen, so ist das ebenso symptomatisch für die Verhältnisse in der Bundesrepublik und in West-Berlin wie die Vorfälle, die uns zur Herausgabe der Dokumentation ‹Buback – Ein Nachruf› im Frühsommer 1977 veranlaßt haben. Vergegenwärtigen wir uns die Situation: In der Bundesrepublik und in West-Berlin werden mittlerweile mehr als hundert Personen in Zusammenhang mit dem Artikel ‹Buback – Ein Nachruf› durch die Strafverfolgungsorgane belangt. Wohl niemals zuvor hat ein einzelner Text dermaßen viele Gerichtsverfahren und darüber hinaus in Göttingen und auch anderswo Hausdurchsuchungen, erkennungsdienstliche Behandlungen und anderes mehr nach sich gezogen. Der Mescalero-Text wurde zu einem der meistbeachteten Texte des vergangenen Jahres ...

Wir haben diese Dokumentation unter anderem deshalb veröffentlicht, weil wir die freie Diskussion der in der Bundesrepublik bestehenden Gewaltverhältnisse für unerläßlich halten. Die Intention ist durch die Geschehnisse seit unserer Veröffentlichung bis zum heutigen Tage nur bestätigt worden. Indem auch wir als Parteigänger schrankenloser Gewalt und des Terrors identifiziert wurden, hat sich unser Eindruck bestätigt, daß in diesem Staat der Umgang mit Gewalt äußerst zwiespältig gemessen wird, und in dieser Entwicklung der Staat und seine Organe ihre Schutzinteressen immer mehr zu verabsolutieren versuchen. Es scheint, als sollten die bestehenden Gewalt- und Herrschaftsverhältnisse, die alltägliche Gewalt, in so umfassender Weise legitimiert werden, daß sie normal und natürlich wirken – quasi gewaltlos –, und es scheint konsequent, daß diejenigen die dies in Frage stellen, nur zu Recht, weil selbstverschuldet, Gewalt zu spüren bekommen.»

Aus: Johannes Agnoli und dreizehn andere, ‹... da ist nur freizusprechen!› (rororo aktuell 4437), Reinbek 1979

«Es ist doch ganz einfach zu sehen, welches Modell da angewendet wird, meine Damen und Herren. Zuerst hat man die Linken abgeschossen: in allen Parteien, in allen Differenzierungen – es gibt ja viele. Jetzt sind die Linksliberalen dran, zu denen ich Gollwitzer und mich zähle; bei aller Fragwürdigkeit der Begriffe. Die nächsten werden die Liberalen sein; sie fangen ja schon an zu schwanken. Schauen Sie sich doch die Leitartikel an, nicht nur in der Springer-Presse – vergessen wir die –, sehen wir auf die anderen. Dann kommen die Konservativen dran. Und ich appeliere hier an die Konservativen und an die Liberalen achtzugeben, das geht Schritt für Schritt und systematisch weiter. Und in alldem, was ich hier sagen werde – noch einiges – nicht sehr viel –, bitte ich Sie herzlich, keinen Funken rheinischen Humors zu entdecken.»

Heinrich Böll anläßlich der Entgegennahme
der Carl-von-Ossietzky-Medaille am 8. Dezember 1974

«Natürlich gibt es in der Bundesrepublik wie in allen Nachbarländern Kommunisten, unter ihnen auch ein paar tausend erklärte Verfassungsfeinde. Aber in keinem vergleichbaren Land gibt es gleichzeitig so wenig Kommunisten und so viele gesetzliche Vorkehrungen gegen sie. Manchmal denke ich mir: sollen die Dienstherren Angestellte, die ihnen nicht genehm sind, doch einfach feuern, die Macht dazu haben sie. Sollen sie ihnen nur sagen: ‹Hören Sie mal! Sie schwitzen mir zu sehr unter den Achseln, und außerdem passen mir Ihre Ansichten nicht!› So eine Kündigung wäre mir immer noch lieber als ein Erlaß, der es jedem Dienstherrn erlaubt, die Durchsetzung seiner Eßgewohnheiten mit der Durchsetzung der Verfassung zu verwechseln. Daß ein Angestellter von seinem Dienstherrn aus politischen Gründen gekündigt wird, kommt überall vor. Aber natürlich kann er dann bei einem anderen Dienstherrn wieder Arbeit finden, kann lernen, was geht und was nicht. Ist ein Angestellter aber einmal zum Verfassungsfeind erklärt, dann kann er eigentlich nur noch einer werden.»

Aus: Peter Schneider, ‹... schon bist du ein Verfassungsfeind›,
Berlin 1976, S. 62

Sympathisanten

Die Nähe zu Anti-Demokraten
Franz Josef Strauß, die Union und der Rechtsradikalismus

> Wer mit dem Zeigefinger allgemeiner Vorwürfe auf den oder die vermeintlichen Anstifter oder Drahtzieher zeigt, sollte daran denken, daß in der Hand mit dem ausgestreckten Zeigefinger zugleich drei andere Finger auf ihn selbst zurückweisen.
>
> Gustav Heinemann

Niemand kann dem bayerischen Ministerpräsidenten und CSU-Vorsitzenden Franz Josef Strauß vorwerfen, er trage Mitschuld an dem Bombenattentat auf dem Oktoberfest. Weder der Tatort München noch die jahrelange Verharmlosung des Rechtsextremismus durch die von Strauß geführte Landesregierung lassen den Vorwurf einer Mitverantwortung für den brutalen Anschlag zu. Franz Josef Strauß ist weder Anhänger noch Sympathisant der verbotenen «Wehrsportgruppe Hoffmann»; auch hat er keine nachweisbaren Kontakte zu anderen rechtsextremistischen Gruppen. Dieses alles ist richtig und gleichzeitig stimmt es, daß derselbe Politiker Strauß eine politische Nähe zu rechtsradikalen Gruppen und Zirkeln im In- und Ausland hat, daß bei ihm und bei einer Reihe von anderen Unionspolitikern der Übergang zum äußerst rechten, das heißt antidemokratischen Spektrum in der Politik fließend ist.

Nicht allein die vielen Skandale, welche die politische Biographie des gescheiterten Kanzlerkandidaten durchziehen, lassen auf diese Nähe zum Rechtsextremismus schließen; vielmehr das Umfeld, in dem sich der Politiker Strauß seit nunmehr drei Jahrzehnten bewegt, weisen eine gefährliche schwarz-braune Mischung aus. In den Büchern, die vor der Bundestagswahl am 5. Oktober 1980 über den «Kandidaten» erschienen sind, ist davon einiges aufgearbeitet worden. In dem Buch ‹Strauß ohne Kreide› nennt Gert Heidenreich in einem Aufsatz eine Reihe von Organisationen, Einrichtungen und Publikationen, die als «Schaltstellen zwischen schwarzer und brauner Politik» fungieren, allen voran die «Deutschland-Stiftung» und das von dieser Stiftung herausgegebene *Deutschlandmagazin*, aber auch den «Witiko-Bund». «Enge Beziehungen verbinden CSU-Mitglieder mit alten und neuen Nazis im ‹Witiko-Bund›, wo der christsoziale Bundestagsabgeordnete Walter Becher neben dem NPD-Ideologen Ernst Anrich sitzt, wo man den rechtsradikalen Publizisten Reinhard Pozorny zum Vortrag bittet» (S. 68). Strauß selber, so heißt es in dem Aufsatz weiter, genieße die Aura des ehrenwerten Mannes. Das System, sich die Freunde seiner Freunde zunutze zu machen und den Kreis der Helfershelfer unsichtbar zu halten, nennt Heidenreich «Karussell-Strategie». «Man sichert sich den Beifall (und die Stimmen) der äußersten Rechten bis hin zu erklärten Verfassungsfeinden durch schwer nachweisbare Kontakte und Doppelmitgliedschaften von Einzelpersonen. Dieselbe Strategie ist untrügliches Kennzeichen der rechtsextremistischen Szene jenseits der Legalität, die auf diese Weise – scheinbar in Grüppchen zersplittert – gut koordiniert ist, sich in Dachorganisationen zusammenfindet und finanziert. Zeitbeobachtern wie auch Verfassungsschützern wird dadurch der Nachweis bestehender Verknüpfungen erschwert.»

Die Verbindungslinie zwischen der extremen politischen Rechten und der CSU von Franz Josef Strauß sind nicht nur im ideologischen Feld zu finden; manchmal nehmen sie an der Basis ganz konkrete Formen an. So hat das CSU-Mitglied Axel Heinzmann eng mit dem «Chef» der Wehrsportgruppe Hoffmann, Karl Heinz Hoffmann, zusammengearbeitet. Bei einer Veranstaltung des rechtsradikalen «Hochschulringes Tübinger Studenten», dem auch der mutmaßliche Attentäter von München, Gundolf Köhler, angehört hat, haben im Dezember 1977 Heinzmann und Hoffmann mit einem Schlägertrupp protestierende Studenten krankenhausreif geschlagen. Erst drei Jahre später, Mitte März 1980, wurde Heinzmann vom Landgericht Tübingen wegen schweren Landfriedensbruchs und gefährlicher Körperverletzung zu sechs Monaten und drei Wochen Haft mit Bewährung verurteilt. Die engen Verbindungen zwischen dem Schläger Heinzmann und dem Bandenführer Hoffmann nahm die SPD-Landtagsabgeordnete Ursula Pausch-Gruber Ende November 1977 zum Anlaß einer Anfrage an die Landesregierung. Die *Nürnberger Nachrichten* berichteten am 2. Dezember 1977 darüber:

«Zweck und Tätigkeit der Wehrsportgruppe Hoffmann, begründet Frau Pausch-Gruber ihre Initiative, seien gegen die verfassungsmäßige Ordnung der Bundesrepublik gerichtet. Die CSU-Staatsregierung sollte deshalb umgehend handeln, wenn sie nicht in den Verdacht geraten wolle, daß ‹ihre ausgefransten rechten Ränder mit Billigung der Gesamtpartei Hoffmann und seiner Wehrsportgruppe Schützenhilfe geben›. Dafür gebe es Anzeichen. So trete zum Beispiel das CSU-Mitglied Axel Heinzmann als Redner bei Veranstaltungen des WSG Hoffmann auf.»

Es gibt noch manch andere Beispiele für erstaunliche Gemeinsamkeiten zwischen Rechtsradikalen und einzelnen Unionspolitikern, auch solcher, deren demokratische Grundeinstellung ansonsten unbestritten ist. Der Fall des Ex-Obersten Hans-Ulrich Rudel aus dem Jahre 1977 ist dafür kennzeichnend. Rudel gehörte zu den Heroen des Zweiten Weltkriegs, weil er beim Abschuß sowjetischer Panzer einen Rekord erzielte. Sein makabrer Ruhm folgt ihm bis auf den heutigen Tag und hat ihn in die Reihen der Neonazis getragen. Als ständiger Autor der *Deutschen National-Zeitung* lobt er auch die eigene politische Standhaftigkeit. «Ich bin einer der wenigen, die standhaft geblieben sind, die nicht heute das und morgen jenes sagen.»

Der Chefredakteur der *National-Zeitung*, Dr. Gerhard Frey, revanchiert sich gelegentlich mit Sätzen wie diesen, die er anläßlich einer Kundgebung mit Rudel sprach:

«Das deutsche Volk sieht zu Ihnen auf, das deutsche Volk liebt Sie, Herr Oberst, Sie sind und bleiben der deutsche Nationalheld Nummer eins. Ihr Heldentum war es und bleibt es immer, die Ostfront gehalten zu haben, damit auch jene Lumpen sicher leben, die uns heute die Veranstaltung streitig machen möchten.»

Im Oktober des Jahres 1976 war Rudel Gast eines Traditionstreffens in einer Bundeswehrkaserne. Die beiden ranghöchsten Offiziere der Bundesluftwaffe, General Werner Krupinski und sein Stellvertreter, General Karl-Heinz Franke, rechtfertigen in einem Gespräch mit Journalisten die Anwesenheit von Rudel bei dem Traditionstreffen mit dem Satz: «Solange noch Linksextremisten und ehemalige Kommunisten, die früher in Moskau waren, im Bundestag sitzen, können Sie doch die Teilnahme Rudels nicht tadeln.» Eine weitere Äußerung von General Franke «Herr Wehner, der ist doch das beste Beispiel, der war doch in Moskau» — wurde später bestritten, aber was und wen sie gemeint hatten, war ausreichend deutlich geworden.

Bundesverteidigungsminister Georg Leber (SPD) entließ die beiden Generale, die zufällig mal den Mund aufgemacht hatten. Andere, die ähnlich dachten, schwiegen, um ja nicht in den Verdacht der politischen Nähe zu Altnazis zu geraten. Aber was geschrieben und in der Öffentlichkeit gesagt wurde, lief eindeutig zugunsten des Ex-Obersten hinaus. So lautete die Überschrift zu einem Artikel des *Bayernkuriers* vom 6. November 1976: «Geopfert für Wehner – Berufsverbot für Generale». Und Manfred Wörner, Wehrexperte und CDU-Bundestagsabgeordneter, votierte ebenfalls zugunsten Rudels. In der Zeitung *Die Welt* vom 12. Dezember 1976 wird Wörner mit den Worten zitiert: «Ich lehne die politische Auffassung des Herrn Rudel ab – wie wir alle. Dennoch war und bleibe ich der Meinung, daß es möglich sein muß, bei einem so unpolitischen und geselligen Anlaß, wie es ein Kameradschaftstreffen ist, den ehemaligen Geschwaderkommodore und tapferen Soldaten einzuladen, ohne seine politischen Ansichten damit zu billigen.»

Rudel selber hatte am 2. November 1976 gegenüber der *Bild-Zeitung* seinen Standpunkt unterstrichen:

Frage: Bereuen Sie das, was im Zweiten Weltkrieg passiert ist?
Rudel: Wenn wir den Krieg gewonnen hätten, würden heute alle den Arm heben und ‹Sieg Heil› rufen.
Frage: Sie haben also ihren Standpunkt kaum verändert?
Rudel: Ich bin einer der wenigen, die standhaft geblieben sind, die nicht heute das und morgen jenes sagen.

Oder der Fall des unbelehrbaren Hans Filbinger, ehemals CDU-Ministerpräsident in Baden-Württemberg, der sich im Sommer 1978 zunächst an die von ihm bei Kriegsende gefällten Todesurteile nicht mehr erinnern konnte, und als das Gedächtnis wieder funktionierte, von seiner Partei regelrecht aus dem Amt des Regierungschefs gedrängt werden mußte, weil ihm jegliches Schuldempfinden fehlte. Filbinger zu dem Grund seines Rücktritts: «Dies ist die Folge einer Rufmordkampagne, die in dieser Form bisher in der Bundesrepublik Deutschland nicht vorhanden war. Mir ist schweres Unrecht angetan worden.»

«Mit Hilfstruppen dürfe man nicht zimperlich sein», hat Strauß laut *Spiegel* vom 16. März 1970 einmal gesagt, auch wenn sie noch so reaktionär seien. In einem weiteren Aufsatz in dem Buch ‹Strauß ohne Kreide› zählt Professor Iring Fetscher die zahlreichen Auslandskontakte von Strauß mit Diktatoren und antidemokratischen oder rechtsradikalen Parteien auf: Seine Verehrung seinerzeit für General Franco, den Diktator und Unterdrücker Spaniens, seine Referenz für General Pinochet in Chile, seine Sympathie für die griechische Militär-Junta, die Verbindungen der CSU-nahen Hanns-Seidel-Stiftung zu den Rechtsradikalen in Portugal usw. Fetscher kommt zu dem Schluß:

«Insbesondere seine offenen und versteckten Auslandskontakte machen deutlich, wohin Strauß mit seiner Politik zielt. Er möchte die Bundesrepublik zu einem Partner all derjenigen Regierungen machen, die – meist mit höchst undemokratischen Mitteln – nicht nur antikommunistische, sondern auch antisozialistische und antidemokratische Ziele verfolgen. Seine Bündnispolitik würde vollkommen auf jene antirassistische und antikolonialistische Tendenz verzichten und offen die Südafrikanische Union, Pinochets Chile und ähnliche Regime unterstützen» (S. 50).

Über die Verbindungen von Strauß zu Rechtsextremisten im Ausland hat *Der Spiegel* am 25. Februar 1980 eine längere Analyse mit vielen Details veröffentlicht. Das Nachrichtenmagazin bewertet diese Beziehungen mit dem Satz: «Die Kontakte dessen, der in diesem Land Kanzler werden will, würden im Normalfall das Bundesamt für Verfassungsschutz in Köln interessieren, Abteilung Rechtsextremismus.»

Sympathisanten

Böll, dieser christliche Dichter
Die angeblichen «Sympathisanten des Linksfaschismus»

> Immer mehr junge Menschen erwachen heute zu einem revolutionären Bewußtsein. Die Bereitschaft, konsequent und diszipliniert für die proletarische Revolution zu arbeiten, nimmt zu.
>
> Aus: Der bewaffnete Kampf in Westeuropa, Amsterdam 1972

Gibt es für den politischen Terror der Baader-Meinhof-Gruppe und ihrer Nachfolge-Organisationen ein ähnliches Umfeld wie bei den Rechtsextremisten? Die Frage müßte eigentlich in der Vergangenheitsform gestellt werden, denn seit der Entführung und Ermordung des Arbeitgeberpräsidenten Hanns-Martin Schleyer im Herbst 1977 hat es Gewaltakte dieser Art nicht mehr gegeben. Der CSU-Vorsitzende Franz Josef Strauß und andere Unionspolitiker sind in der Vergangenheit nicht müde geworden, eben jenes angebliche Umfeld für den Terror der siebziger Jahre genau zu benennen. Sie und die Redakteure der Springer-Zeitungen zeigten immer wieder mit dem Finger auf einzelne Schriftsteller, Professoren, Politiker, Kirchenmänner und Journalisten und verdächtigten sie, mit den Gewalttätern zumindest ideologisch unter einer Decke zu stecken.

Aus einer gewissen zeitlichen Distanz fällt die Antwort auf die Frage nach dem Umfeld leichter. Hätte es eine geistige Mittäterschaft oder gar einen festen Rückhalt gegeben, wären Andreas Baader, Ulrike Meinhof und ihre Anhänger dem Ziel einer «proletarischen Revolution» vermutlich ein Stück nähergekommen. Tatsächlich haben sie sich jedoch von dem Ziel der Revolution mit jedem Terrorschlag weiter entfernt, denn ihre Namen sind nicht nur mit diesem Terror untrennbar verbunden, sondern ebenfalls mit einer gesellschaftlichen Rückentwicklung in der Bundesrepublik. Das Rollback, die vielzitierte Trendwende mit dem Stopp der Reformpolitik und dem Abbau rechtsstaatlicher Positionen hat politische und wirtschaftliche Ursachen, aber auch die Untergrundkommandos haben an der Wende mitgewirkt, indem sie mit ihren Attentaten den Kräften der Reaktion und Restauration in die Hände spielten.

93

Was von diesen Kommandos übrigblieb, ist kaum noch der Rede wert. Andreas Baader, Ulrike Meinhof und einige andere aus dem sogenannten harten Kern leben nicht mehr. Die anderen sitzen entweder im Gefängnis oder verteilen sich auf winzige, weitversprengte Gruppen, die im Untergrund operieren, Gruppen, deren Theorie sich offensichtlich in Luft aufgelöst hat, deren Existenz nach allem, was man darüber weiß, nur noch vom Willen zum Überleben geprägt ist.

Das Scheitern der «Rote Armee Fraktion» (RAF) und der «Bewegung 2. Juni» war vorprogrammiert. Von denjenigen, die über die Lage der Bundesrepublik nachgedacht und nach der Studentenrebellion in der zweiten Hälfte der sechziger Jahre Reformen und Veränderungen für unumgänglich gehalten hatten, hat niemand dem «bewaffneten Kampf in Westeuropa» das Wort geredet, vor allem nicht jene, die auf die lange Anklagebank wegen angeblicher geistiger Mittäterschaft gezerrt wurden. Das geistige Klima, in dem der Terror wachsen konnte, hat niemals bestanden, wohl aber hat es gesellschaftliche Ursachen für den Terror gegeben. Ebensowenig hat das revolutionäre Bewußtsein unter jungen Menschen zugenommen, wie in der schriftlichen Anleitung zum Aufbau einer «Roten Armee» behauptet wurde. Das geistige Umfeld für den Terror mußte daher konstruiert und übergroß in das Bewußtsein der Bevölkerung projiziert werden, um einen Hebel in die Hand zu bekommen, den gesellschaftlichen Reformzug endgültig zu stoppen und in die umgekehrte Richtung zu schieben. Mit welchen Methoden dies geschah, wird am eindrucksvollsten am Beispiel des Schriftstellers Heinrich Böll deutlich. Der «Fall Böll» belegt eine Diffamierungskampagne, die sich zeitlich über ein Jahrzehnt erstreckt und für andere Fälle «mustergültig» ist; er soll an Hand kurzer Zitate in drei Abschnitten dokumentiert werden:

Böll – Teil eins

Am Montag, dem 10. Januar 1972 erschien im Nachrichtenmagazin *Der Spiegel* ein Artikel von Heinrich Böll mit der Überschrift: «Will Ulrike Gnade oder freies Geleit?» Der Autor befaßte sich kritisch mit einer Schlagzeile der *Bild-Zeitung*, die nach einem Banküberfall in Kaiserslautern die möglichen Täter schon vorverurteilt hatte: «Baader-Meinhof-Bande mordet weiter – Bankraub: Polizist erschossen». Diese Überschrift bezeichnete Böll als eine Aufforderung zur Lynchjustiz. Millionen, für die *Bild* die einzige Informationsquelle sei, würden auf diese Weise mit verfälschten Informationen versorgt. In dem *Spiegel*-Beitrag unternahm der Schriftsteller den natürlich nicht sehr aussichtsreichen Versuch, in dem irrwitzigen Zweikampf zwischen einer Handvoll Terroristen und der Bundesrepublik Deutschland wieder etwas Vernunft wirken zu lassen. Böll schrieb:

«Will sie [Ulrike Meinhof] Gnade oder wenigstens freies Geleit? Selbst wenn sie keines von beiden will, einer muß es ihr anbieten. Dieser Prozeß muß stattfinden, er muß der lebenden Ulrike Meinhof gemacht werden, in Gegenwart der Weltöffentlichkeit. Sonst ist nicht nur sie und der Rest ihrer Gruppe verloren, es wird auch weiter stinken in der deutschen Publizistik, es wird weiter stinken in der deutschen Rechtsgeschichte.»

Am Abend desselben Tages, an dem der Artikel im *Spiegel* erschien, gab Heinrich Böll dem Fernsehmagazin *Panorama* ein Interview, in dem er in seiner Eigenschaft als Präsident des internationalen Pen-Clubs zu der Verurteilung des sowjetischen Regimekritikers Wladimir Bukowski Stellung nahm. Um sein Amt als Pen-Präsident nicht zu strapazieren und andere Kanäle nicht zu verschütten, wollte sich Böll in dem Interview nicht auf einen bloßen Protest festlegen lassen. Diese Haltung und der *Spiegel*-Aufsatz löste eine Welle von Protesten aus.

«Im jüngsten *Spiegel* verteidigt der Schriftsteller Heinrich Böll die Baader-Meinhof-Bande, während er gleichzeitig die Berichterstattung der *Bild-Zeitung* angreift. In der Sache hat Böll unrecht, wie gerade die letzte Entwicklung zeigt. Böll, dieser christliche Dichter, bedient sich im *Spiegel* einer Sprache, die Gemeinschaftswerk Karl-Eduard von Schnitzlers und Josef Goebbels sein könnte.»

Aus: *Bild*, 11. 1. 1972

«Für Kurt Tucholsky oder Carl von Ossietzky zum Beispiel war der Begriff ‹Freiheit› unteilbar. Heinrich Böll differenziert sehr fein und merkt nicht, daß seine Äußerungen von den totalitären Systemen nur allzu dankbar goutiert werden.»

Aus: Hans-Erich Bilges, Heinrich Böll und die «Freiheit der Arroganten». In: *Die Welt*, 12. 1. 1972

«Es ist bestürzend und beschämend zugleich, daß ein Schriftsteller wie Heinrich Böll politische Auseinandersetzung nicht streng als geistige Auseinandersetzung begreift, sondern Verständnis für Menschen zu wecken versucht, die den ‹Volkskrieg› praktizieren wollen. Die rücksichtslose Tötung eines anderen bleibt verbrecherisch, gleichgültig, ob sie die führenden oder ausführenden Organe in unserem Staat trifft.»

Hans Karl Filbinger, Ministerpräsident von Baden-Württemberg, CDU. In: *Die Welt*, 15. 1. 1972

«Ein linker Biedermann hat sich demaskiert. Seit Montag dieser Woche – mit dem Erscheinen des *Spiegel* und der neuesten Sendung von Merseburgers *Panorama* – hat Heinrich Böll die von ihm oft und gern usurpierte Rolle als politisch-moralische Überinstanz in der Beurteilung bundesrepublikanischer Zeitläufe verwirkt. Der rheinische Poet, dem Kirche und Unionsparteien seit eh und je bevorzugte Zielscheiben seiner Schelte sind, hat sich als opportunistischer Heuchler decouvriert.»

Aus: Wilfried Scharnagel, «Demaskierter Böll».
In: *Bayernkurier*, 15. 1. 1972

«Der Schriftsteller Heinrich Böll ist seit einigen Monaten Präsident des bedeutendsten internationalen Schriftstellerverbandes, des Pen-Clubs. Er ist es zu lange gewesen ... Böll, eine Mischung aus Albert Schweitzer, Schwejk und Fritz Teufel, spielt teils die Rolle des Biedermanns, teils des Brandstifters.»

Aus: Hans Habe, «Treten Sie ab, Herr Böll».
In: *Welt am Sonntag*, 16. 1. 1972

«Und die Sympathisanten dieses Linksfaschismus, die Bölls und Brückners und all die anderen sogenannten Intellektuellen sind nicht einen Deut besser als die geistigen Schrittmacher der Nazis, die schon einmal soviel Unglück über unser Land gebracht haben.»

Aus: Moderation von Gerhard Löwenthal,
ZDF-Magazin, 26. 1. 1972

Böll – Teil zwei

Nach der blutigen Entführung des Arbeitgeber-Präsidenten Hanns-Martin Schleyer am 5. September 1977 entschlossen sich zwei Persönlichkeiten zu einem Aufruf, die bei den Entführern noch auf einen Rest von Glaubwürdigkeit vertrauen konnten: Heinrich Böll und Hellmut Gollwitzer, Theologie-Professor in Berlin. Knapp eine Woche nach dem Überfall in Köln richteten sie folgenden dringenden Appell an die Kidnapper:

«Wir appellieren an die Entführer von Hanns-Martin Schleyer: Seien Sie sich klar, daß weiteres Töten alles vernichtet, was Sie erreichen wollen, und unabsehbare Folgen für unser ganzes Land haben wird, auch für Ihre

Freunde in den Gefängnissen. Lassen Sie Menschlichkeit über Ihre Planung siegen und geben Sie das mörderische Tauschgeschäft von Menschenleben gegen Menschenleben auf.»

Zwei Tage vor Bekanntwerden dieses Appells von Böll und Gollwitzer hatte sich in der Ausgabe vom 10. September 1977 des *Bayernkurier* Wolfgang Horlacher zum «Umfeld» der politischen Gewaltkriminalität geäußert:

«Das ‹Umfeld› also ist es, das sich in dieser schicksalsschweren Stunde der Nation in seiner abgrundtiefen Hinterhältigkeit darstellt. Denn die geistigen Ursprünge dieses ‹Umfelds› sind nach wie vor lebendig: Es ist die ‹neue Linie› der vergangenen zwei Jahrzehnte; der Gewaltmarxismus, der das ‹System› zerstören soll.»

Das nach seiner Ansicht angemessene Gegenmittel gegen die drohende Zerstörung hatte Horlacher ebenfalls genannt: exemplarische Bestrafung.

«Eine Wohlstandsgesellschaft allein ist zur Gegenwehr nicht mehr in der Lage. Es muß von heute an eine Strategie zur Immunisierung des Schreckens, eine Strategie exemplarischer Bestrafung entwickelt werden; mit einem Wort, eine geistig-psychische Strategie der Neubesinnung von Grund auf.»

Die Redaktion der *Bild-Zeitung* auf den Appell von Böll und Gollwitzer wirkte schon im Sinne dieser neuen Strategie. Am 12. September 1977 hieß es dort:

«Heinrich Böll hat mit Hilfe des Bergführers Gollwitzer den Gipfel der Unverfrorenheit erklommen. Sie haben einen ‹Appell› an die Entführer Hanns-Martin Schleyers gerichtet ... Ausgerechnet! Ausgerechnet jener ‹Theologe› Gollwitzer, der noch im Januar 1974 erklärte, es sei im gewissen Sinne dem einzelnen überlassen, ‹wieweit› er die Gesetze des Rechtsstaates befolgen will ... Heinrich Böll, der Meinhof-Verherrlicher, und seine Theologen sollen endlich in ‹Sack und Asche› gehen und dort für eine lange Zeit der Erprobung schweigend verschwinden.»

Böll – Teil drei

Eine andere Kontroverse um den Schriftsteller Heinrich Böll begann im Jahre 1974 und endete nach einer langen rechtlichen Auseinandersetzung, die bis zum Bundesverfassungsgericht führte, erst im August 1980. Anlaß war ein Kommentar, den der damalige Chefkommentator des Sender Freies Berlin, Matthias Walden, am 21. November 1974 in der Spätausgabe der *Tagesschau* zum Staatsbegräbnis des ermordeten Berliner Kammergerichtspräsidenten Günter von Drenkmann gesprochen hatte. Walden sagte dabei u. a.:

«Der Boden der Gewalt wurde durch den Ungeist der Sympathie mit den Gewalttätern gedüngt. Jahrelang warfen renommierte Verlage revolutionäre Druckerzeugnisse auf den Büchermarkt. Heinrich Böll bezeichnete den Rechtsstaat, gegen den die Gewalt sich richtet, als ‹Misthaufen› und sagte, er sähe nur ‹Reste verfaulender Macht, die mit rattenhafter Wut verteidigt› würden. Er beschuldigte diesen Staat, die Terroristen in ‹gnadenloser Jagd› zu verfolgen.»

In seinem Kommentar sprach Walden ferner von der Saat der Gewalt und von dem Boden, in den diese Saat eingebracht worden sei. Dieser Boden aber sei vom «Unkraut der Ideologie, der Komplicenschaft, des Sympathisantentums» überwuchert gewesen. Heinrich Böll fühlte sich durch solche Sätze in seiner Ehre verletzt und verlangte ein Schmerzensgeld. Im Zivilprozeß vor dem Landgericht Köln hatte er keinen Erfolg. Das Oberlandesgericht billigte ihm schließlich 40000 DM an Schmerzensgeld zu. Dagegen erhob Walden Einspruch, so daß der Bundesgerichtshof in Karlsruhe eingeschaltet wurde. Über den Auftakt des Verfahrens in Karlsruhe berichtete am 19. April 1978 die *Frankfurter Allgemeine Zeitung*:

«Böll, der die fast vierstündige Verhandlung mit gebannter Wachsamkeit verfolgte, fühlte sich durch seine namentliche Ansprache der intellektuellen Urheberschaft auch am Drenkmann-Mord bezichtigt, und er sagte in einer eindrucksvollen Schlußbemerkung, daß er sich berechtigt fühlte, ein Schmerzensgeld in Empfang zu nehmen. Seit nunmehr sechseinhalb Jahren sehe er sich Denunzierungen ausgesetzt, die schließlich bewirkt hätten, daß einem Gastwirt in einem entlegenen Eifeldorf von anderen Gästen dringend empfohlen worden sei, an ihn keinen Kaffee mehr auszuschenken.»

Noch bevor der Bundesgerichtshof am 30. Mai 1978 seine Entscheidung bekannt gab, lieferte *Die Welt*, für die Walden ebenfalls Kommentare verfaßte, ein neues Beispiel dafür, wie man einen Dichter diffamiert und denunziert. Waldens Kollege Enno von Loewenstern schrieb zu der Verfilmung des Böll-Romans ‹Die verlorene Ehre der Katharina Blum› am 29. Mai 1978: «Zweifellos hat Böll zur Hoffähigmachung der Bande mehr beigetragen als irgend jemand. Und zu ihrer Ermutigung.» Nachdem vorher von Kassibern der Baader-Meinhof-Gefangenen die Rede gewesen war, in denen der Name ‹Böll› auftauchte, schließt die Rezension der *Welt* mit einem ungeheuerlichen Vorwurf, der allerdings vorsichtshalber in Frage-Form gekleidet wird:

«Schrieb er [Böll] das Buch freiwillig? Wurde er getreten oder erpreßt? Man wird es vermutlich nie erfahren. Gudrun Ensslin, Katharina Blum-Meinhof und Götten-Baader sind tot. Heinrich Böll kassiert seine Tantiemen.»

Vor dem Bundesgerichtshof unterlag Böll. Der Fraktionsvorsitzende der SPD im Bundestag, Herbert Wehner, telegrafierte ihm:
«Bitte, lassen Sie sich nicht in Verbitterung hetzen, durch das, was ein Gericht Ihnen angetan hat» und löste damit neuen Wirbel aus. Die *Bild-Zeitung* konnte nach dem Richterspruch in Karlsruhe ihre hämische Freude nicht unterdrücken. Die Ehre des Kommentators Walden, die Böll habe abschneiden wollen, sei geschützt worden, schrieb das Blatt und fügte, als sei es dem Schriftsteller um das Geld gegangen, hinzu: «Böll entgeht nicht nur der Batzen Geld, den er begehrte, er muß auch das Verfahren bezahlen.»
Bild hatte sich jedoch zu früh gefreut. Heinrich Böll erfuhr schließlich doch noch Genugtuung, als er Verfassungsbeschwerde einlegte. Mitte Juli 1980 entschied das Bundesverfassungsgericht in Karlsruhe, daß das allgemeine Persönlichkeitsrecht von Böll und seine Ehre durch den Kommentar von Walden verletzt worden sind. Das BVG stellte ausdrücklich fest, daß einige der von Walden verwendeten Zitate unrichtig waren. Unrichtiges Zitieren aber sei durch die vom Grundgesetz gewährleistete Meinungsfreiheit nicht geschützt. Damit wurde dem Persönlichkeitsrecht Bölls einen Vorrang vor dem Recht der Meinungsfreiheit eingeräumt.

Die Bewältigung der Gegenwart

Rechts: Kleine Anfragen und ausweichende Antworten – Links: Sondergesetze, gigantische Fahndungsaktionen, Stuttgart–Stammheim

Die Gefahr, die der Bundesrepublik von rechts droht, war voraussehbar, noch bevor es Bombenattentate und Brandanschläge gegeben hat. Der schärfere Ton in den Publikationen der Neonazis, die sich häufenden Fälle von Hakenkreuzschmierereien und die immer penetranteren Auftritte von Rechtsextremisten in der Öffentlichkeit deuten schon seit langem auf das Entstehen einer neuen NS-Bewegung, die sich erheblich radikaler und militanter gebärdet als die alte NPD.

Der Deutsche Bundestag hat von dieser Entwicklung erst spät Kenntnis genommen, und dann auch nur am Rande. Kleine Anfragen und ausweichende Antworten – so läßt sich die Reaktion des Parlaments und der Bundesregierung kennzeichnen. Der Rechtsextremismus war kein Thema und ist es noch immer nicht. Das Bombenattentat von München wird daran, so ist zu befürchten, nichts ändern. In der Sitzung des Bundestages am 31. Mai 1978 ging es um die Beantwortung folgender Frage des SPD-Abgeordneten Herbert Wehner:

«Welche Ergebnisse hat die Prüfung gehabt, die von der Bundesregierung in der Fragestunde vom 17. Februar 1978 zu der Frage zugesagt worden ist, ob und gegebenenfalls welche gesetzgeberischen Maßnahmen gegen die Verbreitung nationalsozialistischer Propaganda zu veranlassen sind?»

Der Parlamentarische Staatssekretär im Bundesjustizministerium Hans de With formulierte die Antwort der Bundesregierung. Daran schloß sich ein kurzes Frage- und Antwort-Spiel an, bei dem der Abgeordnete Gerhard Reddemann von der CDU/CSU wissen wollte, ob nicht vielleicht auch Linksradikale für antisemitische Aktivitäten in Frage kämen. Staatssekretär de With gab in seiner Stellungnahme zur Anfrage von Wehner bekannt, daß die Länderjustizminister «die Besorgnis über das Ansteigen des Vertriebs und der Verbreitung von nationalsozialistischem Gedankengut und nationalsozialistischen Symbolen» teilen. Ob neue Gesetze notwendig seien, um der braunen Propaganda-Flut zu begegnen, konnte er nicht sagen. Dr. de With:

Eine abschließende Bewertung, ob *gesetzgeberische Maßnahmen* erforderlich sind oder das geltende Recht ausreicht, ist zur Zeit jedoch noch nicht

möglich. Hierzu bedarf es zunächst noch der Auswertung der Erfahrungs-
berichte aller Landesjustizverwaltungen. Falls es erforderlich erscheinen
sollte, wird die Bundesregierung nicht zögern, gesetzgeberische Maßnahmen einzuleiten.

Zu den Verfahren, die mit Veranlassung für das Schreiben des Bundesministers der Justiz an die Justizminister und -senatoren der Länder gewesen sind, ist zu bemerken, daß diese Verfahren, die sich gegen Herstel-
lungs- und Vertriebsunternehmen von Gegenständen mit Nazisymbolen
richten, noch nicht abgeschlossen sind. Aus den bisher vorliegenden Berichten ist jedoch zu entnehmen, daß sie in der gebotenen Weise betrieben
werden.

Im Bereich der Landesjustizverwaltung Nordrhein-Westfalen sind beispielsweise vier bedeutendere Verfahren anhängig: Verfahren der Staatsanwaltschaft Düsseldorf gegen eine Kauffrau wegen des Vertriebs von sogenannten Dokumentarschallplatten; Verfahren der Staatsanwaltschaft
Essen gegen einen Kaufmann, der in der *Deutschen National-Zeitung* Hitler-
Reliefbüsten angeboten hat – bei einer Durchsuchung wurden zahlreiche
derartige Büsten sichergestellt –; Verfahren der Staatsanwaltschaft Düsseldorf gegen den Geschäftsführer einer Firma, dem vorgeworfen wird, in
Zeitschriften Orden, Uniformteile, Fahnen und Abzeichen mit NS-Emblemen sowie Hitler-Münzen in sehr großer Zahl zum Kauf angeboten zu
haben; Verfahren der Staatsanwaltschaft Bielefeld gegen die Verantwortlichen einer Firma wegen des Verkaufs von Schiffs- und Flugzeugmodellen
aus Plastik mit Hakenkreuzen.

Die strafrechtliche Ahndung der Verbreitung und Verwendung von
Propagandamitteln ehemaliger nationalsozialistischer Organisationen und
die Strafverfolgung anderer rechtsextremistischer Aktivitäten wird im übrigen als Tagesordnungspunkt auf der 49. Konferenz der Justizminister
und -senatoren vom 30. Mai bis 1. Juni 1978 in Essen auf Anregung des
Bundesministers der Justiz behandelt. Diese Konferenz läuft zur Zeit noch.

Ich darf Ihre Frage, Herr Kollege Wehner, zum Anlaß nehmen, nochmals zu bekräftigen, daß die Bundesregierung der Sache die gebotene Bedeutung beimißt und die Entwicklung sehr aufmerksam verfolgt.

Vizepräsident Frau Renger: Zusatzfrage, Herr Abgeordneter Wehner.

Wehner (SPD): Wenn ich Sie richtig verstanden habe, Herr Parlamentarischer Staatssekretär, haben Sie in Ihrer Antwort u. a. betont, daß die bis-
herige Auswertung ergeben habe: keine Anhaltspunkte auf Grund der derzeitigen Rechtslage, die Straftatbestände der einschlägigen Paragraphen –
die haben Sie genannt – zu verändern. Bin ich völlig ungenügend unter-
richtet, wenn ich aus dem, was ich habe lesen können über Verurteilungen
entsprechend den von Ihnen angeführten Paragraphen, in sehr vielen Fällen die Schlußfolgerung habe ziehen müssen: Es gibt zwar gewisse Urteile,

Macht unsre Bücher billiger! . . .

... forderte Tucholsky einst, 1932, in einem «Avis an meinen Verleger». Die Forderung ist inzwischen eingelöst.

Man spart viel Geld beim Kauf von Taschenbüchern. Und wird das Eingesparte gut gespart, dann zahlt die Bank oder Sparkasse den weiteren Bücherwerb: Für die Jahreszinsen eines einzigen 100-Mark-Pfandbriefs kann man sich zwei Taschenbücher kaufen.

aber sie werden dann in einer sehr großen Anzahl mit Bewährung ausgesprochen, brauchen also durch die Täter faktisch nicht ausgeführt zu werden?

Dr. de With, Parl. Staatssekretär: Es trifft zu, daß es eine ganze Anzahl von Urteilen gibt, in denen die Strafe zur Bewährung ausgesetzt wurde. Dies ist etwa, nur um einige Beispiele zu nennen, dann der Fall gewesen, wenn es sich um Ersttäter oder um Jugendliche handelte. Ich gehe aber davon aus, daß die Richter gleichwohl sehr nachdrücklich von dem gebotenen Strafmaß Gebrauch machen, wenn deutlich wird, daß es sich – um es einmal so auszudrücken – um nachdrückliche Vergehen nach den angezogenen Vorschriften handelt. Ich bin auch der Meinung, daß die Öffentlichkeit in letzter Zeit mit größerem Argwohn Anzeichen dieser Art beobachtet und daß dies Auswirkungen auf die Strafverfolgung haben wird.

Vizepräsident Frau Renger: Eine weitere Zusatzfrage, Herr Abgeordneter Wehner.

Wehner (SPD): Herr Parlamentarischer Staatssekretär, vom Zentralrat der Juden in Deutschland sind nicht nur, aber besonders in letzter Zeit einige doch sicher nicht einfach von der Hand zu weisende Hinweise auf alarmierende Zeichen in bezug auf Veröffentlichungen – ich könnte eine ganze Reihe von sogenannten Diensten, die bei uns auf Grund der herrschenden Pressefreiheit natürlich erscheinen können, hier nennen – gegeben worden, und ich möchte gern wissen, ob die Bundesregierung diesen Hinweisen, die der Zentralrat der Juden auf Grund der Erfahrungen gegeben hat, die ja wohl vor allem der jüdische Teil unseres Volkes, soweit er noch existiert, nachdem «Deutschland, Deutschland über alles» gewesen ist, gemacht hat, besonderes Gewicht beimißt.

Dr. de With, Parl. Staatssekretär: Es hat in der Tat den Anschein, daß in den letzten Monaten eine Verstärkung der Aktivitäten in diesem Bereich zu verzeichnen ist. Ich habe Ihre Frage gern zum Anlaß genommen, darauf hinzuweisen, daß jedoch mit Nachdruck entsprechende Straftatbestände verfolgt werden. Ich benutze die Gelegenheit auch gern zu betonen, daß wir alle über das Ausmaß, das wir feststellen mußten, sehr betroffen sind. Ich darf noch einmal darauf hinweisen, daß wir nicht zögern werden, entsprechende gesetzliche Maßnahmen einzuleiten, wenn sich bei der endgültigen Auswertung herausstellen sollte, daß die bisherigen Bestimmungen nicht ausreichen.

Vizepräsident Frau Renger: Zusatzfrage, Herr Abgeordneter Jäger (Wangen).

Jäger (Wangen) (CDU/CSU): Herr Staatssekretär, haben Sie die umfangreichen Ermittlungen und Nachforschungen, deren Ergebnis Sie hier vorgetragen haben, lediglich auf die Verbreitung nationalsozialistischer

Propaganda beschränkt, oder haben Sie auch andere verfassungsfeindliche Propaganda in Ihre Prüfungen und Untersuchungen mit einbezogen?

Dr. de With, Parl. Staatssekretär: Die Frage, die Herr Abgeordneter Wehner gestellt hat, war eindeutig. Danach sind wir verfahren, und entsprechend habe ich geantwortet.

Vizepräsident Frau Renger: Zusatzfrage, Herr Abgeordneter Jahn.

Jahn (Marburg) (SPD): Bis wann, Herr Staatssekretär, wird die Bundesregierung ihre auf diesem Zwischenbericht beruhenden Überlegungen und Prüfungen abgeschlossen haben können, und in welcher Weise beabsichtigt sie dann den Deutschen Bundestag vom Ergebnis ihrer abschließenden Überlegungen zu unterrichten?

Dr. de With, Parl. Staatssekretär: Einen Zeitraum, Herr Kollege Jahn, kann ich noch nicht nennen. Ich erwähnte, daß dieser Bereich auch ein Tagesordnungspunkt der Justizministerkonferenz dieser Tage war. Das heißt, es wird wohl noch ein gewisser Zeitraum abgewartet werden müssen. Aber Sie dürfen versichert sein, daß der Bundesminister der Justiz, soweit das in seinen Möglichkeiten liegt, drängen wird, um möglichst bald einen endgültigen Bericht erstellen zu können. Wie der Bericht veröffentlicht wird, kann ich jetzt noch nicht sagen. Aber ich darf versichern, daß die Veröffentlichung so geschehen wird, daß jedermann alsbald von diesem Bericht Kenntnis erlangen kann und eine möglichst weite Verbreitung gesichert ist.

Vizepräsident Frau Renger: Zusatzfrage, Herr Abgeordneter Reddemann.

Reddemann (CDU/CSU): Herr Staatssekretär, können Sie dem Hause mitteilen, ob die gestiegenen antisemitischen Aktivitäten auf Grund einer zentralen Leitung etwa von Rechtsradikalen oder, wie wir in einigen Fällen wissen, auch von Linksradikalen erfolgen oder aus welchem Grunde antisemitische Aktionen in letzter Zeit in der Bundesrepublik durchgeführt wurden?

Dr. de With, Parl. Staatssekretär: Ich sagte, daß es eine endgültige Auswertung noch nicht gibt. Es kann lediglich verzeichnet werden, daß eine Steigerung zu beobachten ist. Was der Hintergrund ist und wie die Motivationen lauten, kann ich nicht mitteilen.

Am 12. Oktober 1978 richteten die Fraktionen von SPD und FDP gemeinsam eine Kleine Anfrage zum Rechtsextremismus an die Bundesregierung, um ihr Anliegen zu unterstreichen. Sie enthielt eine Reihe von Einzelfragen. Zwei davon bezogen sich ebenfalls auf mögliche Gegenmaßnahmen:

Frage: Welche Maßnahmen hält die Bundesregierung für erforderlich, um die aus rechtsextremistischen Bestrebungen für die innere Sicherheit der Bundesrepublik Deutschland erwachsenden Gefahren wirkungsvoll zu bekämpfen?

Antwort der Bundesregierung: Die Bundesregierung hält eine sorgfältige Beobachtung rechtsextremistischer Bestrebungen durch die Sicherheitsbehörden weiterhin für erforderlich. Insbesondere kommt den Sicherheitsbehörden die wichtige Aufgabe zu, im Vorfeld strafprozessualer Ermittlungen die in der Vergangenheit bereits erfolgreichen Bemühungen fortzusetzen, geplante Ausschreitungen oder Gewalttaten frühzeitig zu erkennen und ihre Ausführung zu verhindern.

Einer Eindämmung der aus dem Rechtsextremismus erwachsenden Gefahren dient auch das Strafrecht. 1977 wurden wegen Delikten im Zusammenhang mit rechtsextremistischen Aktivitäten besonders viele Ermittlungsverfahren geführt und Verurteilungen ausgesprochen (46 rechtskräftige Verurteilungen, Vorjahr: 33; 45 nichtrechtskräftige Verurteilungen, Vorjahr: 38; 317 Ermittlungsverfahren, Vorjahr: 80). Die Verfassungsschutzbehörden werden diese strafrechtlichen Maßnahmen weiterhin durch intensive Beobachtungstätigkeit und unverzügliche Weitergabe gerichtsverwertbarer Erkenntnisse unterstützen. Darüber hinaus wird die beobachtende Tätigkeit der Verfassungsschutzbehörden auch in Zukunft darauf gerichtet sein, ein aktuelles Lagebild über alle rechtsextremistischen Bestrebungen zu gewährleisten.

Die geltenden Strafgesetze bieten nach dem derzeitigen Erkenntnisstand geeignete Handhaben, den genannten Aktivitäten entgegenzutreten. Jedoch wird die Frage etwa notwendiger Änderungen oder Ergänzungen des geltenden Rechts geprüft.

Frage: Hält die Bundesregierung eine vorbeugende geistig-politische Auseinandersetzung mit dem Rechtsextremismus für erforderlich und teilt sie die Ansicht, daß insbesondere in den Schulen entsprechende Anstrengungen unternommen bzw. verstärkt werden sollten, um auf die Gefahren des Neonazismus bzw. Rechtsextremismus hinzuweisen?

Antwort der Bundesregierung: Die Bundesregierung mißt der geistig-politischen Auseinandersetzung als Mittel zur Bekämpfung des politischen Extremismus große Bedeutung bei. Die Bundeszentrale für politische Bildung hat es seit ihrer Errichtung als eine ihrer wesentlichen Aufgaben betrachtet, die Ursachen des Nationalsozialismus darzustellen. Sie ist dieser Aufgabe nachgekommen durch entsprechende Veröffentlichungen in ihren Publikationen, durch die Förderung des politischen Buches, durch die Produktion bzw. durch Ankauf von Filmen sowie durch die Förderung und Durchführung von Tagungen. Die Bundesregierung ist der Auffassung, daß diese Bemühungen verstärkt fortgesetzt werden müssen und daß insbesondere in den Schulen vermehrte Anstrengungen unternommen werden sollten, um den Schülern die Fähigkeit zu vermitteln, die aus politisch-extremistischen Bestrebungen resultierenden Gefahren zu erkennen.

«Wenn es irgendwo Piffpaff macht ...»

Die Zurückhaltung von Bundestag und Bundesregierung gegenüber dem Rechtsradikalismus steht in einem krassen Gegensatz zu der Bereitschaft, auf beinahe jede Herausforderung durch den Terror von links mit neuen Gesetzen, einer Verstärkung der Polizei und anderen Maßnahmen zu reagieren. Nach welchem Motto dabei in den siebziger Jahren verfahren wurde, hat der SPD-Bundestagsabgeordnete Manfred Coppik einmal treffend charakterisiert: «Wenn es irgendwo wieder Piffpaff macht, dann gibt es eine Sondersitzung und alles ist gelaufen.»

Vieles ist auf diese Weise gelaufen, und im Laufe der Zeit bildete sich fast so etwas wie ein abgestimmtes Verhalten zwischen sozial-liberaler Bundesregierung und CDU/CSU-Opposition heraus. Zunächst standen sich bei einem neuen Gesetzesvorhaben jeweils gegensätzliche Positionen gegenüber. Die Unionsparteien versuchten, durch ständiges Wiederholen ihrer Forderungen den politischen Gegner mürbe zu machen, was meistens schnell gelang. Um nur ja nicht in die Nähe der gewalttätigen Systemveränderer zu geraten und um die Blockade in dem von der Opposition beherrschten Bundesrat zu umgehen, erwiesen sich SPD und FDP immer wieder als entgegenkommend und kompromißbereit. Allmählich nahm so die Sensibilität der sozialdemokratischen und liberalen Politiker in bezug auf die eigenen rechtsstaatlichen Grundsätze ab und ein bemerkenswerter Annäherungsprozeß begann.

Die SPD-Bundestagsabgeordnete Hertha Däubler-Gmelien hat das Zustandekommen der Anti-Terror-Gesetze im Bundestag am 15. April 1978 auf einem Kongreß zur Rettung der Republik in Hannover so charakterisiert: «Es ereignet sich ein furchtbarer Anschlag. Man guckt, was die CDU fordert, und streicht die Hälfte weg und das ist dann sozialdemokratische Politik.» Bei ihrem Vorgehen gegen die Gewalt-Anarchie vermittelte der Bundestag das Bild einer Reparaturfirma, die glaubt, ständig neues Werkzeug aus dem Kasten hervorzaubern zu müssen. Bevor das neue Gerät ausprobiert wird, stellt man es ausgiebig und mit dem nötigen Palaver der Öffentlichkeit vor, damit diese nur ja nicht den Glauben daran verliert, daß überhaupt etwas gegen den Terrorismus geschieht.

Der Erwartungsdruck seitens der Öffentlichkeit lastete offensichtlich schwer auf dem Parlament. Die Bundestagsabgeordneten setzten sich immer wieder unter Erfolgszwang und produzierten dabei Gesetze, die für die Bekämpfung des Terrorismus überhaupt nichts hergeben, die dafür aber in anderen Bereichen großen, gelegentlich nur schwer wiedergutzumachenden Schaden anrichten. Das gilt zum Beispiel für die beiden Gewaltparagraphen 88 a und 130 a des Strafgesetzbuches (Befürwortung von Gewalt, Anleitung zu Gewalt). Die ursprünglich pauschal, das heißt ohne jede Einschränkung formulierten Bestimmungen wurden zwar im Laufe der parlamentarischen Beratung etwas eingeengt, aber sie sind noch immer so weit gefaßt, daß man mit Recht von Gummiparagraphen sprechen kann. Wie gefährlich sie sind oder eines Tages unter veränderten politischen Bedingungen werden können, zeigte sich schon im August 1976, sieben Monate nach ihrer Verabschiedung. In einer bundesweiten Polizeiaktion gegen linke Buchläden wurde das neue Gesetz erstmals getestet. Vor den Augen der Öffentlichkeit rollte eine massive Einschüchterungs-Operation ab, die nichts mit Terrorbekämpfung zu tun hatte. Die beteiligten Beamten, die bei der Durchsuchung der Buchläden und beim Beschlagnahmen von Büchern nicht zimperlich vorgingen, lieferten einen Vorgeschmack dafür, was sich mit dem Gewaltparagraphen alles machen läßt. Übrigens zog die Razzia nicht eine einzige Verurteilung nach 88 a oder 130 a nach sich. Statt dessen gab es eine weitere Klimaverschlechterung im Verhältnis sozialliberaler Bundesregierung und den Intellektuellen, von denen nicht wenige einige Jahre zuvor eben dieser Regierung zu einem beachtlichen Vertrauensvorschuß unter der Bevölkerung verholfen hatten.

Nach dem Überfall auf die deutsche Botschaft in Stockholm am 24. April 1975 hatte Bundeskanzler Helmut Schmidt die Devise ausgegeben: «Wer den Rechtsstaat zuverlässig schützen will, der muß innerlich auch bereit sein, bis an die Grenzen dessen zu gehen, was vom Rechtsstaat erlaubt und geboten ist.» – Sind die Abgeordneten mit den neuen Gesetzen bis an die Grenzen des Rechtsstaates gegangen oder haben sie diese Grenze vielleicht schon überschritten? Der Bonner Rechtsanwalt Hans Dahs: «Wenn der Gesetzgeber auf dem eingeschlagenen Weg fortschreitet, wird er den freiheitlichen Rechtsstaat zu Tode schützen.» Im Verlauf einer Podiumsdiskussion in Düsseldorf sagte am 19. April 1978 der ehemalige Senatspräsident und frühere Vorsitzende eines Strafsenats am Bundesgerichtshof, Werner Sarstedt: «Ich bin in Sorge, daß die Justiz in eine Richtung gedrängt wird, in die sie sich nicht drängen lassen sollte. Was mich erschreckt, ist, daß der Gesetzgeber schon dahin gedrängt wurde.» Gemeint war eine Entwicklung, die eine ernsthafte Bedrohung für den liberalen Rechtsstaat darstellt. In diesem Zusammenhang wurden das Kontaktsperre-Gesetz und die erweiterten Möglichkeiten zum Verteidigerausschluß erwähnt. Diese Gesetze haben das Rechtsgut der freien Verteidigung in einem Maße durchlöchert, daß das immer wieder ausgestellte Gütesiegel «rechtsstaatlich unbedenklich» kaum noch gelten kann. Das Kontaktsperre-Gesetz etwa bringt einen Anwalt, der sich entschließt, einen Baader-Meinhof-Häftling zu verteidigen, automatisch in Mißkredit. Gerät er unter die Kontaktsperre, bedeutet dies in der Praxis schon den Anfangsverdacht der Komplicenschaft. Nicht allein für den Anwalt, auch für den Häftling hat die Kontaktsperre einschneidende Konsequenzen. Die bislang gültigen Rechte des Beschuldigten sind für die Dauer der staatlich angeordneten Isolation völlig außer Kraft gesetzt. Erst nach Ablauf der Kontaktsperre kann der Häftling sich zur Wehr setzen. Aber auch dann wird der rechtliche Ausgangspunkt nur schwer zu identifizieren sein, weil die Maßnahme sich nicht auf im Einzelfall konkret umrissene Tatbestände bezieht.

Auch die erweiterten Möglichkeiten, Anwälte von Strafverfahren auszuschließen, machen die Verteidigung von mutmaßlichen terroristischen Gewalttätern zu einem Risiko. Die Verdachtsschwelle für einen solchen Ausschluß ist erheblich gesenkt worden. Zunächst galt der schwerwiegende Verdacht, inzwischen genügt schon der einfache Verdacht, mit Terroristen gemeinsame Sache zu machen, einen Anwalt auszuschließen. Auch hinsichtlich der Kontrolle des Verkehrs zwischen Verteidiger und Mandant hat die sozial-liberale Koalition den Forderungen der Opposition jedenfalls zum Teil nachgegeben. Zunächst lehnte die Bundesregierung Eingriffe solcher Art rundum ab, dann jedoch befürwortete sie die Überwachung des Schriftverkehrs.

Ginge es nach der Opposition, gäbe es in der Bundesrepublik nicht nur seit langem die Überwachung der Verteidigergespräche, sondern auch die Sicherungsverwahrung bereits nach einmaliger Verurteilung. Ihre Vorstellungen kommen einer Schutzhaft, wie sie im Dritten Reich praktiziert wurde, schon bedenklich nahe. Auch die Wiedereinführung der Todesstrafe ist für Unionspolitiker wie den hessischen CDU-Vorsitzenden Alfred Dregger durchaus ein Thema im Zusammenhang mit der Terrorbekämpfung.

Solche drakonischen und zum Teil mittelalterlichen Strafaktionen sind von seiten der Union in Verbindung mit rechtsradikalen Gewalttätern allerdings so gut wie nie geäußert worden, ganz abgesehen davon, daß etwa Hochsicherungstrakte für einsitzende Neonazis bzw. ein Stuttgart-Stammheim mit seinem Perfektionswahn für angeklagte Rechtsextremisten völlig undenkbar wären. Wenn Neonazis am Werk gewesen sind, gilt immer nur die Formel, daß der Extremismus von links wie von rechts bekämpft werden müsse. In der politischen Praxis ist davon jedoch nichts zu merken.

4. «Dieser Feind steht rechts»

Die Tradition der Verharmlosung des Rechtsradikalismus in Deutschland

> Wenn diese Republike
> den Zimt so weitermacht,
> wird sie eines Tages stike
> von hinten umgebracht.
> Kurt Tucholsky, 1922

Die Verharmlosung des Rechtsradikalismus hat in Deutschland Tradition. So ist die Geschichte der Weimarer Republik von 1919 bis zu ihrem Scheitern 1933 zugleich die Geschichte der Fehleinschätzungen jener Gefahren, die der ersten Demokratie auf deutschem Boden von rechts drohten. Dabei hatten die Monarchisten und Anti-Demokraten nie einen Zweifel daran gelassen, wie fest entschlossen sie waren, die neue Staatsform und ihre Repräsentanten zu liquidieren.

Gleich in den Jahren nach dem Ersten Weltkrieg wurde das politische Klima in Deutschland durch eine Reihe von Morden vergiftet; im Januar 1919 ermordeten Freikorpsmänner die Sozialisten Karl Liebknecht und Rosa Luxemburg, im darauffolgenden Monat wurde in München der bayerische Ministerpräsident Kurt Eisner (USPD) Opfer eines Mordanschlags, der von einem monarchistisch eingestellten Studenten ausgeführt wurde. Ebenfalls in München wurde am 10. Juni 1921 der Fraktionsführer der Unabhängigen Sozialdemokratischen Partei (USPD), Karl Gareis, erschossen. Am 26. August 1921 erlag der Zentrumspolitiker Matthias Erzberger einem feigen Anschlag, ausgeführt von den beiden ehemaligen Offizieren Schulz und Tillesen, die beide dem Geheimbund «Organisation Consul» angehörten. Erzberger hatte den Waffenstillstandsvertrag von Compiègne unterschrieben und in der Nachkriegszeit versucht, durch eine Steuerneuverteilung größere soziale Gerechtigkeit durchzusetzen.

Den Höhepunkt der Mordhetze bildete das Attentat auf einen anderen führenden Mann der Republik: Am 24. Juni 1922 wurde Außenminister Walther Rathenau auf offener Straße mit Pistolenschüssen und Handgranaten umgebracht. Er galt in nationalistischen und antisemitischen Kreisen als «Erfüllungspolitiker», weil er in den Konferenzen mit den

Alliierten über die Folgen des Versailler Vertrags verhandelt hatte. Die Attentäter: der frühere Marineoffizier Kern und der Ingenieur Fischer. Nach dem Mord an Rathenau stellte die Reichsregierung fest: «Die Republik ist in Gefahr.» Gleichzeitig erließ sie eine neue Notverordnung zu ihrem Schutz, und zwar auf Grund des Artikels 48 der Weimarer Verfassung.

Daß diese Notverordnung in den folgenden Jahren mit aller Schärfe gegen linke Kräfte in der Republik angewandt wurde, die Rechte dagegen weitgehend verschont blieb, auch dies gehört mit zu den folgenreichen Fehleinschätzungen der wirklichen Gefahren für die Weimarer Republik. Am 25. Juni 1922 kam es im Reichstag zu einer erregten Debatte über die Lage in Deutschland und die neuen Maßnahmen zum Schutze der Republik. Im Verlaufe der Aussprache nannte Reichskanzler Joseph Wirth die wirklichen Feinde der Republik noch beim Namen. «Dieser Feind steht rechts», sagte er und zeigte auf die politische Rechte im Parlament. Aus der Debatte des Reichstages ein Ausschnitt:

Präsident: Der Herr Redner hat in einer Zeit, in der ich noch das Präsidium führte, gesagt, daß dem Herrn Abgeordneten Hergt das Kainszeichen des Mordes auf seine Stirn geschrieben sei.

(Sehr richtig! bei den Unabhängigen Sozialdemokraten.)

Meine Damen und Herren! Das ist ein grober Verstoß gegen die Ordnung dieses Hauses, den ich hiermit rüge.

(Zuruf links: Aber die Wahrheit!)

Das Wort hat der Herr Reichskanzler.

Dr. Wirth, Reichskanzler: Meine Damen und Herren! Trotz der Leere des Hauses oder gerade deswegen will ich eine ruhige Minute benutzen, um Ihre Aufmerksamkeit zu erbitten. Es war nicht möglich, gestern mittag und gestern abend den Werdegang des Herrn Ministers Rathenau und seine *Verdienste um das deutsche Volk,* den deutschen Staat und die deutsche Republik ausgiebig zu würdigen. Es war auch nicht möglich, in Ihrer Mitte – und ich persönlich müßte als sein Freund das mit besonderer Bewegung tun – über die großen Entwürfe seiner Seele zu sprechen. Allein, meine Damen und Herren, eins will ich in Ihrer Mitte doch sagen. Wenn Sie in Deutschland auf einen Mann, auf seine glänzenden Ideen und auf sein Wort hätten bauen können, in einer Frage die Initiative zu ergreifen im Interesse unseres deutschen Volkes, dann wäre es die Weiterarbeit des Herrn Dr. Rathenau bezüglich der großen Schicksalsfrage der Alleinschuld Deutschlands am Kriege gewesen.

(Sehr richtig! bei den Deutschen Demokraten.)

Hier sind große Entwicklungen jäh unterbrochen, und die Herren, die die Verantwortung dafür tragen, können das niemals mehr vor ihrem Volke wieder gutmachen.

Aber, meine Damen und Herren, ich bin der Rede des Herrn Abgeordneten Dr. Hergt mit steigender Enttäuschung gefolgt. Ich habe erwartet, daß heute nicht nur eine Verurteilung des Mordes an sich erfolgt, sondern daß diese Gelegenheit benützt wird, einen Schritt zu machen gegenüber denen, gegen die sich die leidenschaftlichen Anklagen des Volkes durch ganz Deutschland erheben. Ich habe erwartet, daß von dieser Seite heute ein Wörtchen falle, um einmal auch die in Ihren eigenen Reihen zu einer gewissen Ordnung zu rufen, die an der Entwicklung einer Mordatmosphäre in Deutschland zweifellos persönlich Schuld tragen. [...]

(Sehr richtig! links und im Zentrum!)

Wir haben in Deutschland geradezu eine politische Vertiertheit.

(Sehr wahr! Sehr wahr!)

Ich habe die Briefe gelesen, die die unglückliche Frau Erzberger bekommen hat. Wenn Sie, meine Herren, diese Briefe gesehen hätten – die Frau lehnt es ab, sie der Öffentlichkeit preiszugeben –, wenn Sie wüßten, wie man diese Frau, die den Mann verloren hat, deren Sohn rasch dahingestorben ist, deren eine Tochter sich dem religiösen Dienst gewidmet hat, gemartert hat, wie man in diesen Briefen der Frau mitteilt, daß man die Grabstätte des Mannes beschmutzen will, nur um Rache zu üben – –

(Andauernde steigende Erregung auf der Linken. Unruhe und erregte Zurufe: Schufte!)

Meine Herren (nach links), halten Sie doch ein wenig ein.

(Andauernde Erregung und Rufe. – Glocke des Präsidenten.)

Präsident: Meine Herren (nach links), behalten Sie trotzdem die Ruhe!
Dr. Wirth, Reichskanzler: Ich bitte die Vertreter der äußersten Linken, bei den kommenden Ausführungen, die ich zu machen habe, sich etwa zurückzuhalten! – Wundern Sie (nach rechts) sich, wenn unter dem Einfluß der Erzeugnisse Ihrer Presse der letzten Tage Briefe an mich kommen, wie ich hier einen von gestern in der Hand habe, der die Überschrift trägt: «Am Tage der Hinrichtung Dr. Rathenaus!» –

(Lebhafte Rufe: Hört! Hört!)

wundern Sie sich dann, meine Herren, wenn eine Atmosphäre geschaffen ist, in der auch der letzte Funke politischer Vernunft erloschen ist?

(Lebhafte Zustimmung.)

Ich will mich mit dem Brief sonst nicht weiter beschäftigen und nur den Schlußsatz vorlesen:

Im guten habt ihr Männer des Erfüllungswahnsinns auf die Stimme derer nicht hören wollen, die von der Fortsetzung der Wahnsinnspolitik abrieten. So nehme denn das harte Verhängnis seinen Lauf, auf daß das Vaterland gedeihe!

(Andauernde stürmische Rufe: Hört! Hört!
Erregte Pfuirufe. Große Erregung und wiederholte Rufe
von der äußersten Linken: Dieser Verbrecher Wulle!)

Wollen wir aus dieser Atmosphäre – und das ist es doch, worauf es allein ankommt – wieder heraus, wollen wir gesunden, wollen wir aus diesem Elend herauskommen, dann muß das System des politischen Mordes endlich enden, das die politische Ohnmacht eines Volkes offenbart.

(Lebhafte Zustimmung.)

Wollen wir aus diesem System heraus, so müssen alle, die überhaupt noch auf das liebe Himmelslicht Vernunft irgendeinen Anspruch machen, daran arbeiten, diese Atmosphäre zu entgiften.

(Stürmische Zustimmung.)

Und wie kann sie entgiftet werden? Meine Damen und Herren! Sie können mir gewiß zurufen: Das ist eine Frage, die man zunächst an die Alliierten zu stellen hat! Nun, ich war Zeuge bedeutsamer Unterhaltungen unseres ermordeten Freundes in Genua vor den mächtigsten der alliierten Staatsmänner. Einen beredteren Anwalt in kleinen, intimen Gesprächen – ernsthaften Gesprächen! –, einen beredteren Anwalt für die Freiheit des deutschen Volkes als Herrn Dr. Rathenau hätten Sie in ganz Deutschland nicht finden können! Seine Art, die Atmosphäre vorzubereiten, sie zu gestalten, die Behandlung der Probleme aus der Atmosphäre der Leidenschaft hinüberzuführen in ruhigere Erwägung und vornehmere Gesinnung, das hat keiner so verstanden wie Dr. Rathenau. Ich war Teilnehmer und Zeuge eines Gesprächs mit dem ersten englischen Minister Lloyd George, in dessen Verlauf Dr. Rathenau ganz klar und ernsthaft sagte: «Unter dem System, unter dem uns zur Zeit die Alliierten halten, kann das deutsche Volk nicht leben!»

(Stürmische Rufe: Hört! Hört!)

Niemals habe ich einen Mann edlere vaterländische Arbeit verrichten sehen als Dr. Rathenau. Was aber war nach der rechtsvölkischen Presse sein Motto? Ja, meine Damen und Herren, wenn ich in diesem Brief lese, daß natürlich die Verträge alle nur abgeschlossen sind, damit er und seine Judensippschaft sich bereichern können,

(Stürmische Pfuirufe, andauernde wachsende Erregung;
– Rufe links: Lump! Schurke!)

dann können Sie wohl verstehen, daß unter dieser völkischen Verheerung, unter der wir leiden, unser deutsches Vaterland rettungslos dem Untergang entgegentreiben muß. Ich war vorhin beim Kirchgang Zeuge des Aufmarsches der großen Massen zur Demonstration im Lustgarten. Da war Ordnung, da war Disziplin. Es war eine Ruhe; aber mögen sich die Kreise in Deutschland durch diese äußere Ruhe nicht täuschen lassen.

(Sehr richtig! links.)

In der Tiefe droht ein Vulkan!

(Stürmischer Beifall und Händeklatschen im Hause
und auf den Tribünen.)

Ich muß hier das Wort wiederholen, das ich seinerzeit gesprochen habe, daß in einem so wahnwitzigen Entscheidungskampf, den viele von Ihnen gewissenlos herbeiführen, uns unsere Pflicht dahin führt, wo die großen Scharen des arbeitenden Volkes stehen.

(Erneuter, lebhafter Beifall.)

Meine Damen und Herren! Die Frage ist ernsthaft, sie muß hier in Ruhe erörtert werden. Gewiß können wir aus eigener Kraft, ohne Einsicht der alliierten Staatsmänner Ruhe und Ordnung in Deutschland und ein Wiedererwachen des deutschen wirtschaftlichen Lebens nicht herbeiführen. Es ist ganz klar – und darüber soll kein Zweifel gelassen werden –: Abgesehen von dem oder jenem Zeichen des Verständnisses haben die alliierten Regierungen dem demokratischen Deutschland im Laufe eines Jahres nur Demütigungen zugefügt.

(Lebhafte Zustimmung.) […]

Wie oft haben wir mahnend und flehend gerade nach dem Ausland hin die Hände erhoben und haben gesagt: Gebt dem demokratischen Deutschland jene Freiheit, deren das demokratische Deutschland bedarf, um im Herzen Europas eine Staatsform zu schaffen, die eine Gewähr des Friedens bietet. Unsere Mahnungen sind verhallt. Erst in dem Augenblick, wo man gesehen hat, daß die ganze Welt leidet, wenn das deutsche Volk zugrunde geht, ist allmählich erst durch wirtschaftliche Erwägungen der Haß etwas zurückgetreten. Aber die politischen Folgerungen aus dieser veränderten Atmosphäre sind bis zur Stunde noch nicht gezogen.

(Sehr richtig!)

Darüber besteht kein Zweifel. Es ist für ein Sechzig-Millionen-Volk auf die Dauer unmöglich, unter der Herrschaft von fremden Kommissionen, und wenn es die Herren noch so gut meinen sollten, ein demokratisches Deutschland überhaupt lebensfähig zu machen.

(Lebhafte Zustimmung.)

Da wundert es mich nicht mehr, daß diese Erkenntnis den General Ludendorff veranlaßt hat, in einer englischen Zeitschrift einen Artikel zu schreiben und für Deutschland die Diktatur zu empfehlen, die monarchistische Diktatur. Dieser Artikel ist eines deutschen Generals unwürdig.

(Lebhafte Zustimmung in der Mitte und links.)

Er ist es um so mehr, als auch auf dieser Seite (nach rechts) wiederholt die Bereitwilligkeit ausgesprochen worden ist, sich, wenn auch nicht im Rahmen der Linien unserer heutigen Politik, an der Gesetzgebung praktisch zu betätigen. Wenn Sie einen Mann als Ihren großen Gott verehren, der dieses Ziel, die Diktatur für Deutschland, gerade in einem Augenblick in England proklamiert, wo die Herzen, die in Eis gepanzert waren, aus wirtschaftlichen Erwägungen heraus zu schmelzen begannen, so zeigen diese Träger des alten Systems, daß sie für die politische Atmosphäre der Welt weder Vernunft noch Fingerspitzengefühl besitzen. [...]

Und ein zweites ist notwendig; darüber ist sich heute die Welt einig. Das politische Diktat heilt weder das deutsche Volk noch Europa, noch die Menschheit. Die Politik, die wir im letzten Jahr wie in diesem Jahr erstrebt haben, zielt auf eine *vernünftige Lösung des ganzen Reparationsproblems auf wirtschaftlicher Basis.* Wir wollen uns nicht entziehen, wir wollen nicht davonlaufen. In keinem Augenblick, auch nicht bei der schrecklichen Entscheidung über Oberschlesien*, haben wir die *Geduld* verloren, am Rettungswerk des deutschen Volkes mitzuarbeiten. Wer, wie ich das von rechts immer höre, wie es mir aus den Zeitungen entgegentönt, mit Faust sagt: «Fluch vor allem der Geduld», der hat sich aus der politischen Arbeit, aus der Rettungsarbeit für unser Vaterland ausgeschaltet.

(Sehr richtig! links und in der Mitte.)

Geduld gehört dazu. Gewiß, meine Damen und Herren, mit nationalistischen Kundgebungen lösen Sie kein Problem in Deutschland.

---

* Oberschlesien war am 20.10.1921 durch eine Entscheidung des Obersten Rates der Alliierten zwischen Polen und Deutschland geteilt worden.

(Sehr richtig! links und in der Mitte.)

Ist es denn eine Schande, wenn jemand von uns, von der äußersten Linken bis zur äußersten Rechten, in idealem Schwung die Fäden der *Verständigung mit allen Nationen* anzuknüpfen versucht? Ist es eine Schande, wenn wir mit jenem gemäßigten Teil des französischen Volkes, der die Probleme nicht nur unter dem Gesichtspunkt sieht: «Wir sind die Sieger, wir treten die Boches nieder, heraus mit dem Säbel, Einmarsch ins Ruhrgebiet», wenn wir durch persönliche Beziehungen mit allen Teilen der benachbarten Nationen zu einer Besprechung der großen Probleme zu kommen suchen? Dr. Rathenau war wie kaum einer zu dieser Aufgabe berufen.

(Sehr richtig! links.)

Seine Sprachkenntnisse, die formvollendete Art seiner Darstellung machten ihn in erster Linie geeignet, an dieser Anknüpfung von Fäden zwischen den Völkern erfolgreich zu arbeiten.

(Zustimmung links.)

Wenn dann ein Mann wie Rathenau über trennende Grenzpfähle hinaus bei aller Betonung des Deutschen, seines Wertes für die Geschichte, seiner kulturellen Taten, seines Forschungstriebs, seines Wahrheitssuchens, die großen Probleme der Kulturentwicklung Europas und der Wirtschaft organisatorisch durch seine Arbeiten in allen Ländern, dann als Staatsmann im Auswärtigen Amt mit den reichen Gaben seines Geistes und unter Anknüpfung von Beziehungen gefördert hat, die ihm ja das Judentum in der ganzen Welt, das kulturell und politisch bedeutsam ist, gewährt hat, dann hat er damit dem deutschen Volke einen großen Dienst erwiesen. Ziehen Sie auch andere Vertreter zur Arbeit heran – jedem ist die Tür geöffnet –, solche, die kirchlichen Organisationen angehören, sei es der evangelischen, sei es der katholischen Kirche, aus den Arbeiterorganisationen, allen ist die Tür für die *Anknüpfung internationaler* Beziehungen geöffnet. Es ist notwendig, daß jeder Faden geflochten wird, der die zerrissenen Völker einander wieder näherbringt.

(Lebhafte Zustimmung links und in der Mitte.)

Dabei geben wir nichts auf, was unser eigenes Volk angeht. Glaubt denn jemand in der Welt, daß es in Deutschland Toren gibt, die meinen, daß, wenn sie die eigene Wirtschaft zu einem Friedhof eingeebnet haben, dann die Tage des Sozialismus kämen? Daran glaubt niemand.

(Sehr richtig! im Zentrum.)

Dieses Phantom, als ob wir die Nation zerstören wollten, um dann erst wieder Politik zu machen, ist doch das Törichste, was es in der Welt gibt.

(Sehr gut! bei den Deutschen Demokraten.)

Geduld, meine Damen und Herren, wieder Geduld und nochmals Geduld und die Nerven angespannt und zusammengehalten auch in den Stunden, wo es persönlich und parteipolitisch angenehmer wäre, sich in die Büsche zu drücken.

(Sehr gut! links.)

In jeder Stunde, meine Damen und Herren, *Demokratie!* Aber nicht Demokratie, die auf den Tisch schlägt und sagt: Wir sind an der Macht! – Nein, sondern jene Demokratie, die geduldig in jeder Lage für das eigene unglückliche Vaterland eine Förderung der Freiheit sucht! In diesem Sinne, meine Damen und Herren, Mitarbeit! In diesem Sinne müssen alle Hände, muß jeder Mund sich regen, um endlich in Deutschland diese *Atmosphäre des Mordes, des Zankes, der Vergiftung zu zerstören!*

Da steht (nach rechts) der Feind, der sein Gift in die Wunden eines Volkes träufelt. – Da steht der Feind – und darüber ist kein Zweifel: Dieser Feind steht rechts!

(Stürmischer, langanhaltender Beifall und Händeklatschen in der Mitte und links und auf sämtlichen Tribünen. – Große langandauernde Bewegung.)

Die Nationalsozialisten
Zu neuem Leben erwacht

Die Notverordnung zum Schutz der Republik und die Anklage durch den Reichskanzler Wirth hinderte die Rechte nicht, weiter auf den Sturz der Republik hinzuarbeiten. Wirtschaftliche Krisen, und davon gab es in den zwanziger Jahren genug, erkannten sie als trefflichen Hebel zur Durchsetzung ihrer Ziele. Nach der Besetzung des Ruhrgebiets und einem Generalstreik in Deutschland sah Anfang November 1923 Adolf Hitler, der Führer der Nationalsozialistischen Deutschen Arbeiterpartei (NSDAP) seine Stunde schon gekommen. Mit einem «Marsch auf Berlin», wie vor ihm beim Kapp-Putsch im März 1920 die Brigade Ehrhardt, wollte er die Macht im Handstreich übernehmen. Vor der Feldherrnhalle in München stoppte ihn die Landespolizei. In den folgenden Jahren fehlte es nicht an Warnungen vor der nationalsozialistischen Gefahr. Vor allem die Zeitschrift *Die Weltbühne* griff immer wieder die republikfeindlichen Kräfte und Strömungen in Deutschland an. In der Ausgabe vom 16. Juli 1929 erschien in der *Weltbühne* ein Artikel unter der Überschrift «Die Nationalsozialisten». Aktueller Anlaß waren regionale Wahlerfolge der

NSDAP gewesen. Der Beitrag enthielt eine gründliche Analyse der unterschiedlichen sich ergänzenden Strömung innerhalb der NS-Bewegung, ihrer Taktik, durch Schlägertrupps politische Aufmerksamkeit zu erregen, sowie hochinteressante Angaben über die Geldgeber.

Die Nationalsozialisten

Von Heinz Pol

Bis auf weiteres bleiben parlamentarische Erfolge auch der antidemokratischsten Parteien der sichtbarste Beweis für das Anwachsen einer Bewegung. Die Nationalsozialisten, denen doch das parlamentarische System so verhaßt ist und die so emphatisch jede Mehrheit für Unsinn erklären, wissen augenblicklich des Jubelns kein Ende über ihre gewiß imponierenden Wahlerfolge in Mecklenburg, in Sachsen, in Koburg und auf den Universitäten.

Tatsächlich sind die Nationalsozialisten, die nach dem Hitler-Putsch und vor allem nach der Spaltung in ein völkisches und ein nationalsozialistisches Lager fast vom Erdboden verschwunden schienen, schon seit geraumer Zeit zu neuem Leben erwacht. Ihre noch lange nicht beendete Restaurationsbewegung ist für jeden politisch Denkenden ernst genug, um aufs sorgfältigste im Auge behalten zu werden. Mit Achselzucken und ironischen Witzchen jedenfalls ist dieses Wiedererstarken nicht aus der Welt zu schaffen.

Die Regeneration der Nationalsozialisten begann Ende 1926, Anfang 1927. Damals zeigte sich, daß von den beiden gespaltenen völkischen Gruppen die nationalsozialistische die bei weitem stärkere war. 1925/26 sonderten sich Dinter, Wulle und Graefe ab, aber schon wenige Monate später waren diese Leute politisch erledigt, nur noch kleine Splittergruppen in Norddeutschland und Thüringen hielten eine Zeitlang zu diesen ehemaligen Halbgöttern des Rassenhasses. Schon aber bildete sich die neue Front. Sie begann mit einem Bündnis zwischen Hitler und Strasser, blieb also zunächst auf Bayern beschränkt. Aber Hitler, der zumindest ein genialer Organisator sein muß, gelang es sehr bald, auch in Norddeutschland Männer um sich zu scharen, die es fertigbrachten, die schon auseinandergelaufenen Kompanien und Wählermassen zurückzurufen und fester als je um sich zu vereinen. In Norddeutschland, und zwar in Berlin, trat in erster Linie Doktor Goebbels in Aktion, zweiunddreißigjährig, ein ehemaliger Heidelberger Student. Goebbels war und ist heute noch die aktivste und skrupelloseste Kraft der Nationalsozialisten. Kaum war er Anfang 1927 Gauleiter von Berlin-Brandenburg geworden, setzten überall in Berlin

und der Mark die wüstesten Terrorakte ein, die schließlich so überhand-
nahmen, daß im Mai die Partei verboten wurde. Das hatte Goebbels nur
gewollt: er konnte nun in Ruhe die Sturmkolonnen aufbauen und eindril-
len. Die genauen Weisungen empfing er von Hitler, der inzwischen den
militärischen Apparat der Partei aufgezogen hatte. Generalissimus für
Bayern wurde der Generalleutnant a. D. von Epp, dessen Adjutant der
ehemalige Fliegerhauptmann Göring wurde. Zum militärischen Leiter für
Norddeutschland ernannte Hitler den Hauptmann a. D. Stennes, dessen
Befähigung aus seiner Zeit als Leiter der Berliner Polizeikompanie z. b. V.
hinlänglich legitimiert war. Hinzu kam selbstverständlich eine immer größer werdende Schar jüngerer Offiziere aus dem deutschvölkischen Offi-
ziersverein, denen die Politik selbst des extremsten deutschnationalen Flü-
gels zu weichlich geworden war. Bei Hitler durften sie endlich wieder
Kompanieführer spielen.

Aber auch mit dem Aufbau des militärischen Apparats begnügte sich
Hitler nicht. Er hatte aus dem Münchener November-Putsch immerhin
gelernt, daß er mit ein paar Tausend in braune Hemden gekleideten Bur-
schen in dieser angeblich so morschen demokratischen Republik noch
längst nicht Mussolini werden konnte. Er begann deshalb, aus der Bewegung eine festgefügte Partei zu machen, und zwar lag ihm an einer Partei
der Masse. Dies war nur möglich, wenn er dem unverhüllten Rowdytum
seiner Gefolgsleute einen ideologischen Unterbau in Form einer «Weltanschauung» gab. Er erkannte sehr richtig, daß man in dem Deutschland von
heute die politisch immer noch instinktlosen Massen nur hinter sich bekommt, wenn man sie einerseits demagogisch aufs Primitivste aufputscht,
andrerseits ihnen einzureden vermag, man putsche nur für die lautersten
Postulate eines idealistischen Programms.

Hitler sah sich also nach «Theoretikern» um, er fand sie schnell. Die
Marxisten hatten Marx gehabt, die Nationalsozialisten erhielten Arthur
Rosenberg vorgesetzt, der unter dem Titel «Das dritte Reich» die fünfund-
zwanzig Thesen des Nationalsozialimus verkündete und diese Thesen, um
auch noch Engels zu ersetzen, mit ausführlichen Kommentaren versah.
Außer Rosenberg gewann Hitler noch Gottfried Feder als Finanztheoreti-
ker der Partei und schließlich noch Schriftsteller wie Jung, Doktor Tafel
u. a., die Broschüren über den Antisemitismus, die katholische Kirche, die
Freimaurerei und den nationalen Sozialismus verfaßten. Daneben wurde
ein ausgezeichnet arbeitender Presseapparat geschaffen. Heute besitzt die
Partei neben einem Halbdutzend periodisch erscheinender Werbeschriften
nicht weniger als 35 Wochenblätter (darunter freilich zahlreiche Kopfblät-
ter), drei Tageszeitungen und ein illustriertes Blatt. Ferner besondere Ju-
gend- und Studentenschriften und schließlich die von Gregor Strasser her-
ausgegebenen *Nationalsozialistischen Briefe*. Der immer noch sehr rührige

Hammer-Verlag des uralten Theodor Fritsch steht im Dienst der Nationalsozialisten.

Auch hiermit begnügte sich Hitler noch nicht. Er mußte vor allem die heranwachsende akademische Jugend an sich ziehen. Um dies zu erreichen, setzte er einen großartigen Einfall in die Tat um: Er schickte den intelligenteren Teil seiner dreißigjährigen Leutnants und Oberleutnants a. D. in die Hörsäle. Die schrieben sich ein, belegten alle möglichen Fächer und Kollegs, schienen sehr eifrige Hörer, waren aber weiter nichts als zumeist sehr geschickte politische Agitatoren innerhalb der Universitäten. In hellen Scharen liefen ihnen die Zwanzigjährigen zu. Und die Professoren liefen hinterher.

So bildeten sich allmählich innerhalb der nationalsozialistischen Bewegung drei Richtungen, die ihrer Natur nach vollkommen verschieden sind, die aber dennoch vorläufig, das heißt, solange die Partei noch nicht aktiv in die Politik eingreift, nebeneinander bestehen können, ja sogar sich gegenseitig unterstützten. Die erste Richtung ist die «faschistische», ihre Leiter sind Hitler und Strasser. In Norddeutschland ist vorläufig noch eine zweite Richtung vorherrschend. Sie umfaßt die kleinbürgerlichen und bäurischen Elemente. Goebbels versteht hier ausgezeichnet zu werben: Auf dem Lande wettert er gegen den Großgrundbesitz und gegen den Zwischenhandel, in den Städten macht er sich an die kleinen Gewerbetreibenden heran und putscht vor allem die Ladenbesitzer gegen die Warenhauskonzerne und die Großbanken auf. So wird jetzt augenblicklich in allen Berliner Organen der Nationalsozialisten gegen Karstadt Front gemacht. Verständlich, daß die kleinen Ladenbesitzer in den Gegenden, wo Warenhäuser sich befinden, Goebbels und seinen Agitatoren voller Verzweiflung in die Hände laufen. Im Punkt 13 der Kampfthesen der Partei heißt es, daß im dritten Reich jeder Volksgenosse am Gewinn aller, also im besonderen am Gewinn der großen Konzerne, beteiligt sein werde.

Die dritte Strömung innerhalb der nationalsozialistischen Partei ist die sogenannte «jungnationale». Sie umfaßt den Nachwuchs auf den Universitäten und hat außerdem in den letzten Wochen einen sehr bedeutsamen Zuzug aus dem Lager jener zweiten Gruppe erhalten, die bisher im Kielwasser der Deutschnationalen Partei lief. Unter diesen Jungen, die jetzt mit fliegenden Fahnen bei Hitler gelandet sind, befinden sich Leute wie Jünger und Schauwecker, bisher die literarischen Heroen des Lokal-Anzeigers. Diese sehr merkwürdigen und gewiß sauberen Menschen, die ihren ideologisch durch nichts begründeten «Konservatismus» für eine revolutionäre Geste halten, haben sich angeekelt abgewandt von den Parolen Hugenbergs, die ihnen mit Recht politisch verkalkt und sozial und wirtschaftlich reaktionär erscheinen. Da sie, mehr aus eigener wirtschaftlicher Not als aus wirklichem theoretischen und praktischen Studium, den sozialen Klassenkampfcharakter unsrer Epoche erahnen, andrerseits aber glauben, sowohl die ihnen undeutsch erscheinende Demokratie als auch die Ungleichheit der Klassen durch ein neues nationales Großdeutschland aus der Welt schaffen zu können, haben sie sich mit letzter Hoffnung in die Arme Hitlers geflüchtet. Der verspricht ihnen beides, nämlich Sozialismus und gleichzeitig ein neues Deutsches Reich von Nord-Schleswig bis Süd-Kärnten, von Memel bis Longwy, ohne polnischen Korridor und mit einem Dutzend Kolonien, damit das «Volk ohne Raum» – auch Grimm ist heute ganz folgerichtig bei den Nationalsozialisten gelandet – endlich wieder seinen Platz an der Sonne erhalten kann.

Unterstützt werden diese Hirngespinste der Jünger und Schauwecker von den Renegaten Winnig und Niekisch, die zwar heute noch nicht Mitglieder der Nationalsozialistischen Partei sind, aber ihre Propaganda innerhalb der nationalsozialistischen Jugend betreiben. Auch Blüher agitiert heute unter den Nationalsozialisten. Er hat einen Teil der deutschen Wandervogeljugend mitgebracht, und so gehören heute Jugendverbände wie die Freischar Schill, die Geusen, die Artamanen und eine große Reihe andrer Jugendtrupps zum festesten Bestand der nationalsozialistischen Front. Von hier aus werden auch noch vorsichtig tastende Fühler zum Jung-Stahlhelm ausgestreckt. Man möchte am liebsten den ganzen Stahlhelm aus den Klauen Hugenbergs befreien. Hitler läßt seine jungen Leute gewähren, er hat ein weites Herz und einen verschwiegenen Mund: während er seine Zeitungen und Agitatoren das allergröbste Geschütz gegen Hugenberg und den Scherl-Betrieb auffahren läßt, hat er sich insgeheim mit dem Zeitungskönig verständigt. Das heißt: Hugenberg hat sich notgedrungen mit ihm verständigen müssen. Denn der jetzige Parteiführer der Deutschnationalen merkt sehr wohl, daß es für ihn gar keinen andern Ausweg mehr gibt als eine Interessengemeinschaft mit den Nationalsozialisten.

Die Verbindung zwischen der Hugenberg-Gruppe und Hitler ist gerade in den letzten Monaten sehr eng geworden. Hitler, der nach wie vor hypnotisiert auf sein Idol Mussolini starrt, ist an die reaktionärsten und antisozialsten Wirtschaftsführer und Industriekapitäne in Bayern und im Ruhrgebiet herangetreten mit dem Angebot, in ihren Betrieben faschistische Gewerkschaftsorganisationen großzuziehen. Natürlich ist dieses Anerbieten begeistert aufgenommen worden. Die Erfolge, die Hitler hier bisher errungen hat, sind recht beträchtlich. In den Werken von Thyssen und Kirdorff zum Beispiel bestehen heute bereits ansehnliche nationalsozialistische Betriebszellen. Auch in den Berliner Großbetrieben sind Fortschritte zu verzeichnen, vor allem bei Siemens-Schuckert und bei Borsig. Man operiert hier ausgezeichnet mit nationalsozialistischen Personalchefs.

Es muß in diesem Zusammenhang etwas über die Geldquellen der Nationalsozialisten gesagt werden. Finanziell geht es der Partei außerordentlich gut. Die Sturmtrupps sind vorzüglich ausgerüstet, ihre Braunhemden sind aus bestem Material. Während der Wahlen im vorigen Jahr wurde wiederholt öffentlich und ohne späteres Dementi behauptet, daß diese Braunhemden zu einem großen Teil gratis von einer großen Berliner Konfektionsfirma geliefert worden seien.

Fast alle Führer besitzen Privatwagen, mit denen sie im Lande herumsausen. Die Wagen Hitlers sind sicherlich auch heute noch Geschenke des Flügelfabrikanten Bechstein. Hitler, der sich in den Salons der großen Gesellschaft als Weltmann aufführt, hat unter seinen persönlichen Bewunderern und Geldgebern eine ganze Reihe teils feudaler, teils wohlhabender Damen.

Wie weit die Industrie heute noch mit Geld an der Hitler-Bewegung beteiligt ist, läßt sich im einzelnen schwer sagen, denn die überwiesenen Summen gehen durch sechs bis sieben Instanzen. Bei Geldüberweisungen bediente sich Hitler früher des Pseudonyms «Wolff», es heißt, daß er den Decknamen heute geändert habe. Die meisten seiner ehemaligen Finanziers sind durch den Münchener Prozeß bekannt geworden. Einige von ihnen sind abgesprungen, geblieben sind aber viele Münchner Industrielle, in erster Linie Geheimrat Kühlo und Geheimrat Aust, sowie der Generaldirektor Doktor Wacker. Auch der Prinz von Ahrenberg soll noch hin und wieder einen Scheck ausschreiben. Ob der Hauptmann a. D. Wackenfeld beim Verein der Eisenindustriellen im Ruhrgebiet noch sammeln geht, steht nicht ganz fest, es ist aber anzunehmen, um so mehr, als die Partei grade im Ruhrgebiet immer festeren Fuß faßt.

Daß Hitler in steigendem Maße von einem Teil des in der Theorie so verhaßten Trustkapitals teils direkt, teils indirekt unterstützt wird, beweist auch die sehr sonderbare Tatsache, daß die antisemitische Propaganda seit einigen Monaten erheblich eingeschränkt worden ist. Man schimpft zwar noch auf das Judenpack, aber sozusagen nur noch unter dem Strich und in Relativsätzen. Und am sonderbarsten ist es, daß die Pogromhetze gegen Jakob Goldschmidt, den Herrn der Darmstädter und Nationalbank, vor zwei Monaten buchstäblich über Nacht abbrach. Bis dahin war Goldschmidt der eigentliche Todfeind der Nationalsozialisten. Hunderte von Versammlungen fanden gegen ihn statt, an den Anschlagsäulen wurde er öffentlich angeprangert. Seit Rathenau hatte es kein so teuflisch gut organisiertes Kesseltreiben gegeben. Plötzlich wurde es totenstill. In keiner nationalsozialistischen Versammlung hört man heute ein Wort gegen den «Dawes-Herrscher Deutschlands», in keinem nationalsozialistischen Blatt liest man mehr eine Silbe von «Deutschlands Geldsackbestie».

Nun wäre es naiv anzunehmen, daß Goldschmidt Herrn Hitler oder

Herrn Goebbels eines Tags etwa einen Scheck über 50000 Mark in die Wohnung geschickt haben wird. Aber die großindustriellen Freunde werden Hitler wohl darauf aufmerksam gemacht haben, daß, solange das dritte Reich noch nicht besteht, Kreditgeschäfte auch mit der Bank des Herrn Goldschmidt getätigt werden müssen und daß es deshalb für alle Beteiligten vorteilhafter wäre, gewisse krumme Nasen noch eine Zeitlang grade sein zu lassen. Und so ist denn Goldschmidt heute tabu. An seine Stelle ist Karstadt getreten, wir werden erleben, auf wie lange Zeit.

Wie geschickt Hitler auch sonst laviert, beweisen die jüngsten Vorgänge in Sachsen. Das Bündnisangebot des Herrn von Mücke an die Sozialdemokraten und Kommunisten war durchaus logisch im Sinne eines Teils des Programms der Nationalsozialisten, nämlich des antidemokratischen, antikapitalistischen Teils. Es war aber durchaus unmöglich, wenn man den zweiten Teil des Programms, nämlich die antisozialistischen, nationalistischen Forderungen in Betracht zieht.

Wie half sich Hitler aus dem Dilemma? Er ließ Mücke sang- und klanglos fallen. Das mußte er tun, um die faschistischen Wirtschaftsführer um Hugenberg endgültig für sich zu gewinnen. Denen hat er versprochen, die Macht der Gewerkschaften zu zerbrechen, also kann er nicht mit den Sozialdemokraten und Kommunisten parlamentarisch zusammengehen. Zum Dank für diese Einsicht durfte Hitler jetzt in der Herrenhausversammlung neben Hugenberg und Thyssen zu den versammelten Volksbegehren sprechen.

Aus: *Die Weltbühne*, XXV. Jg.,
16. 7. 1929, Nr. 29

Die Legende von der Stunde Null
Zwei Zitate von Pfarrer Heinrich Albertz, Berlin

«Es hat ja keinen wirklichen Bruch mit der Vergangenheit gegeben in dem Sinne, daß man sich mit ihr ernsthaft beschäftigt hat, daß man sich überlegt hat, was wir Deutschen angerichtet haben in der Welt und in unserem eigenen Volke. Es ist ja eine der schlimmsten Legenden, daß das Jahr 1945 eine Stunde Null gewesen sei. Wir haben alles mit herübergeschleppt, die Schuld, die Probleme und vor allen Dingen auch die Menschen, um die es sich gehandelt hat. Es hat keine Selbstreinigung gegeben und gar keine Revolution.

Was passiert ist, war eine sogenannte Entnazifizierung, viel Papier, viel Bürokratie; Ergebnis ist doch im ganzen gewesen: viele Kleine sind in den

Maschen hängengeblieben, viele Große sind davongelaufen. Alles war rein formal beurteilt. Und: Wir haben in dem Chaos der Flüchtlingsströme ein Gesetz bekommen, das berühmte Gesetz nach Artikel 131, das eigentlich dafür gedacht war, vertriebene und geflüchtete Angehörige des öffentlichen Dienstes wieder übernehmen zu können und auf dessen Rücken dann eben auch alle anderen, fast alle anderen wieder in den öffentlichen Dienst einrückten, besonders in die empfindlichen, sensiblen Stellen des öffentlichen Dienstes, in die Gerichte, in die Polizei, in die Bundeswehr, bis in die höchsten Spitzen der Verwaltung und der politischen Macht, ja bis in das Bundeskabinett hinein.

Es ist wohl richtig, daß schon im ersten Deutschen Bundestag von 402 Mitgliedern 53 Abgeordnete der NSDAP angehört haben, was immer das im einzelnen bedeutet haben mag. Die andere Seite der Medaille ist ein primitiver, undifferenzierter, bösartiger Antikommunismus. Ich kann hier nur persönlich sagen, daß mir ein Kommunist, mit dem ich in einem Gefängnis in der Nazizeit zusammen eingesperrt war, näherstehet als viele, die heute frei herumlaufen und sich Demokraten nennen. Ich schließe damit, daß es heute sicher nicht einen faschistischen Staat gibt in der Bundesrepublik Deutschland, aber was es auch nicht gibt, ist ein lebendiger, überzeugter, aktiver Antifaschismus.»

Aus: München: ein Zufall? Fragen zum Rechtsextremismus, ZDF, 16. 12. 1980

«Ich will auf eine Erfahrung der letzten Wochen verweisen, die mich tief nachdenklich gemacht hat. Ich war zu Vorträgen an vier Universitäten der Niederlande unterwegs in diesem Monat, kurz nach dem Massaker von München und dem Anschlag auf eine Pariser Synagoge. Die Frage eines holländischen Studenten in Utrecht lautete so: ‹Wieso gibt es eigentlich nach dem Ereignis in Paris eine Demonstration wie nie zuvor? Alles, was da Rang und Namen hatte in der politischen, gewerkschaftlichen und kulturellen Szene der Hauptstadt, ist plötzlich auf der Straße. Und bei euch in Deutschland habe ich nur von einer kleinen Kundgebung junger Leute in Berlin gelesen – von der Polizei martialisch bewacht.›

Was soll ich darauf in einem so empfindlichen Ausland wie Holland anderes erkennen lassen als Scham und Trauer? Hier unter uns Deutschen sage ich, daß dieses Mißverhältnis typisch ist für die innere Lage der Nation in diesem Teil Deutschlands. Wenn ich mir die Erregung in Erinnerung rufe, die nach den Verbrechen sogenannter linker Terroristen Monate im Lande herrschte, die Hysterie der Reaktionen von gestern – übrigens bis heute – zu dem skandalösen Denunziantentum Berliner Professoren, die schwarze oder rote Listen von angeblichen Verfassungsfeinden herausgeben. Das sind doch, wie ich höre, Staatsbeamte, Herr Regierender Bürgermeister, die den Gesetzen unterworfen sind und die auf das Grundgesetz vereidigt sind, das sie doch so ernst nehmen. Vielleicht könnte man sie daran noch ein wenig mehr erinnern, als nur durch öffentliche Erklärungen. Wenn ich das also alles entgegenhalte und vergleiche damit das öffentliche Echo nach dem Massenmord in München: Der mutmaßliche Täter kommt eindeutig von rechts, er ist ‹natürlich› ein Einzeltäter, er ist ‹Gott sei Dank› tot, und das Oktoberfest geht weiter. Ein paar Tage gibt es Berichte über die abenteuerliche Wehrsportgruppe Hoffmann, die man bezeichnenderweise nicht als kriminelle Vereinigung, sondern als bloßen Verein verboten hat – man stelle sich einmal vor, auf dem linken Spektrum wäre das Waffenarsenal gefunden worden, das man bei dem Herrn Hoffmann gefunden hat, was da wohl passiert wäre. Und dann ist Stille, dann ist Stille. Willy Brandt hat als erster aus seiner Höhe von Bonn, aus seinem Überblick – ja, ja, das kommt auch von Thomas Mann, das weißt du, ja? ‹Der Herr des Überblicks› – wenn ich das richtig in Erinnerung habe, jetzt jedenfalls in der kurz vergangenen Zeit von den hauptverantwortlichen Politikern auf diese Gefahr hingewiesen und damit auch, wenn ich es richtig registriert habe, Unwillen erregt, bis in die eigene Partei hinein.

Ich meine, ähnlich wie vor 1933 sind es nicht die neuen oder alten Nazis selbst, die in ihren winzigen Gruppen das Unheil wiederbringen können, sondern die mangelnde Abwehrbereitschaft, die leichtsinnige Unaufmerksamkeit gegen alles, was von rechts kommt, die bequeme gut deutschnationale, gut antikommunistische Übereinstimmung, der Feind stünde immer links. Sie wissen, daß ich mich leidenschaftlich gegen den Unfug von Hochsicherheitstrakten geäußert habe. Aber wenn man sie schon gebaut hat, sollen sie allen Betroffenen zur Verfügung stehen. Und sicher muß jeder aufpassen, daß er nicht einäugig wird, auch ich, eine meiner großen Gefahren, das weiß ich. Aber ich wage in aller Bescheidenheit daran zu erinnern, wer die Schande der schlimmen zwölf Jahre über uns gebracht hat, wer ganz Europa überfiel, auch die Sowjetunion überfiel. Die Tatsachen sind ja schon fast auf den Kopf gestellt in unserer Unfähigkeit zu trauern.»

Aus: Reden zur Verleihung des Gustav-Heinemann-Bürgerpreises, Berlin 1980

Anhang

Rudi Schöfberger/Gotthart Schwarz
Neonazismus in der Bundesrepublik

Einleitung

Das ist die Bilanz von zwölf Jahren nationalsozialistischer Gewaltherrschaft 1933 bis 1945 in Europa:
- 55 Millionen tote Menschen auf den Schlachtfeldern, in den Städten, in den Kriegsgefangenenlagern;
- 6 Millionen ermordete Juden, Zigeuner, politische Widerstandskämpfer und angeblich Erbkranke – in den Konzentrationslagern, in den Gestapo-Kellern und Hinrichtungsstätten;
- Millionen von gequälten, geschundenen und verstümmelten Menschen, Millionen von Witwen und Waisen;
- Millionen von Heimatvertriebenen und Flüchtlingen;
- unfaßbares Leid, unbeschreibliches Elend, Hunger, Not und Verzweiflung;
- zerstörte Städte, Wohnungen, Arbeitsstätten und unwiederbringlich vernichtete Kulturdenkmäler;
- das halbe Europa unter einer kommunistischen Diktatur;
- ein mehrfach gespaltenes Vaterland.

Dies war die bisher größte und grausamste Katastrophe der Menschheitsgeschichte.

Die menschliche Vorstellungskraft reicht nicht aus, um das ganze Ausmaß des Schreckens zu erfassen.

Aber all das, was uns die Nazis hinterlassen haben, müßte ausreichen, um uns und unserem Volk eine dauerhafte Lehre und Warnung zu sein.

Viele von uns dachten:

Der Wahnsinn des Nazismus sei ein für allemal widerlegt, besiegt und ausgerottet. Nie wieder Krieg! Nie wieder Faschismus!

Inzwischen sind 35 Jahre ins Land gegangen. Wunden beginnen zu vernarben. Die Vergeßlichkeit wächst. Erinnerungen sinken ins Grab. Eine neue Generation ist herangewachsen. Mehr als die Hälfte unserer Mitbürger hat die schrecklichen zwölf Jahre nicht erlebt. Aus dem Umfaßbaren wird ein Stück Zeitgeschichte.

Unser Volk hat erstaunlich viel verdrängt. Es will auch nicht gern zurückerinnert werden.

Aber überwunden oder gar selbst besiegt hat es nichts.

Der Schoß ist fruchtbar noch, aus dem dies kroch (Bert Brecht).

Mitten unter uns wuchert der Wahnsinn von damals weiter. Zuweilen verborgen, zuweilen offen.

Alte und neue Nazis schlagen schon wieder Radau. Sie wollen uns mit ihren Parolen erneut ins Verderben hetzen.

Ihr unübersehbares Auftreten ist für alle Demokraten ein Fanal.

Deshalb müssen wir den Anfängen wehren. Wir müssen den neuen Faschismus – es ist im Grunde der alte – mit allen Mitteln des Rechts, der Demokratie und der politischen Kultur bekämpfen!

Das sind wir den Millionen Opfern der Hitler-Tyrannei, unseren Widerstandskämpfern, unseren Mitbürgern, unseren europäischen Nachbarn und den nachwachsenden jungen Menschen schuldig!

Neonazismus in der Bundesrepublik

Nachkriegsentwicklung

Die «alten Kämpfer» kommen wieder (1945 bis 1952)

Zahlreiche Neugründungsversuche der konservativen Rechtsparteien aus der Weimarer Republik. Die «Deutsche Rechtspartei» zog mit fünf Abgeordneten in den ersten Bundestag ein.

Von ihr spaltete sich die rechtsextremistische «Sozialistische Reichspartei» ab (SRP). Sie erzielte bei Kommunal- und Landtagswahlen (Niedersachsen) beachtliche Erfolge.

In Bayern erreichte die rechtsextremistische «Wiederaufbaupartei» des Alfred Loritz (WAV) in den Landtagswahlen 1946/47 schon 12 Prozent der Wählerstimmen.

In zahllosen Jugend- und Studentenorganisationen, Kameradschaftsbünden, Traditionsvereinen, tummelte sich die heimatlose Rechte.

Im Oktober 1952 wurde die «Sozialistische Reichspartei» wegen ihrer eindeutigen NS-Orientierung vom Bundesverfassungsgericht verboten.

Für den organisierten Rechtsextremismus begann die Phase des Mitgliederschwunds (zugunsten der Unionsparteien), der ideologischen und organisatorischen Zersplitterung.

In den Bundes- und Landtagswahlen blieb der Rechtsextremismus erfolglos; er ist in der Hochblüte des Wirtschaftswunders und des Wiederaufbaus geschwächt worden, aber nicht verschwunden. Die nationalistische und rechtsradikale Publizistik erlebte sogar einen erstaunlichen Aufschwung (*Deutsche National-Zeitung*). Auch die Jugendgruppen und Traditionsverbände fanden Zulauf und Nachwuchs.

Die «Nationaldemokratische Partei» (1963 bis 1970)

Nach zahlreichen Kontaktgesprächen zur Gründung einer «nationalen Sammlungsbewegung» wird im November 1964 die «Nationaldemokratische Partei Deutschlands» (NPD) in Hannover gegründet. «Deutsche Reichspartei» (DRP) und «Deutsche Partei» (DP) sowie die «Gesamtdeutsche Partei» (GDP/BHE) treten als korporative Mitglieder bei.

In den Führungskadern sind ehemalige NS-Funktionäre (Gauredner, Reichsschulungsleiter, Obersturmbannführer etc.) stark vertreten.

In der Mitgliedschaft haben DRP-Anhänger, Mitglieder aus rechtsradikalen Gruppen (AKON, DSB, AUD) und Alt-PGs das Übergewicht vor jüngeren, politisch unbelasteten Personen.

Die NPD-Presse befindet sich praktisch ausschließlich in den Händen der alt-PGs, auch die offiziellen Redner auf Bundes- und Landesebene sind ehemalige Nazis.

In den Jahren bis 1969 erlebt die Partei eine politische Aufwärtsentwicklung (28 000 Mitglieder im Jahre 1969), zieht in Kreis- und Landtage ein, scheitert bei der Bundestagswahl 1969 nur knapp an der Fünf-Prozent-Klausel.

Die Krisenstimmung der Rezessionsjahre 1966/77 trägt ebenso zur Resonanz für rechtsextremistische Parolen bei, wie die Unzufriedenheit der rechten Gruppen mit der Politik der Großen Koalition.

Mit dem wirtschaftlichen Aufschwung setzt der politische Niedergang der NPD ein. Sie fliegt aus den Länderparlamenten, leidet an internen Streitigkeiten, Abspaltungen und Mitgliederschwund. Ein letzter großangelegter Versuch ist die «Aktion Widerstand» gegen die Friedens- und Entspannungspolitik der SPD. Die politische Zersplitterung führt zur stärkeren Radikalisierung.

Die neuen Radau-Nazis (seit 1975)

Seit etwa 1975 zeichnet sich folgendes ab:
- anhaltender Tiefstand in den Wahlergebnissen für die NPD;
- Anzahl und Mitgliederstand der rechtsextremistischen Organisationen sind – von Ausnahmen abgesehen – eher rückläufig;
- noch immer ist der organisierte Rechtsextremismus in der BRD ideologisch zerstritten und organisatorisch zersplittert, von Finanznot, Resignation und Disziplinlosigkeit vieler Mitglieder gelähmt;
- beunruhigen muß die wachsende ideologische Radikalisierung und zunehmende Aggressivität in den neonazistischen Gruppen, gewalttätige Aktionen häufen sich in letzter Zeit;
- neben der wachsenden Gewaltkriminalität ist eine Zunahme der Ausschreitungen mit rechtsextremistischem Hintergrund zu verzeichnen: Klebeaktionen, Schmierereien mit NS-Parolen, Demonstrationen mit NS-Emblemen, Friedhofsschändungen und Sachbeschädigungen;
- NS-Literatur, NS-Kennzeichen und Propagandamittel und Ausrüstungsgegenstände werden immer stärker verbreitet;
- Aktionen mit antisemitischer Zielrichtung nehmen zu; antisemitische Publikationen gelangen verstärkt auf den Markt;
- neonazistische Aktivitäten werden nicht mehr nur von alten, unverbesserlichen Nazis getragen, sondern immer mehr auch von Jugendlichen.

Bestandsaufnahme

Größe und Stärke

Gesamtüberblick

Laut Verfassungsschutzbericht (Bund) gab es Ende 1978 in der BRD 76 rechtsextremistische Organisationen mit ca. 17 600 Mitgliedern (ohne Mehrfachmitgliedschaften). Das sind sieben Organisationen und ca. 200 Mitglieder weniger als 1977.

Die Zahl der neonazistischen Gruppen stieg von 17 auf 24 meist kleinere Gruppen mit weniger als 250 Mitgliedern.

Zwölf rechtsextremistische Organisationen haben mehr als 250 Mitglieder; 64 Organisationen weniger als 100 Mitglieder.

Der Mitgliederstand der NPD sank von 9000 auf 8500, die Mitgliederzahl der «Jungen Nationaldemokraten» (JN) blieb mit 1500 konstant.

Die «Deutsche Volksunion» (DVU) des rechtsradikalen Verlegers Dr. Gerhard Frey verfügt laut Bundesverfassungsschutzbericht über ca. 5000 Anhänger, nach eigenen Angaben von Dr. Frey über mindestens 10000 Mitglieder in Vereinen: «Deutsche Volksunion» (DVU), «Aktion Deutsche Einheit», «Freiheitlicher Rat».

Anzahl der Organisationen

Anzahl der Organisationen mit einem Mitgliederbestand von

	mindestens							weniger als
	4000	1000	500	250	100	50	20	20
«National-demokr.» Organisat.	1	1	–	–	–	1	1	1
Neonazist. Gruppen	–	–	–	–	4	2	7	11
«Nation-frei-heitliche» Organisat.	1	–	–	2	1	1	1	1
Sonstige Vereinigungen	–	1	2	4	8	5	9	11
Gesamt	2	2	2	6	13	9	18	24 = 76

12 Organisationen
mit mehr als
250 Mitgliedern

64 Organisationen
mit 10 oder weniger
Mitgliedern

Trotz verstärkter Maßnahmen der Behörden ist die Zahl neonazistischer Gruppen von 17 (1977) auf 24 im Jahr 1978 gestiegen. Ihnen gehören ca. 1000 Personen an, von denen rund 200 zum «harten Kern» gerechnet werden. Überwiegend Männer in der Altersgruppe zwischen 20 und 30 Jahren bilden die Initiativkader, die die spektakulären Aktionen planen und durchführen.

Mitgliederzahlen

Arten der Organisationen	Ende 1976		Ende 1977		Ende 1978	
(die Übernahme ihrer Bezeichnung enthält keine Wertung)	Anzahl der org. Mitgl.		Anzahl der org. Mitgl.		Anzahl der org. Mitgl.	
«Nationaldemokratische» Organisationen	4	11600	5	10600	5	10100
Neonazistische Gruppen	15	600	17	900	24	1000
«National-freiheitliche» Organisationen	7	4800	7	5400	7	5600
Sonstige Vereinigungen	59	5700	54	5400	40	5400
Summe	85	22700	83	22300	76	22100
Abzug für Mehrfach- mitgliedschaften		4500		4500		4500
		18200		17800		17600

Verfassungsschutz auf dem rechten Auge blind

Anzahl und Mitgliederstärke der rechtsextremistischen Organisationen in der BRD sind umstritten. Registriert der Verfassungsschutzbericht für 1978 genau 76 aktive Organisationen mit ca. 17600 Mitgliedern (davon nur 200 zum «harten Kern» gehörig), so sieht der Pressedienst Demokratische Initiative (PDI) in diesen Zahlen eine «gefährliche Verharmlosung und politische Verschleierung der neonazistischen Gefahr in der BRD».

Laut PDI-Pressemitteilung werden vom Verfassungsschutz über 100 rechtsextremistische Organisationen gar nicht erfaßt, sind die veröffentlichten Zahlen über Mitgliederstärken und Auflagenhöhe der rechtsextremistischen Publikationen eindeutig zu niedrig.

Weil der Verfassungsschutz – so der PDI – «auf dem rechten Auge blind» sei, rechne er eine Reihe von rechten Organisationen nur deshalb zu den demokratischen Gruppen, weil diese selbst sich als demokratisch einstufen. Über 100 rechtsradikale Gruppen vom Bundesamt für Verfassungsschutz nicht registriert?

Nach einer Zusammenstellung des Presseausschusses Demokratische Initiative – die keinen Anspruch auf Vollständigkeit erhebt – waren in den letzten zwei Jahren folgende 135 rechtsradikale Organisationen aktiv!

Aktion Deutscher Osten
Aktion Junge Rechte
Aktion Neue Rechte
Aktionsfront Nationaler Sozialisten
Aktionsgemeinschaft Nationales Europa
Aktionsgemeinschaft Nationaler Sozialisten
Aktionskomitee «Peter Fechter»
Alster-Gesprächskreis
amnesty national
Anti-Holocaust-Aktion

Antikominternjugend
Arbeitskreis Deutscher Sozialismus
Arbeitskreis für Lebenskunde der Ludendorff-Bewegung
Arbeitskreis Südwest
Arbeitskreis Volkstreuer Verbände

Blaue Adler-Jugend
Braune Hilfe Gau Nordmark
British Movemeht
Bürgergemeinschaft Hamburg
Bürgerinitiative für die Todesstrafe, gegen Pornographie und Sittenverfall
Bürgerinitiative gegen Terrorismus und Fünf-Prozent-Klausel
Bürgerinitiative zur Wahrheitspflege
Bürger- und Bauerninitiative
Bund «Albert Leo Schlageter»
Bund der Aufrechten
Bund Deutscher Nationaler Sozialisten
Bund für Deutsche Einheit – Aktion Oder-Neiße
Bund für Deutsche Wiedervereinigung
Bund für Gotterkenntnis (Ludendorff)
Bund Hamburger Mädel
Bund heimattreuer Jugend
Bund Re Patria

Deutsch-Arabische Gemeinschaft
Deutsch-europäische Studiengesellschaft
Deutsch-nationale Verteidigungsorganisation
Deutsch-völkische Gemeinschaft
Deutsch-völkische Jugend
Deutsche Akademie für Bildung und Kultur
Deutsche Aktionsgemeinschaft für nationale Politik
Deutsche Bewegung für Demokratie-, Volks- und Umweltschutz
Deutsche Bürgerinitiative
Deutsche Division für Naturpolitik
Deutsche Gesellschaft für Erbgesundheitspflege
Deutsche Volksfront

Deutsche Volkspartei
Deutsche Volksunion
Deutscher Arbeitskreis Wissen
Deutscher Block
Deutscher Freundeskreis
Deutsches Kulturwerk europäischen Geistes
Deutsche Kulturgemeinschaft

Elsaß-Lothringische Bewegung

Faschistische Front
Freiheitlicher Rat
Freiheitsbewegung Deutsches Reich
Freizeitverein Hansa
Freundeskreis der NSDAP
Freundeskreis Dichterstein Offenhausen
Freundeskreis Filmkunst
Freundeskreis «Denk mit!»
Freundeskreis für Jugendarbeit im Arbeitskreis Volkstreuer Verbände
Freundeskreis zur Förderung der Wehrsport-Gruppe Hoffmann
Friends of Germany
Gemeinschaft Ost- und Sudetendeutscher Grundeigentümer – Notverwaltung des Deutschen Ostens
Germania International
Gesamtdeutsche Aktion
Gesellschaft für biologische Anthropologie, Eugenik und Verhaltensforschung
Gesellschaft für freie Publizistik

Hilfsgemeinschaft auf Gegenseitigkeit der Soldaten der ehemaligen Waffen-SS
Hilfsgemeinschaft Freiheit für Rudolf Heß
Hilfskomitee Südliches Afrika
Hochschulgruppe Pommern

Jugendbund Adler
Jugendpresseverband Nordrhein-Westfalen
Jugendstahlhelm

Junge Nationaldemokraten
Junge Nationalsozialisten
Junge Nationalsozialistische Deutsche Arbeiterpartei

Kampfbund Deutscher Soldaten
Kampfbund «Freiheit für Rudolf Heß»
Kampfgemeinschaft des Deutsch-Nationalen Sozialismus
Kampfgruppe Großdeutschland
Kampfgruppe Priem
Kampfgruppe Zündel
Komitee «Freiheit für Röder»
Kulturring Germania

Länderrat der Notgemeinschaft des Deutschen Ostens

Mut-Freundeskreis

Nation-Europa-Freunde
National-Freiheitliche Rechte
Nationaldemokratische Schülergemeinschaft
Nationaldemokratischer Hochschulbund
Nationaldemokratischer Soldatenbund
Nationale Front
Nationalrevolutionäre Aktion
Nationalrevolutionäre Arbeiterfront
Nationalsozialistische Partei Deutschlands
Nationaldemokratische Partei Deutschlands
Nationalsozialistische Deutsche Arbeiterpartei – Aufbauorganisation/Auslandsorganisation (Gruppen wurden 1978/79 in folgenden Städten u. a. festgestellt: Bad Karlshafen, Berlin, Braunschweig, Frankfurt, Hanau, Hannover, Holzminden, Höxter, Mannheim, Lüneburg)
National Socialist White People Party
Nationalsozialistische Kampfgruppe Ostwestfalen-Lippe

Naturpolitische Volkspartei
Neues Nationales Europa
Nordischer Ring
NS-Gruppe Wübbels
NS-Gruppe Schwarzwald
NSDAP-Aufbauorganisation
NSDAP-Frankfurt/Main

Partei der Arbeit
Politischer Informations-Club

SA-Sturm 8. Mai
Sache des Volkes – Nationalrevolutionäre Aufbau-Organisation
Schillerbund – Deutscher Kulturverband
Schwarzer Adler
Soldatenkameradschaft Hans Ulrich Rudel
Stahlhelm – Kampfbund für Europa
Stille Hilfe Deutschland
Sturmgruppe 7

Unabhängige Arbeiter-Partei
Unabhängige Freundeskreise
Unabhängiger Schülerbund
Unabhängiges Zentrum Deutschlands
Vereinigte Freiheitliche
Vereinigung Verfassungstreuer Kräfte
Vlaamse Miliranden Orde
Volksbewegung gegen antideutsche Greuellügen
Volksbund Deutscher Ring
Volkssozialistische Bewegung Deutschlands – Partei der Arbeit
Volkssozialistische Deutsche Partei – Nationalrevolutionäre Bewegung
Volkssozialistische Einheitsfront

Wehrsportgruppe Hoffmann
Wehrsportgruppe Nordland
Weltunion der Nationalsozialisten
Wiking-Jugend
World Union of National Socialists

Arten der organisierten Neonazis

Die Vielzahl und Vielfalt der Organisationen lassen sich wie folgt zusammenfassen und gliedern:

Alte Rechte

NPD und National-Freiheitliche Rechte (DVU), die sich dem äußeren Anschein nach als «demokratische» Parteien im Sinne des Grundgesetzes geben, um einen Verbotsantrag zu vermeiden.

Zur «alten Rechten» zählen auch nichtparteipolitische rechtsextremistische Organisationen aus den fünfziger Jahren mit ideologisch-kulturellen Zielsetzungen, zum Beispiel das «deutsche Kulturwerk europäischen Geistes» (DKEG)

Neue Rechte

Die neonazistischen Gruppen um Roeder, Hoffmann, Kühnen u. a., die sich Mitte der siebziger jahre gebildet haben, sich durch Militanz und Bereitschaft zur Gewalt auszeichnen. Sie vertreten offen nationalsozialistische Ziele, bekennen sich als «Neue NSDAP», kritisieren die NPD wegen ihrer verbalen Distanzierung vom NS. Die «nationalrevolutionären» Gruppen suchen eine Verbindung zwischen «progressivem Nationalsozialismus» und «unmarxistischem Sozialismus» als «dritten Weg zwischen liberalem Kapitalismus westlicher Prägung und kommunistischem Staatsbürokratismus».

ÖKO-Rechte

Eine neuere ideologische Strömung innerhalb der rechtsextremen Gruppen, die sich mit dem Thema «Umweltschutz» befassen, um ihr Wählerpotential zu erweitern und Bündnispartner zu gewinnen (Blut-und-Boden-Rechte):

- Bürger- und Bauerninitiative (BBI) – Thies Christophersen,
- Deutsche Bürgerinitiative (DBI) – M. Roeder,
- Weltanschauungsgemeinschaft Bund für Gotteserkenntnis (Ludendorff-Bewegung) e. V.

In einigen «grünen» Gruppen arbeiten verstärkt Rechtsextremisten mit. Der NPD-Vorstand hat 1977 seine Mitarbeit in den Umweltschutz-Bewegungen beschlossen und ein «Ökologisches Manifest» verabschiedet. Rechtsextreme Sekten wie die Ludendorff-Bewegung verbinden Umweltschutz mit völkischer «Biopolitik» und mit Rassedenken.

Religiöse Rechte und Rock-Faschismus

Im Entstehen begriffen ist ein religiös auftretender Rechtsradikalismus in Form reaktionärer Jugendsekten, wie auch in Form von Gruppen des Punk- und des Rock-Faschismus.

Einzelne Organisationen

Nationaldemokratische Partei Deutschlands (NPD) (Alte Rechte)

Die 1964 gegründete Partei erreichte ihren höchsten Mitgliederstand im Jahre 1969 (28 000) und scheiterte damals nur knapp an der Fünf-Prozent-Klausel. Mit 8 500 Mitgliedern im Jahre 1978 ist die NPD auf den tiefsten Mitgliederstand seit Beginn der siebziger Jahre gesunken. Sie verliert vor allem jüngere Anhänger an die neonazistischen Gruppen, von denen sich die Partei durch Vorstandsbeschluß abgegrenzt hat.

Nur ein Drittel der Mitglieder und ca. 50 Prozent der Kreisverbände sind aktiv. Nach eigener Einschätzung ist die Partei zur Zeit «kein politischer Faktor» in der BRD.

Die Pressearbeit der NPD stützt sich auf die Monatszeitung *Deutsche Stimme* (Auflage 100000) und ca. 16 überregionale Blätter mit rückläufiger Auflage.

Die «Jungen Nationaldemokraten» (1500 Mitglieder) radikalisieren sich ideologisch und in der Konfrontation mit dem politischen Gegner.

Der «Nationaldemokratische Hochschulbund» (NHB) zählt nur noch wenige Mitglieder und spielt in der Studenten- und Hochschulpolitik keine Rolle.

Bei Landtags- und Kommunalwahlen erreicht die Partei noch Ergebnisse zwischen ein bis zwei Prozent; ihre Mandatsträger in den Kommunalvertretungen sind von 31 im Jahre 1977 auf 22 im Jahre 1978 gesunken.

Die Agitation der NPD ist deutschnational, autoritär, antidemokratisch. Der propagierte völkische Nationalismus («deutsche Volkssubstanz») sowie die Verherrlichung des Nationalsozialismus («klassenüberwindende Volksgemeinschaft») stimmt mit einer pauschalen Abwertung der Demokratie überein.

National-freiheitliche Rechte (Alte Rechte)
Unter Führung des Münchner Verlegers Dr. Gerhard Frey haben sich 1972 sechs Vereinigungen zusammengeschlossen, die im «Freiheitlichen Rat» organisiert sind und nach eigenen Angaben mindestens 10000 Mitglieder vertreten:
– Deutsche Volksunion (DVU),
– Bund für deutsche Einheit – Aktion Oder-Neiße e. V. (AKON),
– Deutscher Block (DB),
– Gemeinschaft Ost- und Sudetendeutscher Grundeigentümer und Geschädigter – Bundesverband e. V. (GOG-BV),
– Jugendbund Adler (JBA),
– Wiking-Jugend (WJ).

Wichtiger als die politische Bedeutung der Gruppen ist die publizistische Wirkung der *Deutschen National-Zeitung* und des «Druck- und Zeitschriftenverlags» des Dr. Frey.

Er spielt in der rechtsextremistischen Propaganda zur Verherrlichung des NS, zur Wiederbelebung des völkischen Nationalismus und Antisemitismus, im Kampf gegen «Umerziehung», gegen «Kriegsschuld- und Greuelpropaganda» die führende Rolle.

Aktionsfront Nationaler Sozialisten (ANS) (Neue Rechte)
Die von dem ehemaligen Bundeswehrleutnant Michael Kühnen gegründete Gruppe hat mit Auftritten vor allem in Hamburg (aber auch im Ausland), mit Schlägereien und Überfällen Aufsehen erregt. M. Kühnen ist im Oktober 1979 zu einer Freiheitsstrafe verurteilt worden. Seither konzentrieren sich die Aktivitäten der ANS auf Kampagnen für seine Freilassung.

Agitationsblatt der ANS ist *Der Sturm*.

Kampfbund deutscher Soldaten (KDS) (Neue Rechte)

Der Gründer Erwin Schönborn (64) war früher Oberfeldmeister im Reichsarbeitsdienst. Er agitiert vorwiegend mit Flugblättern gegen die «Auschwitzlüge als Jahrhundertbetrug» und Vorsitzender der «Aktionsgemeinschaft Nationales Europa» (ANE).

Schönborn wurde am 21. Juni 1979 wegen Beleidigung, übler Nachrede und Nötigung zu achtzehn Monaten und am 19. November 1979 wegen Volksverhetzung, Aufstachelung zum Rassenhaß und Verunglimpfung des Andenkens Verstorbener zu acht Monaten Freiheitsstrafe ohne Bewährung verurteilt.

Deutsch-völkische Gemeinschaft (DVG) (Neue Rechte)

Der Vorsitzende Werner Braun aus Rastatt wurde wegen Waffenhandel verurteilt, bei Hausdurchsuchungen wurden Waffen und Munition sichergestellt.

Unabhängige Freundeskreise (UFK) (Neue Rechte)

Veranstaltete für ca. 400 neonazistische Funktionäre im Mai 1978 die «Tage der Gemeinschaft» im Harz. Polizei stellte umfangreiches Schriftmaterial und Schallplatten mit Hitler-Reden sicher.

Sogenannte NSDAP-Gruppen (Neue Rechte)

In Braunschweig, Hannover, Krefeld, Bocholt, Mainz, Berlin, Frankfurt, Hanau führen sie verstärkt «Kameradschaftstreffen», «Führergeburtstagsfeiern» und Wehrübungen durch. Sie produzieren und verbreiten NS-Schrifttum, NS-Symbole und Munition.

Deutsche Bürgerinitiativen (DBI) (Neue Rechte – ÖKO-Rechte)

Ihr Gründer und Leiter, der frühere Rechtsanwalt Manfred Roeder, lebte Anfang 1978 im Ausland. In seinen Flugblättern und «Briefen» tritt er für Gewalt und Terror, antisemitische Aktionen, für die Freilassung von Rudolf Heß ein. Roeder ist im Winter 1979 von Schweizer Polizei verhaftet worden, konnte aber nicht ausgeliefert werden, weil das Auslieferungsbegehren der Bundesrepublik zunächst unzureichend und dann verspätet gestellt wurde. Roeder wurde wieder entlassen und tauchte erneut unter. Inzwischen konnte er verhaftet werden.

Bürger- und Bauerninitiative (BBI) (ÖKO-Rechte)

Ihr Gründer Thies Christophersen wurde 1978 wegen Volksverhetzung und Verunglimpfung des Staates verurteilt. Neben seinen publizistischen Aktivitäten veranstaltet er regelmäßig neonazistische Treffen (Südtirol). Er verfügt über gute Auslandskontakte.

Sonstige rechtsextremistische Vereinigungen

Neben den 36 Organisationen und Gruppen der Nationaldemokraten, Neonazis und «Nationalfreiheitlichen» gibt es noch ca. 40 rechtsextremistische Vereinigungen und Zirkel sonstiger Art. Die bekanntesten dieser sogenannten «Neuen Rechten» sind:

● Wehrsportgruppe Hoffmann (WSG)

Die WSG wurde 1974 von dem Werbegrafiker Karl-Heinz Hoffmann aus Heroldsberg (Mittelfranken) gegründet. Sie bezeichnete sich als «straff geführter Freiwilligenverband mit einer dem regulären Militär entsprechenden hierarchischen Führerstruktur». In ihrem Programm forderte sie die Zerschlagung der bestehenden Gesellschaftsstrukturen zugunsten einer der «Volksgemeinschaft» dienenden Staatsform. In dieser sind Wahlen abgeschafft. Die Regierungsgewalt geht von einer anonymen, nach dem Leistungsprinzip ausgewählten Führungselite aus.

Die WSG veranstaltete sogenannte «Wehrsportübungen» mit Kampfanzügen, Feldausrüstung, schwerem Gerät und meist funktionstauglichen Waffen. Sie hatte im Bundesgebiet rund 400 Anhänger, mit Schwerpunkt in Mittelfranken um das von Hoffmann angemietete Schloß Ermreuth, das als «Hauptquartier» diente. An den Übungen und Treffen der WSG nahmen 1979 rund 100 Personen teil.

Mit Verfügung vom 16. Januar 1980 ordnete der Bundesminister des Innern im Benehmen mit den Ländern die sofortige Auflösung der WSG gemäß § 3 des Vereinsgesetzes an. In der Begründung heißt es, die WSG sei gegen die verfassungsmäßige Ordnung gerichtet und suche ihr Ziel in kämpferisch-aggressiver Form zu verwirklichen. Die Tätigkeit der WSG, die das Ansehen der Bundesrepublik Deutschland im Ausland zunehmend belaste, könne auch wegen der Signalwirkung auf das ganze rechtsextreme Lager nicht länger hingenommen werden.

Die Verbotsverfügung wurde am 30. Januar 1980 vollzogen. Dabei stellte die Polizei zahlreiche Kraftfahrzeuge, Waffen, Uniformen, Ausrüstungsgegenstände sowie NS-Literatur sicher.

Das Bundesverwaltungsgericht hat im Dezember 1980 das Verbot und die Auflösung der WSG bestätigt.

Nach polizeilichen Ermittlungen soll der mutmaßliche Oktoberfest-Attentäter Gundolf Köhler Verbindung zur WSG gehabt haben.

Bei der Fahndung nach möglichen Mittätern des Münchner Sprengstoffanschlags vom 26. September 1980 fanden bei Anhängern der verbotenen WSG Hausdurchsuchungen statt. In der Wohnung eines Nürnberger WSG-Anhängers fand die Polizei ein Kilogramm Sprengstoff, drei 10,5-cm-Granaten, acht 2-cm-Geschosse, eine Tellermine, Kartuschen und Batterien. Im Schloß Ermreuth wurden zehn Zündkapseln sichergestellt.

Ein für den Libanon bestimmter Konvoi der WSG, der auf drei Unimogs je einen VW-Kübelwagen mitführte, wurde am Grenzübergang Schwarzbach bei der Ausreise nach Österreich angehalten.

Der WSG-Leiter Hoffmann und fünf weitere WSG-Angehörige sind im Zusammenhang mit dem Münchner Attentat vorläufig festgenommen worden, mußten jedoch mangels dringenden Verdachts der Beteiligung an dem Anschlag wieder freigelassen werden.

● Deutsches Kulturwerk Europäischen Geistes (DKEG)
Die von dem SA-Dichter Dr. Herbert Böhme 1950 gegründete Vereinigung zur Pflege nationalistischen Kulturguts verliert weiter an Bedeutung. Interne Streitigkeiten mit dem Präsidenten Stempel (Richter am Bayerischen Obersten Landesgericht) führen zur Auflösung der Organisation. Nur vereinzelt führt sie noch «Tage der deutschen Kultur» durch, verleiht Ehrenpreise etc.

Vorwärts vom 22. März 1979:

«Gemäßigt

Was dem Bundesverfassungsschutz als rechtsextremistisch gilt, wird vom bayerischen Staatsministerium des Innern (Ressortchef: Gerold Tandler) als ‹gemäßigt› eingestuft. Das ‹Deutsche Kulturwerk Europäischen Geistes› (DKEG), dem der Bundesverfassungsschutz in seinem Jahresbericht ‹rechtsextremistische Tendenzen› bescheinigt, taucht im Verfassungsschutzbericht der Bayern überhaupt nicht auf. Auf die Frage des Kemptener FDP-Bundestagsabgeordneten Schmidt nach den Gründen für das Schweigen ließ das Tandler-Ministerium mitteilen: Im süddeutschen Raum habe das DKEG eine ‹Entwicklung zu einer gemäßigteren Haltung› gezeigt und sei deshalb im bayerischen Verfassungsschutzbericht nicht erwähnt worden. Dazu muß man wissen, daß der derzeitige DKEG-Führer Karl Günther Stempel Richter am Obersten Bayerischen Landesgericht ist. Der Vorstand des DKEG besteht – so der Bundesverfassungsschutz – aus ehemaligen NSDAP-Mitgliedern.»

● Gesellschaft für freie Publizistik (GfP)

Die von dem Verleger Dr. Gerd Sudholt geleitete Gruppe ist eng mit der DKEG verbunden. Hohe ehemalige NS-Funktionäre schreiben in den der DKEG und der GfP nahestehenden *Klüter-Blättern*.

● Arbeitskreis volkstreue Verbände (AVV)

Gründung 1956 durch Professor Herbert Böhme mit dem Ziel, «junge befähigte Köpfe heranzubilden», um aus ihnen eine «wirkliche Neuformierung positiver nationaldeutscher Kräfte» zu gewinnen. Die AVV sieht im Nationalismus «das lebensrichtige Ordnungssystem der Völker», ist im Verfassungsschutzbericht nicht genannt.

● Arbeitskreis für Lebenskunde der Ludendorff-Bewegung

Freireligiöse, antikirchliche, germanisch-gläubige Sekte, die die Lehren von Mathilde Ludendorff aus den dreißiger Jahren zu verbreiten sucht. Nachfolgeorganisation des 1961 verbotenen und 1977 wieder zugelassenen «Bundes für Gotteserkenntnis (Ludendorff) e. V.».

● Deutsche Volksfront

Gegründet 1977 als Sammlungsbewegung mit dem Ziel der «Abwehr der Roten Volksfront durch Einheit aller Patrioten». Führt zusammen mit Männern aus CDU, NPD, DVU und AVP (Aktionsgemeinschaft vierte Partei) Veranstaltungen durch.

● Deutsch-Völkische Gemeinschaft (DVG)

Die DVG veröffentlichte seit 1977 eine Reihe von Hetzschriften ihres Vorsitzenden Werner Braun, der eine Strafe zur Bewährung erhielt. Trotz Indizierung durch die Bundesprüfstelle erscheinen weiterhin Flugschriften der DVG.

● Gesellschaft für Biologische Anthropologie, Eugenik und Verhaltensforschung e. V.

Verbreitet auf Kongressen und in der Zeitschrift *Neue Anthropologie* ihre rassistischen Thesen.

● Hilfskomitee Südliches Afrika (HSA)

Enge Zusammenarbeit mit dem theoretischen Organ der internationalen Faschisten «Nation Europa» (Coburg) und der «Deutsch-Südafrikanischen Gesellschaft», über diese mit der CSU.

● Nation Europa Freunde (NEF)

Freundeskreis der neonazistischen Zeitschrift *Nation Europa* mit dem Ziel, den deutschen Nationalismus mit gesamteuropäischen Gedanken zu verbinden. Äußert sich mehrfach zustimmend zur CSU-Deutschlandpolitik.

● Stahlhelm – Kampfbund für Europa

1918 gegründeter deutschnationaler Wehrbund, 1950 reaktiviert unter dem Namen «Bund der Frontsoldaten», seit 1973 mit dem traditionellen Namen «Stahlhelm» – Kampfbund für Europa. Zur Verbesserung der Jugendarbeit wurde der «Jung-Stahlhelm» gegründet. Im Verfassungsschutzbericht Bayern nicht erwähnt.

● Vereinigung verfassungstreuer Kräfte (VVK)

Vereinigung von Einzelpersonen und Verbänden mit dem Ziel, die nationalen und sozialen Probleme neben den ökologischen Fragen gleichrangig zu berücksichtigen.

● Witikobund (WB)

1948 von ehemaligen führenden Nazis gegründet mit dem Ziel, «die Heimkehr der sudetendeutschen Volksgruppe» zu erreichen. Zusammenarbeit mit dem «Deutschen Kulturwerk Europäischen Geistes». Führendes Mitglied im Witikobund ist seit Jahren der CSU-Abgeordnete Dr. Walter Becher.

● Hilfsgemeinschaft auf Gegenseitigkeit der Soldaten der ehemaligen Waffen-SS e. V. (HIAG)

Der 1951 gegründete Verband ist in zahlreichen Kreis- und Ortsgemeinschaften organisiert und führt regelmäßig «Kameradschaftstreffen» durch. Verstärkt bemüht sich die HIAG auch um die jüngere Generation und um Angehörige der Bundeswehr. Das Verbandsorgan *Der Freiwillige* erscheint im Munin-Verlag. Der Verband bewegt sich häufig in der Grauzone zwischen konservativ und rechtsextrem. Zu seinen Mitgliedern zählen auch Abgeordnete der CSU, CDU (z. B. Hans Wissebach). Einen Unvereinbarkeitsbeschluß zwischen HIAG und SPD gibt es trotz häufiger Forderungen der Parteibasis bis heute nicht.

Verbindungen zum ausländischen Rechtsextremismus

Besonders die neonazistischen Gruppen haben ihre Kontakte zu gleichgesinnten Personen, Organisationen, Verlagen im Ausland verstärkt (Brasilien, Belgien, Dänemark, Frankreich, Großbritannien, Österreich, Schweiz, Spanien, USA).

Neonazismus und Jugend

Die Mitgliederzahl rechtsextremistischer Jugendgruppen wird auf 10000 geschätzt, der «harte Kern» der neonazistisch gesinnten Jugendlichen auf ca. 15 Prozent. Die Empfänglichkeit der NS-Parolen wächst in letzter Zeit beunruhigend. NS-Bücher, Platten, Abzeichen werden vorwiegend von Jugendlichen gekauft. In zahlreichen Gruppen wird ein auf neonazistisches Gedankengut gestütztes Menschen- und Gesellschaftsbild in einer für Jugendliche attraktiven Weise vermittelt.

Jugendgruppen der Alten Rechten

● Junge Nationaldemokraten (JN)

Jugendorganisation (14 bis 27 Jahre) der NPD, geschätzte Mitgliederzahl ca. 1600. Bildet das Rückgrat der Partei und führt die meisten NPD-Aktionen durch.

Betrachtet sich als «Speerspitze der erwachenden Nation» und «Teil einer weltweiten Erneuerungsbewegung der Völker gegen die Weltlinke». Die politischen Ziele:

Außenpolitik: Kampf gegen Dollar-Imperialismus und sowjetischen Panzerimperialismus. Eintreten für Wiedervereinigung und Nationalismus.

Innenpolitik: Absagen an Klassenkampfdenken, Verwirklichung des dritten Weges jenseits von Kapitalismus/Liberalismus und Kommunismus/Marxismus. Kampf gegen Geschichtsklitterung, Welthochfinanz, Umerziehung und immer wieder den Kommunismus in jeder Form.

Nebenorganisationen:

– Nationaldemokratischer Schülerbund,
– Nationaldemokratischer Lehrlingsbund,
– Nationaldemokratischer Soldatenbund,
– Nationaldemokratischer Hochschulbund.

Angebotene Aktivitäten:

Zeltlager, Wettkämpfe, Wanderungen, Schulungen, Filmveranstaltungen, Schach- und Bogenschießturniere, Gefallenenehrungen, Sonnwendfeiern, Wochenendfreizeiten, Polit-Seminare, Orientierungsfahrten, Flugblattaktionen, Info-Stände, Straßenkundgebungen, Demonstrationen, Autokorsos, Fackelmärsche, Kameradschaftsabende, öffentliche Veranstaltungen, Wahlkämpfe, Mitgliederversammlungen.

● Bund heimattreuer Jugend (BHJ)

Galt lange Zeit als Jugendgruppe des «Deutschen Kulturwerks Europäischen Geistes» (DKEG). Verbreitet auf Fahrten und Zeltlagern die Parolen vom «fehlenden Lebensraum Deutschlands», seiner Unschuld am Zweiten Weltkrieg und Gedanken eines kommenden «Vierten Reiches» auf völkischer Grundlage.

● Wiking-Jugend (WJ)

Will für seine ca. 400 Mitglieder «saubere Jugendarbeit» machen, veranstaltet Heimattreffen, völkische Singabende, Trachtenfeiern, Fahnenschwingkurse, Unterricht in germanischer Runen- und Keilschrift, in deutschem Sütterlin und in reichs- und volkstreuer Geschichte. Auf den Ferien- und Zeltlagern für die «Jungmädel und Pimpfe» werden Mutproben, Gehorsamsübungen, Feldkampfspiele und gelegentlich Schießübungen veranstaltet.

Seit 1978 neigen Mitglieder der WJ zu politisch motivierten Gewalttaten. 1979 erhielten einige leitende WJ-Funktionäre wegen Gewaltverbrechen mehrjährige Freiheitsstrafen.

● Jugendbund Adler (JA)
● Blaue Adler-Jugend (BAJ)
● Bund Hamburger Mädel (BHM)
(Organisation des Freizeitvereins HANSA)

Neonazistische Jugendgruppen der Neuen Rechten
● Wehrsport- und Kampfgruppen
Nutzen das Interesse an Krieg, Waffen, Militär und stehen häufig in Kontakt mit Bundeswehreinheiten. Alkohol, Nikotin sind verpönt, Gehorsam, Ehrlichkeit, gesunder Lebensstil und Vaterlandsliebe werden verkündet. Härtetraining, Leistung

138

und Kameradschaft bestimmen die Freizeitangebote. Die Gruppen haben einen hierarchischen Aufbau und arbeiten häufig konspirativ.

- Freizeitverein HANSA – Michael Kühnen
- Kampfgruppe Großdeutschland – H. Beier
- Kampfgruppe Priem – A. W. Priem
- Wehrsportgruppe Hoffmann – K. H. Hoffmann

● Freizeitverein HANSA

1975 zur Tarnung und Legalisierung vom Freundeskreis der NSDAP-Gau Hamburg gegründet, vereinigt unter der Führung Michael Kühnens:

- Aktionsfront nationaler Sozialisten – AO
- Aktionsgemeinschaft Kampfgruppe Großdeutschland
- Bund Hamburger Mädel
- Deutsche Auslandsorganisation
- Kampfbund «Freiheit für Rudolf Heß»
- Nationalrevolutionäre Arbeiterfront
- Sozialnationalistische Jugend
- Stützpunkt Hamburg der Deutschen Bürgerinitiative

● Aktionsfront Nationaler Sozialisten (ANS)

Trat im November 1977 erstmals in der Öffentlichkeit auf mit dem Ziel zu provozieren, Aufsehen zu erregen. Drei Gruppen von Jugendlichen stoßen laut Aussagen des Gründers M. Kühnen zur ANS:

- eine kleine Gruppe aus nationalistischen Elternhäusern;
- eine größere Gruppe von jungen Nationaldemokraten, die mit dem «laschen» Kurs der NPD nicht einverstanden sind;
- verstärkt Jugendliche aus früheren K-Gruppen, die man gerne sieht, weil sie «echte Revolutionäre sind»!

Das «Kampfprogramm» der ANS:

1. Aufhebung des NS-Verbots und Legalisierung der NSDAP,
2. Baustopp für Atomkraftwerke,
3. Kampf dem Kommunismus,
4. Kampf für Großdeutschland in einem wirklichen Europa,
5. Aufbau eines nationalen Sozialismus.

Kühnen will mit den Kadern der heute 16- bis 20jährigen in zehn bis zwanzig Jahren Politik machen. Aktion geht vor Diskussion, die Wahl der Mittel ist nicht zimperlich: Raubüberfall, Körperverletzung, Sprengstoffanschläge etc. «Wir nehmen diesen Staat nicht ernst, obwohl wir von ihm verfolgt werden, obwohl wir Geldstrafen, Bewährungsstrafen bekommen und obwohl wir letzten Endes in den Knast wandern ... Wir gehen in den Knast, und wir kommen raus und arbeiten entschiedener weiter als bisher! Sie werden sich wundern, das sie damit erreichen, daß sie uns in den Knast stecken!»

Burschenschaften

Als rechtsextreme Burschenschaften gelten:

- Burschenschaftliche Gemeinschaft – Frankfurt
- Corps Platio
- Dresensia Rugia – Gießen

- Alte Prager Landsmannschaft – Frankfurt
- Alt-Germania – Darmstadt

In der BRD gibt es über 170 Corps (ca. 15 000 Mitglieder), mehr als 100 Landsmannschaften (ca. 30 000 Mitglieder), 30 Sängerschaften und 36 Turnerschaften und weitere studentische Verbindungen. Insgesamt sind über eine viertel Million sogenannte «Verbindungsbrüder», davon allerdings vier Fünftel, «alte Herren».

Die meisten Verbindungen geben sich liberal, nur wenige treten offen politisch auf. So fällt der Nachweis offenen Rechtsradikalismus schwer; deutschnationales und völkisches Gedankengut ist dagegen weit verbreitet:

- Die «Deutsche Burschenschaft» bekennt sich zum deutschen Vaterland als einer Gemeinschaft, die durch gleiches Brauchtum und gleiche Sprache verbunden ist.
- Zusammen mit der «Aktion Widerstand», mit NPD und Vertriebenenverbänden kämpfte die Deutsche Burschenschaft gegen die Ostpolitik der Regierung Brandt/Scheel.
- Linke jeder Art (Wehrdienstverweigerer, Sympathisanten und Mitglieder von SHB, MSB, Jusos) werden ausgeschlossen, die Mitglieder des «Nationaldemokratischen Hochschulbundes» (NHB) nicht.
- Gefordert werden Wiedergutmachung von Kriegsverbrechen an Deutschen, die Autonomie für «Deutsche im Elsaß», «Landsleute in Süd-Kärnten», «Brüder und Schwestern in der Ostzone und im polnischen Machtbereich».

Schülergruppen

Nicht «rechtsradikal» oder «neonazistisch», aber anfällig für die rechte Lehre ist die «Schüler-Union» mit ca. 40 000 Schülern. Weitere anfällige Schülerorganisationen sind:

- Union freiheitlicher Schüler (UFS)
- Bund demokratischer Schüler (BdS)
- Verband kritischer Schüler (VkS)

Ihr Programm ist, «linke Politik» aus den Schulen zu verbannen:

«Klarblick führt zur Schüler-Union»

«Putzt das Rot aus linken Brillengläsern»

«black is beautiful»

In den letzten Jahren hat es einen deutlichen Rechtsruck in der Schüler-Union und den anderen unionsnahen Schülerverbänden gegeben. Vom Ahlener Programm und den CDU-Sozialausschüssen hat sich die Schüler-Union abgewandt und steht heute in enger Verbindung mit den rechten Unionsgruppen und dem Wirtschaftsrat.

Ralf Niehus, Gründungsmitglied und hessischer Landesvorsitzender der Schüler-Union, trat wegen «rechtsradikaler Tendenzen» und finanzieller Abhängigkeit der Schüler-Union vom CDU-Wirtschaftsrat von seinem Amt zurück.

Viele Äußerungen von Mitgliedern der Schüler-Union ähneln sehr den NPD-Parolen. (Neofaschismus, GEW Berlin [Hg.] 1979)

Religiös-reaktionäre Jugendsekten

Religiös-reaktionäre Jugendsekten in der BRD haben schätzungsweise über 200 000 jugendliche Mitglieder. Ihre ideologischen Heilslehren sind mit völkischen, rassistischen und faschistischen Vorstellungen durchsetzt und stellen ein wachsendes anti-demokratisches Potential dar. Führerkult, Gehorsamszwang, Unterwerfung, Anpassung stehen in enger Verbindung mit religiösem Fanatismus, Antikommunismus und der Vorliebe für faschistische Diktaturen. So wird die persönliche Identitätskrise zahlreicher Jugendlicher für politische Zwecke mißbraucht. Der beachtliche Mitgliederzuwachs einiger nationalistischer und rechtsradikaler Jugendverbände – u. a. Bund volkstreuer Jugend, Bund heimattreuer Jugend, Wiking-Jugend – hat seine Ursache in den Eintritten ehemaliger Sektenmitglieder.

Die wichtigsten reaktionären Jugendsekten sind:
– die Kinder Gottes – Children of God
– Mun-Sekte – Vereinigungskirche e. V.
– Scientology Kirche Deutschland
– Internationale Gesellschaft für Hare-Krischna-Bewußtsein e. V.

Oberstes Ziel aller Sekten ist die Bereicherung ihrer Chefgurus durch Ausbeutung von milieugeschädigten und seelisch labilen Jugendlichen. Sie scheuen dabei vor strafbaren Handlungen nicht zurück.

● Kinder Gottes – Children of God
Abspaltung von der kalifornischen Jesus-People-Bewegung unter ihrem Führer David Berg – genannt Mose David oder MO. Lebt im Untergrund und regiert die Sekte mit seinen «Briefen» pornographischen Inhalts. Predigt absoluten Gehorsam, Besitzlosigkeit, den bevorstehenden Weltuntergang und die Rettung der «Auserwählten». Weibliche Mitglieder werden zur Prostitution gezwungen, um Geld zu betteln und neue Mitglieder zu werben. In der BRD gibt es ca. 2000 kasernierte Sektenmitglieder. Bei der vorgeschriebenen Mindestquote von DM 70 pro Tag und Mitglied werden täglich 140000 DM steuerfrei umgesetzt, da die Sekte als «gemeinnütziger Verein» gilt.

● Mun-Sekte – Vereinigungskirche e. V.
Die seit 1964 in der BRD auftretende Sekte verbirgt sich hinter vielen Namen:
– Neue Mitte
– Internationale Föderation zum Sieg über den Kommunismus
– Vereinigte Familie
– World Students Conference
– Professory World Peace Academy
– International One World Crusade
– Collegiate Association für the Resarch of Principles (C.A.R.P.)

Ihr Gründer, der Koreaner San Myung Mun, ist Freund des verstorbenen Süd-Koreanischen Diktators Park Chung Hee und vertritt einen fanatischen Antikommunismus. Der Weltkommunismus ist die Inkarnation des satanischen Prinzips in unserer Zeit. Indem Mun als Nachfolger Jesu den Kommunismus bekämpft, errichtet er das Reich Gottes.

Man verfügt über ein gewaltiges Finanzimperium und ca. 2 Millionen Anhänger. Sein Vermögen wird auf 15 Millionen Dollar geschätzt (1973). Er unterstützte in den USA Richard Nixon und im Bundestagswahlkampf 1976 die CDU/CSU mit Flugblättern.

In der Frankfurter Zentrale und in zwei Trainingszentren (Camberg/Taunus und Alfeld bei Nürnberg) werden die Mitglieder mit den «göttlichen Prinzipien» ver-

traut gemacht und auf absolute Treue und Gehorsam für den neuen Messias einge-
schworen.

Ein früherer Mun-Anhänger berichtet:

«Bei Mun stellt der Tod nur einen Übergang von einem Zustand in den anderen
dar. Wenn Mun heute Befehl gibt: ‹Alle Mann kommen nach England›, dann tun sie
das und missionieren dort. Wenn er sagt: ‹Reißt die Zonengrenze ein!›, dann würden
das ebenfalls alle tun, denn Mun genießt göttliche Autorität. Mun hat eine Gefolg-
schaft, die ihm hörig ist bis zum Tode; sie haben es alle geschworen» (E. Fuchs,
Jugendsekten, S. 121).

● Scientology Kirche/Sea Org

Die Scientology-Kirche des Science-fiction-Autors Ronald Hubbard ist die größte,
vermögendste und einflußreichste Jugendsekte in der BRD. In Frankreich, England, Australien, Südafrika und Neuseeland wegen Betrugs verurteilt, kassiert die
Sekte in der BRD durch den Verkauf ihrer Kursprogramme und Instrumente sowie
durch den Bezug öffentlicher Gelder für angebliche Therapiekurse (Drogen und
psychische Krankheiten) noch immer Millionenbeträge. Hubbards Erfolg beruht
auf der Wissenschaftsgläubigkeit vieler Menschen, auf dem Trend zum Mystizis-
mus und auf dem Versprechen von optimalem Erfolg und Unsterblichkeit durch
Seelenwanderung. Sein Imperium dirigierte der ehemalige Marineoffizier zeitweilig
von Bord seiner Yacht Apollo mit Hilfe einer militärisch strafforganisierten «Sea
Organization» (Sea Org).

● Internationale Gesellschaft für Hare-Krischna-Bewußtsein e. V.

Die hinduistische Sekte entstammt der amerikanischen Hippy- und LSD-Szene
und hat in der BRD ihre Zentrale auf dem Schloß Rettershof bei Frankfurt. Während ihre Mitglieder Ausreißer, Ausgeflippte und Drogenabhängige sind, sind die
Hintermänner dieser bestorganisierten Vertreibungsorganisation für Bücher,
Schallplatten, vegetarische Nahrungsmittel, Räucherstäbchen und Duftstoffe
knallharte amerikanische Geschäftsmänner, Chef und Guru war der 1977 verstor-
bene «Swami Prabhupada». Die Millionenbeträge erbettelter Gelder sind in
dunklen Kanälen verschwunden, nur wenige tausend Mark sind tatsächlich nach
Indien gelangt.

Die hierarchisch aufgebaute Organisation unterwirft ihre Mitglieder absolutem
Gehorsam, religiösem und psychischem Druck. Die Krischna-Sekte rekrutiert ihre
Anhänger vornehmlich aus den unteren Bildungsschichten. Der gegen die Sekte
durchgeführte Prozeß stützte die Anklage auf

– Bettelbetrug,
– Kindesentziehung,
– Verstoß gegen das Waffengesetz.

Punk- und Rock-Faschismus

«Punk» bedeutet Dreck, Abfall, aber auch großmäuliger Halbstarker. Punk-Rock
ist eine neue Art von Musik aus jugendlicher Protesthaltung, politisch im Sinne von
aggressiver Gesellschaftskritik und nihilistischer Philosophie. Punk verneint alle
überkommenen Werte mit aggressivem Vokabular, predigt Gewalt, Wut, Empörung.

Einige Punk-Gruppen haben Hitler als Show-Star entdeckt. Sie nennen sich

- Nazi Dog
- The Dictators
- The Damned
- Loden SS
  Ihre Lieder tragen Titel wie
- Blitzkrieg Bop
- Auschwitz-Jerk
- Faschistischer Diktator
- Der Führer (Rockoper)
- Flaming Youth

Die Musiker und Fans sammeln und tragen SS-Symbole, Eisenketten, Nazi-Orden, Hakenkreuze, Hitler-T-Shirts.

Die faschistoiden Elemente im Rock nehmen zu, der Hitler-Kult blüht, Faschismus und Profit propagieren den Rock-Faschismus und die große Nazi-Show.

Neonazistische Publizistik

Verlage und Vertriebe
- Überblick

Zahl der Verlage und Vertriebe, die sich ausschließlich oder weit überwiegend mit neonazistischer Literatur befassen:

	1976	1977	1978
Buchverlage	17	14	12
Zeitungs- und Schriftenverlage	22	15	14
Vertriebsdienste	18	15	15
Zusammen	57	44	41

- Buchverlage

Auf dem Buch-, Film- und Schallplattenmarkt sorgt ein enger Verbund für die gezielte Durchsetzung rechtsextremistischer Propaganda. Unter dem Deckmantel der Aufklärung und angeblichen politischen Bildung wird NS-Propaganda offen verbreitet und in pseudowissenschaftlichen Veröffentlichungen popularisiert. Zu dem Herstellungs- und Vertriebsnetz zählen:

- *Schütz-Verlag*, Hannover. Inhaber ist Mitherausgeber der *Deutschen Wochenzeitung*
- *Druffel-Verlag*, dessen Leiter Vorsitzender des *Deutschen Kulturwerks* ist
- *Türmer-Verlag*, bringt die *Klüter-Blätter* heraus
- *Hohenstaufen-Verlag*, gegründet vom SA-Dichter Gerhard Schumann
- *Klosterhaus-Verlag*, gegründet vom NS-Dichter Hans Grimm

- *Munin-Verlag,* gibt den *Freiwilligen*, das Verbundsorgan der HIAG, heraus
- *Verlage Bernhard und Graefe,* Lehmanns sind auf Wehrtechnik, Kriegsgeschichte spezialisiert
- in *renommierten Verlagen* erscheinen Werke, die in der Grauzone zwischen seriöser Darstellung und Verherrlichung der NS anzusiedeln sind.

● Zeitungs- und Zeitschriftenverlage

Die wichtigsten sind:

Deutsche National-Zeitung (DNZ): Auflagenstärkste rechtsextremistische Wochenzeitung mit einer wöchentlichen Auflage von 120000 Exemplaren. Verleger Dr. Gerhard Frey, München.

Deutsche Wochenzeitung (DWZ): Zweitgrößte Wochenzeitung, steht der NPD nahe. Auflagenrückgang auf 25000 Exemplare. Leiter der «Deutschen Verlagsgesellschaft GmbH» ist der ehemalige NPD-Funktionär Waldemar Schütz.

Nation Europa (NE): Erscheint im gleichnamigen Verlag in Coburg. Ist die größte rechtsextremistische Monatsschrift. Verlagsleiter Peter Dehoust.

Deutschland in Geschichte und Gegenwart (DIGuG), Chefredakteur von Oven, ehemaliger Goebbels-Adjutant.

● NS-Artikel-Vertriebsdienste

Steigende Nachfrage auch 1978 nach Schallplatten, Tonbändern, Musikkassetten und Filmen mit unkommentierten Originalaufnahmen von Reden, Liedern, Märschen der NS. Gleiches gilt für Erinnerungsstücke, Abzeichen und NS-Spielzeug.

Viele Artikel werden im Ausland produziert, zum Beispiel Hitler-Medaillen in Italien, T-Shirts mit Hakenkreuz in England, NS-Spielzeug in Japan, Nachdrucke von ‹Mein Kampf› in Spanien.

Publikationen

Die Zahl rechtsextremistischer Publikationsorgane ist 1978 von 99 auf 104 gestiegen, die durchschnittliche Wochenauflage auf den niedrigsten Stand seit 1965 gesunken.

Die *Deutsche National-Zeitung* und der weitgehend inhaltsgleiche *Deutsche Anzeiger* stellen mit einer Auflage von rund 120000 Exemplaren ca. 56 Prozent der durchschnittlichen Wochenauflage aller rechtsextremistischen Publikationen.

Die nachstehende Übersicht zeigt die Entwicklung der rechtsextremistischen Publizistik seit 1976. Um vergleichbare Zahlen zu erhalten, sind die Auflagen der nicht wöchentlich erscheinenden Schriften auf eine durchschnittliche Wochenauflage umgerechnet worden. In der Tabelle werden die Schriften der «Neuen Rechten» wegen ihrer unbedeutenden Zahl nicht mehr gesondert ausgewiesen.

	Zahl	durch-schnittl. Wochen-auflage 1976	Zahl	durch-schnittl. Wochen-auflage 1977	Zahl	durch-schnittl. Wochen-auflage 1978
«Nationaldemokratische Schriften»	32	29 100	31	39 000	36	33 400
Neonazistische Schriften	8	1 800	18	9 200	20	7 700
«National-freiheitliche» Schriften	5	11 100	5	10 200	5	10 200
Schriften sonstiger Vereinigungen	36	3 500	23	2 200	24	3 000
Publikationen der Rechtsextremistischen Organisationen insgesamt:	81	45 500	77	60 600	85	54 300
Publikationen selbständiger Verlage insgesamt:	28	132 800	22	128 400	19	123 800
Insgesamt:	109	178 300	99	189 000	104	178 100

(betrifft: Verfassungsschutz 178. Bonn 1979, S. 21)

Auch diese Zahlen werden als zu niedrig angezweifelt. Wenn 104 regelmäßige Publikationen und Zeitschriften eine Gesamtauflage von 178 000 Exemplaren hätten, von denen allein 100 000 Auflage auf die *Deutsche National-Zeitung* entfallen, dann bleiben 78 000 Exemplare für die restlichen 103 Publikationen. Das ist mit Sicherheit zuwenig. Landserhefte und Zeitschriften wie zum Beispiel *Das III. Reich* haben hohe Auflagen, durchschnittlich vier Leser pro Exemplar, somit einen großen Sympathisantenkreis (Michael Hepp, Kopfrechnen schwach. In: Fliegenpilz Nr. 5, S. 49).

Ausschreitungen

Zunehmende Zahl von Ausschreitungen

Der seit 1974 feststellbare Ansteig von Aktivitäten und Ausschreitungen mit neonazistischem Hintergrund hielt auch im Jahr 1978 und verstärkt im ersten Halbjahr 1979 an:

Die Zahl von 992 Ausschreitungen im Jahr 1978 ist die höchste seit 1960 und bedeutet gegenüber dem Vorjahr 1977 eine Steigerung von 61 Prozent (!).

Zu einer nochmaligen Steigerung gegenüber 1978 kam es im ersten Halbjahr 1979.

	1978	erstes Halbjahr 1979
Gewalttaten	62	42
Gewaltandrohung	(38)	(48)
Sonstige Ausschreitungen	940	848
	992	890

Höhepunkte der Ausschreitungen

Die Höhepunkte der Ausschreitungen liegen regelmäßig in den Monaten April (20. April 1889 = Hitlers Geburtstag) und im November (9. November 1923 = Marsch auf die Feldherrnhalle = Nazigedenktag an die «Blutopfer»). Auch der 20. Juli scheint die Nazis regelmäßig zu provozieren.

Art und Weise der Ausschreitungen

Im Jahre 1978 ergab sich folgendes:
– Von den 992 Fällen sind 758 (76 Prozent) neonazistischen Tätern zuzuschreiben.
– 547 Fälle waren Schmier-Plakat- und Klebeaktionen vorwiegend mit antisemitischen Parolen – von 35 bekannt gewordenen Schändungen jüdischer Friedhöfe sind 20 neonazistischen Gruppen zuzurechnen.
– Bei den 52 begangenen Gewalttaten (1977 waren es 40) handelt es sich um Raubüberfälle, schwere Körperverletzungen und durch Gewaltanwendung verursachte Sachbeschädigungen.

Bei den Klebe- und Schmieraktionen werden immer offener die faschistischen Embleme verwendet, Führerbilder mitgetragen, der Hitler-Gruß verwendet und NS-Uniformen getragen sowie NS-Lieder gesungen. Hakenkreuze und Naziparolen erscheinen nicht mehr nur an Häuserwänden und Bauzäunen, sondern gezielt an Friedhöfen, KZ-Gedenkstätten, Synagogen, Landtagsgebäuden und Polizeipräsidien.

Drohungen, Provokationen und Überfälle gelten gezielt den jüdischen Mitbürgern, Antifaschisten, DKP-Mitgliedern.

Die neonazistischen Gruppen bekennen sich verstärkt zu ihrer Ideologie und suchen die politische Konfrontation mit dem Gegner. Sie wollen den ideologischen und politischen Handlungsspielraum erweitern.

- 25./26. Februar 1978: Hakenkreuzschmierereien an der Synagoge in Fürth und auf dem jüdischen Friedhof;
- 4. Mai 1978: Hakenkreuze und NS-Parolen an der KZ-Gedenkstätte Bergen-Belsen;
- 5. Mai 1978: NS-Parolen auf dem sowjetischen Soldatenfriedhof Hörsten (Kreis Celle);
- in Essen, Osnabrück und Offenbach kommt es zu Ausschreitungen gegen die Synagogen;
- an 14 Orten werden anonym Hakenkreuzfahnen gehißt;
- 5. Februar 1978: Raubüberfall auf ein holländisches Armeedepot (ein Wachsoldat verwundet, vier Maschinenpistolen mit Munition entwendet);
- 31. Januar 1978: bewaffneter Raubüberfall auf den NATO-Übungsplatz Bergen;
- 11. Dezember 1977: Überfälle auf sechs Munitionsbunker der Bundeswehr in Reinbek (Beute 1000 Schuß Munition);
- 19. Dezember 1977: Überfall auf Sparkassenzweigstelle in Hamburg (Beute 66000 DM);
- 2. Dezember 1977: Raubüberfall auf einen Kaufmann in Köln (Beute über 60000 DM);
- 22. November 1977: Raubüberfall auf einen Bundeswehrangehörigen (Beute ein Gewehr).

Neonazistische Ideologie und Phraseologie

Die neonazistische Propaganda läßt sich auf folgendes ideologische und phraseologische Grundmuster zurückführen:
- Das NS-Regime wird verharmlost und beschönigt.
- Der totalitäre Führerstaat wird glorifiziert, die Demokratie verächtlich gemacht.
- Rassismus, Antisemitismus und völkischer Nationalismus werden neubelebt.
- Der Umweltschutz wird als Aufgabe der Volksgemeinschaft entdeckt und propagiert.

Verharmlosung und Beschönigung des NS-Regimes
1977 waren laut Meinungsumfragen noch (oder schon wieder) 30 Prozent der deutschen Bevölkerung der Meinung, der Nationalsozialismus sei im Grunde eine *gute* Sache gewesen, die nur schlecht ausgeführt wurde. An diesem Rechtfertigungspotential setzt die rechtsextreme Publizistik und Propaganda mit ihren Entkräftungs-, Widerlegungs- und Beschönigungsversuchen an.
● Leugnung der Kriegsschuld
Hitler habe keinen Krieg mit dem Westen gewollt, sein Ziel war die Bekämpfung des Bolschewismus. Seine «frühe Weitsichtigkeit» sei seine ganze «Kriegsschuld, seine Tragik aber auch seine Größe». Der deutsch-polnische Krieg ist Hitler aufgezwungen worden
- von Polen,
- von den Westmächten,

– von einem Komplott der deutschen Verschwörung mit der britischen Regierung.
● Diffamierung des Widerstands
Die verbreitete negative Einstellung zum deutschen Widerstand und Antifaschismus wird mit folgenden Argumenten verstärkt:
– Durch Falschmeldungen über Hitlers Angriffspläne an die britische Regierung habe der Widerstand Hitler zum Krieg gezwungen.
– Wie schon der «Dolchstoß» der Revolution von 1918 die Schuld an der Niederlage im Ersten Weltkrieg trage, so sei der «Verrat» vom 20. Juli 1944 schuld an der Niederlage im Zweiten Weltkrieg.
– Die Verherrlichung des Widerstands von gestern begünstigt den «Landesverrat» von heute, die «Staatsverdrossenheit», und ist der «Schlüssel zur geistigen Krise unserer Zeit».
● Die «Auschwitz-Lüge» der Judenverfolgung
Dauerthema der rechtsextremen Publizistik sind Stellungnahmen gegen die «Auschwitz-Lüge» und den «Vergasungs-Schwindel» der systematischen Ermordung von Millionen Juden. Die seit Mitte der siebziger Jahre in Zehntausenden Exemplaren verbreiteten Schriften, Flugblätter etc. haben bereits zur Verunsicherung bestimmter Teile der Bevölkerung geführt – vor allem in der Jugend.
– Die Zahl von sechs Millionen Opfern wird geleugnet und mit Bevölkerungsstatistiken «widerlegt».
– Die Alliierten haben 1945 die Greueltaten und Anzahl der Opfer in den Vernichtungslagern aufgebauscht, um Deutschland vor der Weltöffentlichkeit zu belasten.
– Bild-Dokumente werden als Fälschungen, Fotomontagen «entlarvt» (zum Beispiel Opfer der alliierten Luftangriffe als KZ-Opfer).
– Judenvergasungen im Millionenumfang werden als «technisch unmöglich» bezeichnet.
– «Entlastungs-Literatur» über KZ wie ⟨Die Auschwitz-Lüge⟩ von Thies Christophersen wird in hoher Auflage verbreitet.
– Erwin Schoenborn vom «Kampfbund deutscher Soldaten» bietet 10 000 DM für jede nachgewiesene Vergasung in einem *deutschen* KZ. Zeugen aus Polen, Israel und USA werden abgelehnt.
– Das Münchner «Institut für Zeitgeschichte» wird wegen seiner zahlreichen Veröffentlichungen und Forschungen als «Schwindelfirma» diffamiert.

Antisemitismus, Rassismus und völkischer Nationalismus
● Antisemitismus
Laut empirischen Untersuchungen sind bei 15 bis 20 Prozent der Bevölkerung in der BRD ausgeprägte antisemitische Vorurteile vorhanden, bei weiteren 30 Prozent ist der Antisemitismus latent vorhanden. Auf diesem Boden kann der aggressive Antisemitismus aller rechtsextremen Publikationen wuchern.
– Die USA und die UdSSR würden vom «Weltjudentum» beherrscht.
– Alle Führungspositionen der Weltmächte seien von Juden besetzt.
– Die BRD wird zur «Judenrepublik Westdeutschland», die Presse ist jüdisch «verseucht».
– Mit antisemitischen Parolen auf Flugblättern (Juden raus aus Deutschland), mit

Spottversen und Kinderliedern wird Völkerverhetzung betrieben und Völkermord persifliert.

– Weltjudentum und Freimaurertum tragen die Schuld, daß Deutschland geteilt ist und nicht die Weltgeltung hat, die ihm zukommt.

● Rassismus

Mit bemerkenswerter Offenheit bekennen sich fast alle Autoren und Publikationen zu einem laut Grundgesetz verbotenen sozial-darwinistischen Konzept von Rasse und Volk als Grundlage der gesellschaftspolitischen Vorstellungen:

– Wie im Tierreich bilden sich die menschlichen «Rassen» durch Kampf und natürliche Ausleseprozesse auf Grund ihrer Erbanlagen heraus.

– Von den drei menschlichen Hauptrassen (weiße, schwarze, gelbe) ist allein die weiße Rasse zur politischen Herrschaft fähig, die schwarze angeblich unfähig zur Staatenbildung. Rassenvermischung ist gleich politischer Untergang.

– Mythisch-religiöse Vorstellungen von «Blut» und «Volk», «Blut und Boden» knüpfen offen an den völkischen Rassismus der NS an.

– Auslassungen über den angeblichen deutschen «Volkscharakter» (Treue, Volksvertrauen, keine Lüge, kein Neid) münden in Hetze gegen ausländische Minderheiten als extreme Gefährdung der «Einheit des deutschen Rasseerbgutes».

● Volksgemeinschaft

Der Schutz deutscher Rasse und Kultur wird zum Hauptmotiv und Programm der politischen Auseinandersetzung mit anderen Völkern und mit einem volkszerstörenden Materialismus.

– Unter dem Motto «wer nicht will deichen muß weichen», wird die Gesunderhaltung der Familie, der Wille zum Kind um des Volkes und um des Fortlebens der deutschen Kultur willen propagiert.

– Pflege der Sprachreinheit und Sprachqualität müssen Hand in Hand gehen mit der Sorge um die «Aufrechterhaltung jener rassischen Zusammensetzung, die bei der Entstehung des Volkes gegeben war».

– Geschichte, Kulturgeschichte, Heimatkunde, Deutsch und Leibesübungen müssen dafür sorgen, daß das Nationalbewußtsein der Deutschen nicht zerstört wird. «Wenn es uns ernst ist mit dem Wunsch, daß unser Volk überlebt, so können wir nur Nationalisten sein.»

● Sozialrassistisches Manifest

Das Anfang der siebziger Jahre verfaßte, in der BRD durch Gerichtsurteil verbotene «Sozialrassistische Manifest» formuliert die Grundlagen einer «Europäischen Neuordnung» wie folgt:

– Die Menschen sind auf Grund ihrer Rasse von Geburt verschieden und ungleich.

– Die weiße Rasse, in ihrem Kern die arische Rasse, ist am höchsten zu bewerten.

– Nur die arische Rasse ist kulturschöpfend, ihre beherrschende Stellung wirkt sich für alle Rassen positiv aus.

– Das Problem der «Auslese-Erneuerung» hat kein politisches System befriedigend gelöst, am wenigsten die Demokratie. «Sie sichert die Diktatur des biologischen Abschaums unter der Maske der Menschlichkeit.»

– Das jüdische Volk gehört zwar zur «weißen Rasse», werde aber vom «biologischen Auswurf» regiert.

- Marxismus und Kapitalismus werden scharf abgelehnt, eine europäische Revolution werde an die Stelle des «Systems von Jalta» die Ideale einer neuen Rassengemeinschaft setzen.
- Nichtweiße Bevölkerungsgruppen werden in ihre «Rasseräume« zurückgeführt, Nichtarier weißer Rasse können als «Gastvölker» bleiben.

● Dritte Welt und Rassenkrieg

Die Überlegenheit der weißen Rasse ist durch die Bevölkerungsexplosion der Dritten Welt ebenso bedroht wie durch die Forderungen nach politischer Unabhängigkeit. Vor allem in Südafrika drohen Gefahren für die weiße «Rassensolidarität». Auf diesem «Vorposten Europas», der ein «Bollwerk gegen den Kommunismus» darstelle, werden die westliche Zivilisation und die «Traditionen des christlichen Abendlandes» verteidigt. Den europäischen Regierungen, vor allem der Bundesregierung, wird der Vorwurf gemacht, «die schwarzen Terroristen» mit unseren Steuergeldern zu unterstützen.

Das «Hilfskomitee Südliches Afrika» (HSA) und die «Deutsch-Südafrikanische Gesellschaft» arbeiten intensiv an der Verbreitung derartiger Thesen. Es bestehen Verbindungen zur CSU.

Diffamierung der demokratischen Verfassungs- und Gesellschaftsordnung

Mehr oder weniger starke Ablehnung der gegenwärtigen Verfassungs-, Staats- und Gesellschaftsordnung der BRD kennzeichnet alle rechtsextremen Gruppen:
- Die «undeutsche» Staatsform wurde nach 1945 von den Alliierten aufgezwungen, mit Hilfe einer von den «Besatzungsmächten und ihren deutschen Helfershelfern» durchgeführten «Umerziehung» propagiert.
- Der Auflösungsprozeß zentraler Werte des autoritären Denkens wird als Zerfall im «geistig-seelischen Bereich» beklagt.
- Pluralismus, Materialismus und Marxismus sind an Stelle der deutschen Volksgemeinschaft und ihrer Gliederungsprinzipien getreten (Familie, Sippe, Volk, Heimat, Vaterland).
- An die Stelle der alten Tugenden treten Genußsucht, Dekadenz, Verfall, die die innere Ordnung der BRD gefährden.
- Die Auflösung der Armee durch die Erfindung des «Staatsbürgers in Uniform» führt zum Verlust von Manneszucht, Pflichtbewußtsein, Ordnungsliebe, Kameradschaft, Opfermut und Treue.
- Eine von den Alliierten und ihren Helfern betriebene Verfälschung der Geschichtswissenschaft soll ein ständiges «Schuldbewußtsein» der Deutschen wachhalten.

In Parolen, Schriften, Versammlungen findet sich die ganze Skala faschistischer politischer Ideologie.:
- Elite-Sendungsbewußtsein
- Ablehnung des repräsentativen Systems
- Ablehnung der pluralistischen Gesellschaft
- Ablehnung des Individualismus
- Irrationale Rechtfertigung politischen Handelns und politischer Gewalt
- Intoleranz in Fragen der öffentlichen Moral
- Nationalismus/Autarkiedenken

– Ethnozentrismus/Antisemitismus

Bei immer mehr Gruppen hat die Aktion den Vorrang vor der Theoriediskussion.

● Demokratie

Sie wird als politisches Ordnungsprinzip seit Mitte der siebziger Jahre immer stärker abgelehnt:

– Politische Gleichheit ist Unsinn, Demokratie «ein auf Statistik beruhender Aberglauben».

– Die Mehrheit des Volkes ist nicht fähig oder willens, Regierungsaufgaben zu übernehmen. Nur große Persönlichkeiten seien imstande, das Volk zu führen, uneigennützig und allein am Gemeinwohl orientiert.

– Heftige Kritik erfahren Parteien und Gewerkschaften, die nur an die nächsten Wahlen dächten und zur «Selbstzerstörung des Staates» führen.

● «Führerprinzip»

Sei «ein Gesetz der Natur» und dem demokratischen Prinzip überlegen. Effektivität ist in einem auf Parteien beruhenden parlamentarischen System nicht zu erreichen.

Umweltschutz und Volksgemeinschaft

Neben opportunistischen und wahltaktischen Überlegungen spielen auch inhaltliche Übereinstimmungen eine Rolle bei den in letzter Zeit zunehmenden Verbindungen zwischen ökologischen und rechtsextremen Gruppen.

– Nicht nur die physische Umwelt muß vor Zerstörung geschützt werden, sondern auch die politische, kulturelle, ethische «Umwelt», eben die «Volksgemeinschaft».

– Die Argumentation gegen Umweltzerstörung vermischt sich mit einer generellen Zivilisationskritik der pluralistischen Gesellschaft mit ihrer Entwurzelung, ihrer Sehnsucht nach der «heilen Welt».

– Das Spektrum eines umfassenden «Ökologiebegriffs» gleicht in vielen Punkten den früheren «Blut-und-Boden-These»: Kampf gegen Umweltzerstörung, idealisierte Sicht des Bauernstands, Fortschritts- und Zivilisationskritik, Zerstörung sittlicher Werte, Aversion gegen Parteien und Gewerkschaften, Verbot von Abtreibungen, Kampf gegen Überfremdung des Deutschtums, Ablehnung von Ehen mit Ausländern etc.

– Einsatz der Atomenergie bringt Gefahren für die Volksgesundheit und Strahlungsschäden für das «Rasseerbgut».

– Durch den Bau von Atomkraftwerken wird die BRD militärisch erpreßbar, durch Uran abhängig vom Ausland; Autarkieforderungen zielen auf den Ausbau von Kohlekraftwerken.

Der Kampf ums IV. Reich

– Die BRD ist politisch nicht souverän, wirtschaftlich ein «Protektorat» der USA.

– Die Wiedervereinigung und Wiederherstellung der politischen Souveränität nach innen und außen ist von den herrschenden Parteien nicht zu erwarten.

– Den Kampf um die Erfüllung des «Testaments unseres Führers» und um die Errichtung des IV. Reiches müssen die aktiven NSDAP-Gruppen führen, die zur Zeit noch im Untergrund arbeiten.

Regionale und überregionale NS-Gruppen in Zusammenarbeit mit den NSDAP-Ausland- und Aufbauorganisationen erstreben offen

– den ständisch organisierten Volksstaat,
– frei von US- und Sowjetherrschaft,
– eine europäische Neuordnung im Rahmen der arischen Völkergemeinschaft,
– Reinerhaltung der Rasse,
– Ausschaltung des jüdischen Einflusses,
– Überwindung des kapitalistischen und kommunistischen Materialismus,
– den Nationalsozialismus.

Ziel ist die Beseitigung der Demokratie und Errichtung eines dem NS-Staat ähnlichen Regimes. Enge personelle Verflechtung und Zusammenarbeit kennzeichnen die von wachsendem Fanatismus und zunehmender Militanz geprägten Aktionen.

Wurzeln, Ursachen und Gründe des Neonazismus

Der Schoß ist fruchtbar noch, aus dem das kroch!

Kein «biologisches» Ende des Nazismus

Der gegenwärtige «Neonazismus» ist alles andere als neu. Insofern ist sein Name irreführend. Neu sind Anhänger, die das NS-Regime kraft ihrer Jugend nicht mehr erlebt haben.

Neu sind auch einige Zutaten, zum Beispiel der ÖKO-Rechten. Alles andere ist die blanke Fortsetzung der NS-Ideologie, kaschiert (Alte Rechte) oder unverhohlen aggressiv (Neue Rechte).

Die Hoffnung, mit dem Tod aller Hitler-Anhänger oder ehemaligen Nationalsozialisten sei das Problem Faschismus in Deutschland für die Zukunft erledigt, war von Anfang trügerisch. Diese Hoffnung beruhte auf einer totalen Fehleinschätzung der historischen Wurzeln und der Ideologie des Nationalsozialismus.

Wer den Neonazismus in seinem Wesen und in seiner Gefahr richtig einschätzen will, muß sich mit den Wurzeln des Faschismus auseinandersetzen.

Der deutsche Faschismus = Nationalsozialismus schlug und schlägt seine tiefen Wurzeln
– in der deutschen Geschichte,
– in der deutschen Philosophie,
– in der deutschen Soziokultur und Massenpsyche.

Der Faschismus ist nach verbreiteter Ansicht eine entartete Spätform des Kapitalismus.

Die Wurzeln des deutschen Faschismus

Wurzeln in der deutschen Geschichte
Der NS-Staat war kein historischer Betriebsunfall, kein geschichtsloses Werk einiger Verrückter.

Er wurzelt tief in verderblichen Traditionen deutscher Geschichte:

- in der *germanischen Gefolgschaftstreue* der über Jahrhunderte dauernden Kriegs- und Raubzüge unserer Vorfahren;
- in der *Kriegs- und Eroberungslust* der völkerwandernden Germanen;
- im *Mythos des Heiligen Römischen Reiches Deutscher Nation*, also in der Vorstellung, daß Europa von Germanien aus beherrscht wird und auf alle Zeiten beherrscht werden kann;
- In der *Ostlandreiterei* des Deutschen Ritterordens und in der damit verbundenen Sucht, vor allem slawische Völker als minderwertig und verdrängenswert einzustufen;
- in *Teilen des süddeutschen Katholizismus* mit seiner Über- und Unterordnungshierarchie (Gott, Papst, Fürst, Priester, Meister, Vater);
- im *Sozialdarwinismus und Antisemitismus* altdeutscher Prägung, der mit dem jahrhundertealten katholischen Antisemitismus eine gefährliche Verbindung einging;
- in *Teilen des deutschen Protestantismus*, der die individuelle und geistige Befreiung förderte, aber auch für die monarchisch-autoritäre Ordnung des Staates sorgte (zum Beispiel Hofprediger Stöcker u. a.);
- im *Preußentum*, das mit seinem Ethos von Gehorsam, Pflichterfüllung, Zucht und Ordnung jenes Urmodell einer reibungslos funktionierenden militärischen Staatsmaschine schuf, aus dem das Bismarcksche Reich und später der blinde Kadavergehorsam der Nationalsozialisten hervorging;
- im *deutschen Großbürgertum* mit seinem Expansionsdrang («am deutschen Wesen soll die Welt genesen»), wobei die NS-Ideologie an die dadurch bewirkte Weltgeltung der deutschen Tüchtigkeit und Leistung anknüpfen konnte;
- in der *«verspäteten Nation»*, das heißt in dem langen, im Bismarck-Reich nur zeitweise und kleindeutsch erfolgreichen, letztlich bis heute vergeblichen Ringen um nationale Selbstverwirklichung der Deutschen, mitten unter anderen Völkern, die ihre Existenz in einem Nationalstaat seit Jahrhunderten gesichert hatten;
- im *Ausgang des Ersten Weltkriegs*, mit der Schmach des Versailler Vertrags, der Abtrennung bedeutender Reichsteile, den drückenden Reparationen und der Besetzung des Ruhrgebiets.

Wurzeln in der deutschen Philosophie

Die NS-Ideologie ist auch die des deutschen Idealismus, beispielsweise
- *Fichte:* unterscheidet die beiden Wesensarten des «Ichs», das intelligible «Ich», das sich selbst das Sittengesetz gibt und daher frei ist, und das emprische, das dem Naturgesetz unterliegt und daher unfrei ist. Dieser Widerspruch müsse aufgehoben werden, und zwar dadurch, daß sich das Ich über alles das, was es einschränkt, hinwegsetzt.
- *Hegel:* Das «Sein», definiert sich immer nur im Kampf gegen seinen Gegenpol, das Nichtsein. Das «Nichtsein» ist ein geduldiges Ausharren, eine Arbeit, ein Schmerz, aus denen die Wahrheit und Wirklichkeit der Dinge geboren werden. In diesem «Gebären» liegen Wagnis, Akt und Endzweck des Geistes. Die Geschichte ist Ausdruck dieses «Heldengedichts».
- *Nietzsche:* Um das Leben jenseits von Gut und Böse sicherzustellen, müssen die gewonnenen Werte überwunden werden; der Mensch muß sich selbst überragen. Appell an das Übermenschliche: Kein neuer Gott, sondern ein neuer Mensch, der

Übermensch, kann die Menschheit vor dem Fall retten. Zarathustra: «Der Übermensch liegt mir am Herzen, der ist mein Erstes und Einziges – und nicht der Mensch: nicht der Nächste, nicht der Ärmste, nicht der Leidendste, nicht der Beste!»

Das Fichtesche «Ich», das Hegelsche «Heldengedicht» und der Nietzschesche «Übermensch» kamen dann in der unerwarteten Gestalt eines Weltkriegsgefreiten und verkrachten Postkartenmalers aus dem österreichischen Braunau.

Wurzeln in der deutschen Soziokultur und Massenpsyche

Den «typischen Deutschen» gibt es ebenso wenig, wie es den «typischen Juden» gibt. Alle Typisierungen und Verallgemeinerungen bergen die Gefahr rassistischer oder ethnischer Vorurteile und Klischees in sich.

Dennoch gibt es vor dem Hintergrund der deutschen Geschichte und der deutschen Philosophie eine Soziokultur, in der massenpsychologisch erklärbare Denk- und Verhaltensweisen besonders verbreitet sind, besonders tief wurzeln und deshalb besonders hartnäckig einer Aufklärung widerstehen.

Eine Reihe dieser verbreiteten Denk- und Verhaltensweisen haben das Aufkommen des Nationalsozialismus besonders begünstigt und dienen heute auch dem Neonazismus als willkommener Nährboden, zum Beispiel
- eine verbreitete Autoritätsgläubigkeit, die sich häufig an Äußerlichkeiten (Uniformen, Rangabzeichen, Titel) orientiert (Hauptmann von Köpenick);
- eine unkritische Gefolgschaftstreue, verbunden mit dem sehnlichen Wunsch, sich des als offenbar schmerzhaft empfundenen eigenen Denkens zu entäußern und lieber Befehle entgegenzunehmen («Handeln auf Befehl»);
- die mit Autoritätsgläubigkeit und Gefolgschaftstreue einhergehende Sucht nach dem «starken Mann», dem Führer;
- der tiefverwurzelte Glaube, daß Deutsches (Wesen, Produkt, Technik, Wissenschaft usw.) wesentlich besser sei als alles andere auf der Welt;
- ein missionarischer Eifer, deutsches Wesen in der Welt zu verbreiten;
- die mit der Autoritätsgläubigkeit zusammenhängende Duckmäuserei im beruflichen und öffentlichen Leben, verbunden mit einer ausgesprochenen patriarchalischen Prügelpädagogik zu Hause;
- die verbreitete Meinung:
  «politisch Lied ein garstig Lied»
  «Politik ist ein schmutziges Geschäft»
  Demzufolge gelten politische Enthaltsamkeit oder politische Neutralität geradezu als Bürgertugenden, politische Betätigung dagegen als suspekt;
- die Neigung zu radikalen Lösungen (Todesstrafe, standrechtlich Erschießen und vieles andere).

Diese Denk- und Verhaltensweisen verdichten sich bei einem erheblichen Teil unserer Mitbürger zu einem «hundsgemeinen Alltagsfaschismus».

In diesem sind die Zielobjekte gerade nicht
mehr die Juden,
aber die Gastarbeiter,
die Langhaarigen,

die Studenten,
die Linken,
die Zigeuner,
die Strafgefangenen
und andere Gruppen.

Dieser hundsgemeines Alltagsfaschismus ist nach wie vor der beste Nährboden für neonazistische Umtriebe.

Faschismus – eine Entartung des Kapitalismus

Thesen

Von wenigen Ausnahmen abgesehen (zum Beispiel Talcot Parsons), sieht die Wissenschaft im Faschismus eine reaktionäre Entartungsform eines krisenhaften Kapitalismus:

- «Wer aber von Kapitalismus nicht reden will, sollte auch vom Faschismus schweigen» (Max Horkheimer, Die Juden und Europa, 1939).
- «Faschismus ist die offen terroristische Diktatur der reaktionärsten, am meisten chauvinistischen, am meisten imperialistischen Elemente des Finanzkapitals» (Georgij Dimitroff, Grundriß der Geschichte der deutschen Arbeiterbewegung, 1935).
- «Der Faschismus ist ein natürlicher Sohn des Kapitalismus in seiner imperialistischen Epoche des monopolistischen Finanzkapitals, er ist ein staatsmonopolistischer Kapitalismus in seiner reaktionärsten, konsequentesten Gestalt» (Gert Schäfer, Ökonomische Bedingungen des Faschismus, 1971).

Lehren aus der Wirtschafts- und Sozialgeschichte

Die Geschichte der Weimarer Republik, wie auch die Geschichten vergleichbarer Epochen in Italien, Spanien und Japan lehren uns folgende Zusammenhänge:

- Für Faschismus anfällig sind offenbar Länder, in denen zweierlei zusammentrifft: eine wenig gefestigte, traditionsarme, vom Volk nur halbherzig hingenommene Demokratie
  und
  eine relativ spät einsetzende, an die Feudalherrschaft ohne Revolution anschließende Industrialisierung, die aber um so stürmischer nachgeholt wird.
- Solange geballte wirtschaftliche Macht politisch unbestritten und unangetastet bleibt,
  der Staat für billige Rohstoffquellen und neue Absatzmärkte (Kolonialpolitik, Flottenpolitik) sorgt,
  Rüstungsaufträge garantiert,
  die Massenorganisationen der Arbeiter stranguliert (Sozialistengesetz, Vereinsgesetz, Drei-Klassen-Wahlrecht) und die Lohnforderungen unterdrückt,
  solange die profitable Kapitalverwertung mit staatlicher Hilfe funktioniert, ist den Trägern der geballten wirtschaftlichen Macht jedes System recht.
  In solchen Fällen duldet der Kapitalismus sogar ansatzweise Formaldemokratie, zumal dann, wenn die auf diese Weise gebildeten Eliten an den Machtverhältnis-

sen nicht rühren, ja sie sogar – wie die SPD nach dem Ersten Weltkrieg – gegen revolutionäre Anstürme verteidigen, und im übrigen volks- und gewerkschaftsdisziplinierend wirken.

– Wird die profitable Kapitalverwertung jedoch übermäßig behindert, erschwert oder unmöglich gemacht,

etwa durch

einschneidende Weltwirtschaftskrisen von außen her

und (oder)

durch verstärkten Binnendruck der Arbeitermassen (Lohnforderungen, Streik), so sehen sich die Träger der geballten wirtschaftlichen Macht alsbald nach rechtsradikalen Bündnisgenossen um, die sie dann auch fördern und finanzieren.

– Trotz dieser Förderung hat der Faschismus aber nur dann eine Chance, wenn er eine verängstigte und aufgewühlte, in ruhigen Zeiten apolitische, kleinbürgerliche Massenbasis mobilisieren kann.

Seinen Resonanzboden formen Kleinbürger (Kaufleute, Handwerker, Bauern), die gegenüber der konzentrierten wirtschaftlichen Macht des großen Geldes Angst vor der Proletarisierung oder klerikal-konservativen Einbindung haben und deren Bildungsbürgertum sie vor der Annahme eines Klassenbewußtseins bewahrt.

– Der Faschismus bietet sich unter der geheiligten Kuh «Eigentum» gleichermaßen den Großkapitalisten und den Kleinbürgern als Waffe gegen Liberalismus und Marxismus an. Indem er jeder Gruppe verspricht, sie vor der anderen in Schutz zu nehmen und im übrigen die gruppenegoistischen Aggressionen gegen einen die «Volksgemeinschaft» bedrohenden äußeren Feind (die «Plutokraten», die «Juden») kehrt, tritt das «faschistische Phänomen» ein; antagonistische Klassen wirken zusammen, um sich gegen die Klasse der Arbeitnehmer und gegen die Demokratie zu wenden.

– Da jedoch der Faschismus das Privateigentum an Produktionsmitteln nicht antastet und die Erwartungen der kleinbürgerlichen Massen damit nicht erfüllt, wandeln sich faschistische Bewegungen unversehens unter Leitung ihrer korrupten Führer in Agenturen der terrostischen Herrschaft des geballten Kapitals, die dann auch das Bürgertum unterdrücken.

– Die geballte wirtschaftliche Macht wird mit Extraprofiten belohnt (Rüstungsaufträge, Giftgaslieferungen, Einsatz deportierter Menschen und Kriegsgefangener als spottbillige Arbeitskräfte).

Zusammenfassung

Der Faschismus ist eine Antwort auf die Krisen des Kapitalismus. Unter der Fahne des Kampfes gegen Liberalismus und Sozialismus (Marxismus) wird er von herrschenden Eliten und mißbrauchten Kleinbürgern unterstützt.

Wenn also politische Demokratie und soziale Marktwirtschaft keine Unterstützung mehr bei den Massen haben und die herrschenden Eliten – oder mächtige Teile davon – die Gefahr sozialreformerischer und sozialistischer Alternativen befürchten oder aber auch nur den erreichten Stand der sozialen Demokratie als untragbar finden, dann sind die Bedingungen eines faschistischen Lösungsversuchs oder anderer autoritärer Systeme gegeben.

Je schwächer dann die demokratischen Traditionen einer Gesellschaft sind und je weniger anziehend sozialistische Alternativen dargeboten werden, desto größer ist die Chance autoritärer Lösungen.

Faschismus hat daher sein antreibendes Moment in der steten Absicht sozialökonomisch begünstigter Gruppen, den Ausbau der sozialen Demokratie, den die Industriegesellschaft grundsätzlich ermöglicht, an einem bestimmten Punkt zum Halt zu bringen und notfalls auch rückläufig zu machen. Dabei wird um der Erhaltung der eigenen Sondervorteile willen die Teilung der Macht mit einer neuen faschistischen Amtselite in Kauf genommen.

Eine wirkliche Chance hat der Faschismus aber erst dann, wenn Massen in das freiheitliche, demokratische, rechtsstaatliche Konzept des Staates kein Vertrauen mehr setzen, sozialistische Alternativen nicht überzeugend vertreten werden und im übrigen innergesellschaftliche Konflikte gebündelt und auf einen «äußeren Feind» abgeleitet werden können.

Der Nationalsozialismus ist nicht besiegt

Wir können weder aus unserer Geschichte noch aus unserer geistigen Tradition, weder aus der deutschen Philosophie noch aus der Soziokultur unseres Volkes von heute auf morgen aussteigen. Auch der alte Kapitalismus ist wieder errichtet worden.

Es hätte demzufolge schon an ein Wunder gegrenzt, wenn mit dem NS-Regime auch der Nährboden des Faschismus in Deutschland verschwunden wäre.

Militärische Niederlage noch keine ideologische

Das NS-Regime in Deutschland ist trotz mannhaften Widerstands eines zahlenmäßig geringen Teils der Bürger, nicht von innen heraus, sondern durch militärischen Sieg von außen her überwunden worden. Das war keine Leistung des deutschen Volkes. Zwar saß der Schrecken in aller Glieder – aber viele Mitbürger sahen darin fatalistisch eben den Lauf der Welt, für das Leid waren allenfalls die Russen, die amerikanischen Bomber verantwortlich, weniger jedoch die Nazis, die ganz gut gewesen wären, wenn sie es zum Schluß nicht ein bißchen übertrieben hätten.

Entnazifizierung – eine Farce

Eine wirkliche und dauerhaft wirksame Entnazifizierung fand nicht mehr statt. Am ehesten hat es noch kleine Mitläufer für einige Monate erwischt. Auf Wunsch der Alliierten in der Bundesrepublik, die in den Deutschen ein neues Bollwerk gegen den Kommunismus sahen, ist die Entnazifizierung nach wenigen Jahren eingestellt worden.

Alte Nazis rücken wieder ein

Es dauerte nicht lange, da rückten die alten Nazis wieder in Amt und Würden ein: in die Ämter, in die Ministerien, in die Gerichte, auf die Lehrstühle, in die Vorstandsetagen; selbst höchste Staatsämter blieben ihnen nicht verschlossen.

Die meisten von ihnen waren äußerlich «Demokraten» geworden. Ihre Einstellung hatte sich jedoch nicht geändert.

Eine grandiose Verdrängung findet statt

Die meisten unserer Mitbürger – keine Verbrecher – aber Mitläufer, Hitler-Wähler von 1932, Parteimitglieder – wollten sehr bald nichts mehr vom Nazismus wissen.

Sie behaupteten fortan gegenüber der nachwachsenden Generation, sie hätten nichts gewußt, nichts gehört, nichts gesehen und demzufolge auch nichts gewollt.

Als ob es keine Volksempfänger, keinen *Mein Kampf*, keinen *Völkischen Beobachter*, keinen *Stürmer*, keinen Röhm-Putsch, keinen Judenstern, keine Nürnberger Rassegesetze, keine Reichskristallnacht, keine Führeransprachen in den Büros, in den Fabriken, auf den Straßen gegeben hätte.

Mit diesem Verdrängungssyndrom hat die Generation der Mitläufer-Nazis jegliche Glaubwürdigkeit bei den Jüngeren verloren.

Die Bundesrepublik ist kein völliger Neubeginn

Das Jahr 1945 wurde nicht die «Stunde Null eines demokratischen Neubeginns». Im Denken und Fühlen zahlreicher Deutscher blieben politische und ideologische Ressentiments lebendig:
– Antisemitismus/Rassismus
– Nationalismus/Chauvinismus
– Antiliberalismus/Antiparlamentarismus
– Antisozialismus/Antimarxismus

Dies alles überlebte in Familiengesprächen, Schulzimmern, auf Kameradschaftstreffen und Verbandstagungen, in Parteien, Presse, Landserheftchen etc.

Die Alliierten selbst beendeten ihre Politik der Entmilitarisierung, Entnazifizierung und Demokratisierung, als sie Westdeutschland in ihrem Konflikt mit der Sowjetunion um die Vorherrschaft in Europa brauchten.

Die Restauration schreitet fort

Von der Verdrängung des Faschismus zum naiven Antikommunismus

– Das Kriegszielprogramm der Alliierten, durch Antimilitarismus, Entnazifizierung und Demokratisierung der wirtschaftlichen, gesellschaftlichen und politischen Strukturen in Deutschland eine Wiederkehr des Faschismus zu verhindern, wurde dem raschen ökonomischen und politischen Wiederaufbau Westdeutschlands geopfert, weil die USA seine Kapazität im Konflikt mit der UdSSR um die Vorherrschaft in Europa brauchten.

- Der von der Politik der USA begünstigte Antikommunismus trat an Stelle des obsolet gewordenen Nationalsozialismus und entlastete politisch und psychologisch die Deutschen von der Aufgabe, sich mit dem Faschismus und ihrer Zustimmung zum Nationalsozialismus zu befassen.
- Rund 35 Jahre nach der Niederlage des Faschismus tut sich die deutsche Öffentlichkeit schwer mit seiner schonungslosen und offenen Analyse seiner Ursachen. Ein Teil ist erfüllt von einem hilflosen Antifaschismus, wie er anläßlich des Fernsehfilms ‹Holocaust› sichtbar wurde. Gleichzeitig wird eine Rehabilitierung des Faschismus und Adolf Hitlers betrieben (zum Beispiel in den Büchern von Joachim Fest und Sebastian Haffner), die sich nicht auf die neonazistischen Gruppen beschränkt. War vor wenigen Jahren die Geschichtsklitterung zugunsten des NS noch eine Domäne der NPD und der *Deutschen National-Zeitung*, so hört man diese Töne heute auf CSU-Parteitagen (Strauß und Stoiber verfälschen den NS zu einer «Variante des Sozialismus») und liest entsprechende Kommentare im *Bayern-Kurier*. Während die neofaschistischen Gruppen den Film ‹Holocaust› als eine «Volksverhetzung» hinstellen, sieht F. J. Strauß in ihm «ein Anzeichen für eine wachsende antideutsche Welle im Ausland». Wo Neonazis von der «Auschwitz-Lüge» sprechen, wird bei der Schüler-Union in Bayern eine Aufrechnungs-Mentalität sichtbar, wenn sie fordert, nach Holocaust müsse auch die Vertreibung und Ermordung von Ostdeutschen im Fernsehen gezeigt werden.

Der faschistische Nährboden wird wieder gedüngt

Auf dem Höhepunkt der NPD-Erfolge 1966 erarbeitete eine Kommission im Auftrag des damaligen CDU-Bundesinnenministers Lücke einen Katalog von Merkmalen des Rechtsradikalismus:
- ausgeprägter Nationalismus
- Feindseligkeit gegen fremde Gruppen
- irrationales völkisches Gedankengut
- Ablehnung des Kompromisses in der Politik
- Intoleranz, Diffamierung anderer Meinungen
- Elitebewußtsein
- Neigung zu Konspirationstheorien
- Kampf gegen «Kapitulationsgesinnung»
- Verrat deutscher Interessen
- Ausnutzung der Angst vor dem Kommunismus
- Förderung primitiver Freund-Feind-Vorstellungen
- Aktivierung von Angst, Unzufriedenheit

Viele dieser Merkmale treffen heute auf die Politik der CSU zu. Diese Politik ist der späte Triumph der NPD, deren Argumente die CSU weitgehend übernommen hat:
- Kampf gegen Entspannungs- und Ostpolitik
- Kampf gegen Sozialismus/Kommunismus
- Sympathie mit rassistischen Regimen und Diktaturen
- Kampf gegen Befreiungsbewegungen, die als «Terrororganisationen» diffamiert werden

- Kontakte mit neofaschistischen Gruppen in Europa
- Kampf gegen den sozialen und demokratischen Rechtsstaat
- antisozialistischer Kampfblock.

Freiheit oder Sozialismus – zur Sonthofen-Strategie des antisozialistischen Rechtsblocks

Mit der Kanzlerkandidatur des F. J. Strauß hat die CDU sich politisch auf die Anwendung der Sonthofen-Strategie in allen politischen Bereichen festlegen lassen:

- in der Wirtschaftspolitik auf eine rigorose Interessenvertretung der Kapital- und Unternehmerseite;
- in der Sozialpolitik auf den Abbau von Sozialleistungen;
- in der Energiepolitik auf den zügigen Ausbau der Kernenergie als kapitalintensive Großtechnologie;
- in der Sicherheitspolitik auf Freiheitsbeschränkung und verschärfte Gesetzgebung;
- in der Bildungspolitik auf die Rücknahme aller Reformen;
- in der Deutschland-Politik auf eine Rückkehr zur Politik der Rechtsansprüche auf Wiedervereinigung.
- in der Entwicklung des demokratischen Gemeinwesens auf Stagnation und rollback zu der autoritären Strukturen der Adenauer-Ära.

Die Ziele dieser Politik sind nur zu verwirklichen, wenn Gewerkschafter und SPD als die organisierte Interessenvertretung der Arbeitnehmer geschwächt und politisch neutralisiert werden.

- Massive Kampagnen gegen die Gewerkschaften werden geführt, zum Beispiel wegen angeblicher kommunistischer Unterwanderung oder mit dem Vorwurf, sie hätten sich zu sozialistischen Richtungsgewerkschaften entwickelt.
  Unter dem Vorwand des Eintretens der CSU für eine «pluralistische» Gewerkschaftsbewegung werden von Stoiber in Wirklichkeit Spaltungsversuche vorbereitet.
- Die SPD und der demokratische Sozialismus werden abwechselnd mit Kommunismus und Terrorismus in Verbindung gebracht, neuerdings mit dem Nationalsozialismus verglichen. Ziel dieser Geschichtsfälschung ist die Schwächung der SPD durch Spaltung in Sozialisten und «anständige Demokraten».
- Mit der These von den «Grenzen des Sozialstaates» wird offen der Abbau von Sozialleistungen vorbereitet. Wieder einmal soll – wie schon 1930 – die beginnende ökonomische Krise zu Lasten der lohnabhängigen Schichten gelöst werden, sollen die aufbrechenden sozialen Konflikte mit autoritärem Krisenmanagement unterdrückt werden.

Es gibt mittlerweile zahllose Beispiele dafür, wie sich die Politik der CSU in den Äußerungen ihrer führenden Politiker den faschistischen Auffassungen und Inhalten nähert:

- Dr. Holzgartner, Vorsitzender des Arbeitskreises Gesundheitspolitik, vergleicht die Gesetzgebung zur Abtreibung mit dem organisierten Massenmord in Auschwitz und findet dabei wieder wohlwollendes Verständnis bei führenden Vertretern der katholischen Kirche.

- Otto von Habsburg will im Falle des «Staatsnotstands» alle Macht ohne Verzug für neun Monate an eine Person übrtragen. Ihn hat die CSU zum Europaabgeordneten gemacht.
- Wie F. J. Strauß selbst mit Sozialisten, Kommunisten, mit Demokraten und unbequemen Kritikern umzugehen gedenkt, hat er in seinen Reden in Sonthofen und im Kommunalwahlkampf in Nordrhein-Westfalen gezeigt. Er ist wirklich, wie Willy Brandt sagte, «das absolute Gegenbild einer solidarischen Gesellschaft».

Ist der Neonazismus eine Gefahr?

Eine Sache von Verrückten für Verrückte?

Es hat den Anschein, als ob der organisierte Neonazismus eine Sache von Verrückten für Verrückte sei, also ein Problem für Psychiater und nicht für wachsame Demokraten.

Es liegt daher nahe, den Neonazismus zu bagatellisieren.

Dies tut die bayerische Staatsregierung auch regelmäßig in ihrem Verfassungsschutzbericht:

Für den bayerischen Verfassungsschutz (verantwortlich Innenminister Gerold Tandler) sind Neonazismus und Antisemitismus ohnehin nur «Reizworte», die nur «auf das relativ kleine Reservoir gedankenloser und unverbesserlicher Marschierer» eine Wirkung ausüben. Die «Gefahr von rechts» könne zwar «nicht als unbedeutend» bezeichnet werden, werde aber insgesamt – vor allem im Ausland – bei weitem überschätzt.

Konsequent befaßt sich der bayerische Verfassungsschutz in seinem Bericht nur auf ca. 20 Seiten mit dem Rechtsextremismus, auf über 100 Seiten mit dem «Linksextremismus», linken Studenten- und Ausländergruppen und den östlichen Nachrichtendiensten.

Trotz besorgniserregender Zunahme rechtsextremistischer Gewalttaten im Jahr 1978 wird der Neonazismus offiziell wie folgt beurteilt:
- keine Gefahr für die freiheitlich-demokratische Grundordnung;
- niedrigster Mitgliederstand, organisatorische Zersplitterung, Gruppenstreitigkeiten, Mangel an Führungsfiguren;
- deutliche Wahlniederlagen signalisieren die Ablehnung bei der überwiegenden Mehrheit der Bevölkerung;
- Anlaß zur Sorge gibt die wachsende Zahl gewaltsamer Ausschreitungen und die Bereitschaft zu bewaffneter Gewaltanwendung.

Keine akute Gefahr

Tatsächlich ist der organisierte und offen zutage tretende Neonazismus keine akute Gefahr für den Bestand der freiheitlich-demokratischen Grundordnung der Bundesrepublik.

Wer das Gegenteil behauptet, dramatisiert und lenkt damit von den eigentlichen Problemen, von den latenten Gefahren und von den notwendigen Gegenmaßnahmen ab.

Eine stets vorhandene latente Gefahr

Der organisierte Neonazismus ist jedoch aus folgenden Gründen eine stets vorhandene latente Gefahr.

– Er steht und wurzelt auf dem alten Nährboden, der den Faschismus hervorgebracht hat.
– Er wirkt verführerisch und verheerend auf junge Menschen ein, so daß sich in einer Halbgeneration ein anderes Gefahrenbild ergeben kann. Um harte Kerne gruppieren sich Felder von jugendlichen Sympathisanten.
– Er hat vielfache Dunstkreise und Grauzonen bis tief hinein in die Unionsparteien.
– Er kann im Falle gesellschaftlicher oder ökonomischer Schwierigkeiten sehr schnell auf Schichten übergreifen, deren wirtschaftliche Existenz bedroht ist. Auf diese Weise kann die Zahl der Rechtsextremisten schnell bis zu einer «kritischen Masse» wachsen (H. Robinson, Vorgänge, Heft 34, S. 46).
– Er arbeitet konspirativ. Alle neonazistischen Gruppen des In- und Auslands haben Kontakt zueinander. Sie verfügen über ein hervorragendes Organisations-, Kommunikations- und Kooperationsnetz.

Eine besondere Gefahr: Jugend und Neonazismus

Besonders gefährlich wird der Neonazismus durch seinen Einfluß auf junge Menschen. Es kommt daher darauf an, diese gefährlichen Einflüsse näher zu untersuchen:

Eine Attraktivität rechtsextremistischer neonazistischer Organisationen bei Jugendlichen

– Sie knüpfen an die Unzufriedenheit vieler Jugendlicher über ihre Situation in Familie, Schule, Gesellschaft an. Sprechen ihre Bedürfnisse und Interessen an, geben sich kämpferisch, jung, dynamisch, entschlossen im Kampf für neue Ideen, neue Lösungen, eine bessere Zukunft.
– Kameradschaft, Disziplin, Gehorsam sind Schlüsselbegriffe im Selbstverständnis dieser Gruppen. Mit ihnen kommen sie den Wünschen zahlreicher Jugendlicher nach Orientierung, Geborgenheit, sinnvoller Betätigung und einer idealistischen Lebenseinstellung entgegen.
– Kameradschaft, Disziplin, Unterordnung, Einsatzbereitschaft und Zuverlässigkeit sind auch die Verhaltensweisen, mit denen sich viele Jugendliche von der «abgefreakten», «down-gepushten», «ultrapeacefulen» «Marx-und-Coca-Cola-Generation» der Gleichaltrigen distanzieren. Mit deren Resignation und Lässigkeiten, ihrer Abhängigkeit von Nikotin, Alkohol und Rauschgift wollen sie

nichts zu tun haben. Auch nichts mit «linker intellektueller Arroganz». Gegen die Bluejeans setzten sie ihre Ledermontur, gegen die «weiche Welle» (*make love not war*) ihre Ästhetik der Härte.

– In den rechtsradikalen Gruppen sehen viele Jugendliche die Möglichkeit sinnvoller Betätigung, machen sie die Erfahrung, daß sie gebraucht werden, daß man sich persönlich um sie kümmert und sie akzeptiert. Sie können sich mit Vorbildern identifizieren, erfahren Kameradschaft und leiden nicht unter der schrittweisen Aufgabe ihrer Individualität.

– Zu den Voraussetzungen des Erfolgs bei den Jugendlichen zählt die Tatsache, daß die Organisationen ein breites Angebot an vielfältigen Möglichkeiten für Mitarbeit und Engagement bereitstellen. Für die 7- bis 14jährigen gibt es pfadfinderische Angebot (BHJ und Wiking-Jugend), wer Härtetraining und Kampf will, geht zu den Wehrsportgruppen, wer Politik wünscht zu den «Jungen Nationaldemokraten».
Diskussion, Aktion und Emotion, politische Indoktrination, persönliche Gespräche und praktische Lebenshilfe werden angeboten.

– Verstärkend wirkt sich auch die Erfahrung aus, daß die zu Hause geschätzten Normen und Verhaltensweisen wie zum Beispiel Pünktlichkeit, Ordnung, Sauberkeit mit ideologischer Sinngebung gefüllt werden. Es kommt dem Jugendlichen entgegen, den Staat zwar ändern zu wollen, sich selbst aber nicht ändern zu müssen. Viele der Jugendlichen haben es als für sich zu anstrengend erfahren, nicht nur alternative Politik zu machen, sondern auch alternative Lebensformen zu entwickeln.

Psychische und soziale Erklärungen für die Faschismusanfälligkeit bei Jugendlichen

Rechtsextreme/neonazistische Jugendliche sind in der Regel nicht vergangenheitsorientiert. Die NS-Weltanschauung ist selten der Grund ihrer Mitgliedschaft, die Anhänger der NS-Gruppen sind keine geschulten ideologisch gefestigten Nazis. Mit dem NS haben sie sich kaum mehr beschäftigt als der durchschnittliche Jugendliche in der BRD. Ihre Identifizierung mit der NS-Weltanschauung ist Ausdruck ihrer totalen Absage an die gegenwärtige Gesellschaft, die sie blind zerschlagen wollen, weil sie sie nicht mehr ändern können. Weil sie von diesem Staat nichts mehr erwarten, träumen sie vom «neuen», «starken» Staat.

Es sind gerade die sozial schwächsten – Sonderschüler, Haupt- und Realschüler, die vom «starken Staat» träumen, weil er auch ihnen ein Gefühl der Stärke gibt, die ein Feindbild brauchen, um sich stark und entschlossen zu fühlen. Der Druck der Außen- und Umwelt, wenn sie als Neonazis provozierend auftreten, führt zur Geschlossenheit der Gruppe und zur nachträglichen Identifizierung mit dem NS als Weltanschauung.

Es gibt noch kaum empirische Untersuchungen über die Ursachen des Neonazismus bei Jugendlichen und seine Wurzeln in Angst, Arbeitslosigkeit, Lehrstellenmangel, Notenkonkurrenz, Leistungsdruck und Ohnmachtserfahrungen. Folgende Erklärungshypothesen werden diskutiert:

Neonazismus als Protest

Rechtsextremismus, Neonazismus/Neofaschismus sind Protest und Fluchtweg vieler Jugendlicher aus einer Gesellschaft, die sie politisch nicht mehr akzeptieren wollen. Neben Alkoholismus, Drogen, Selbstmord, Jugendsekten, Flucht in Terrorismus und in Depression (die sie ablehnen) bietet sich auch der Neofaschismus als «Lösung» für die zahlreichen Probleme junger Menschen an.

Sehnsucht nach dem starken «Ich»

Diese Gesellschaft bietet vielen Jugendlichen keine Arbeits- und Ausbildungsmöglichkeiten, keine Perspektiven an, nach denen sie leben wollen. Sie sollen sich einer Erwachsenenwelt anpassen, die sie ablehnen. Mit ihrer Kritik an der Leistungs-, Wohlstands- und Aufstiegsideologie finden sie sich allein gelassen. In ihren Wünschen nicht ernst genommen, werden sie abgewimmelt und «kleingemacht» (R. Schulz). Als «Kleingemachte» suchen sie Ersatz für ihre eigene Ohnmacht in «starken» Männern, in Feindbildern, Kampfparolen etc. Die «Befreiung» aus einer unbefriedigenden Lebenssituation soll durch Kampf, Unterwerfung und Vernichtung der inneren und äußeren Feinde erfolgen – sozialpsychologisch wird die eigene Erfahrung an Haß und Unterdrückung gegen andere gewendet.

Destruktive Gewalt

In Zeiten ökonomischer Krise und politischer Unterdrückung wächst die Bereitschaft zur Produktion von Feindbildern und aggressiven Verhaltensweisen. In der Gesellschaft wächst das Gewaltpotential täglich und findet seinen Niederschlag in den Schulen. Autoritäre Lösungswege werden populär und den mühseligen demokratischen Lösungen vorgezogen – übrigens nicht nur bei Jugendlichen.

Verdrängung des Faschismus

Die Verdrängung des Faschismus/Nationalsozialismus in der BRD, seine frühzeitige Rehabilitierung durch führende Politiker in höchsten Staats- und Parteiämtern (Globke, Oberländer, Kiesinger, Filbinger, Carstens) und durch Parteien (zum Beispiel die Argumentation der CDU/CSU in der Debatte um die Verjährung von NS-Morden) sowie die skandalösen Vorfälle bei NS-Prozessen bereiten den Weg für den neuen Faschismus der Jungen. Sie werden nicht als Faschisten geboren, sie werden zu Faschisten gemacht. «Den alten Faschismus haben wir noch nicht ausgeräumt und müssen schon gegen den neuen kämpfen» (Peggy Parnass).

Die Unwissenheit über den Faschismus

Über den NS weiß eine Mehrheit der Schüler nichts, nur Halbwahrheiten und Verdrehungen. Ihre Anfälligkeiten für den Faschismus beruht zum wesentlichen Teil auch auf lückenhaftem Wissen, das die Neonazis geschickt ausnutzen.

Besonderheiten beim Punk- und Rock-Faschismus

Ursachen der Entwicklung:
- Unwissenheit und Naivität in den Augen der einen, Folgen eines katastrophalen Geschichtsunterrichts;

- sensationslüsternes Unterhaltungsbusiness, dem es um Geld, Ansehen und Effekthascherei geht;
- Faschismus als Trotz-, Schock- und Horror-Show, das «Tabu»-Element des Faschismus interessiert die Jugendlichen, nicht sein politisches Programm.

Gefahren der Entwicklung:
- Jugendarbeitslosigkeit, Schulstress, Konkurrenzdruck erzeugen Frustration, Apathie und Aggression und machen für faschistische Politik anfällig.
- Der Gewöhnungseffekt kann aus den Jugendlichen, die heute der Tabu-Effekt des Nazi-Rock fasziniert, die Neofaschisten von morgen machen.
- Rock ist die Massenkommunikation unter der Jugend. Der Rock-Faschismus könnte zum Sprachrohr einer kommenden reaktionären Partei werden.
- Rockmusik spiegelt die gegenwärtige gesellschaftliche Situation wider. Wenn Faschismus in der Gesellschaft zunimmt, so findet das in der Rockmusik seinen Widerhall.
- Rockmusik kann aber auch Aufklärung über Faschismus und Rassismus leisten, wie zum Beispiel beim Frankfurter Festival «Rock gegen Rechts!»

Die politische Perspektive

Die Verdrängung des Faschismus durch die Bevölkerung und die von den Behörden seit Jahren betriebene Verharmlosung des Rechtsradikalismus haben dazu beigetragen, daß das politische Spektrum der Bundesrepublik in den letzten Jahren sich eindeutig nach rechts verschoben hat.
- Unter Berufung auf den Ministerpräsidentenbeschluß und in Ausführung des «Radikalenerlasses» werden im Namen der «wehrhaften Demokratie» seit Jahren Demokraten, Sozialisten, Kommunisten und Mitglieder anderer «linker» Gruppen bekämpft.
- Durch die «Öffnung nach rechts» wird der Weg geebnet für autoritäre Herrschaftsstrukturen, die zur Bewältigung künftiger wirtschaftlicher Krisen vielleicht morgen schon gebraucht werden.
- Unter dem Eindruck des Terrorismus und der durch ihn geschürten Sicherheitshysterie werden mit den Antiterror-Gesetzen Instrumente bereitgestellt, die eine künftige Bundesregierung im Krisenfall gegen Demokraten und Sozialisten einsetzen wird.
- Der Rechtsextremismus/Neofaschismus ist in der Bundesrepublik die Speerspitze der politischen Reaktion, die Spitze eines Eisbergs, dessen Fundamente bis weit in das konservative Lager reichen. Die neonazifistischen Aktivitäten und Publikationen schaffen den konservativ-reaktionären politischen Kräften jenen Spielraum, in dem sie ihre reaktionäre, gegen die Demokratie gerichtete Politik entwickeln können und sich dennoch bei gleichzeitiger verbaler Distanzierung vom Rechtsradikalismus als Demokraten aufspielen, die auf dem Boden der freiheitlich-demokratischen Grundordnung stehen.
- Als «linksradikal» und «verfassungsfeindlich» werden alle jene demokratischen Kräfte diffamiert, die dem Rechtsextremismus/Neofaschismus konsequenten

Widerstand entgegensetzen. Die «Neue Rechte» der neonazistischen Gruppen und Kader formiert sich – wie auch 1930 – wiederum mit Duldung konservativer Gruppen, Parteien und Behörden. Heute sind sie noch Minderheiten – morgen können sie bereits die Bürgerkriegsarmee für die Bekämpfung der sozialistischen und demokratischen Kräfte in künftigen politischen und ökonomischen Krisensituationen sein. Sie selbst sehen sich so.

rororo aktuell

Herausgegeben von Freimut Duve

Liberalität

Agnoli, Johannes und dreizehn andere
«... da ist nur freizusprechen!»
Die Verteidigungsreden im Berliner
Mescalero-Prozeß (4437)

Albertz, Heinrich/Böll, Heinrich/
Gollwitzer, Helmut u. a.
«Pfarrer, die dem Terror dienen?»
Bischof Scharf und der Berliner
Kirchenstreit 1974. Eine Dokumentation
(1885)

Amnesty International
Die Todesstrafe (4535)

Die Anti-Terror-Debatten im Parlament
Protokolle 1974–1978 (4347)

Bölsche, Jochen
Der Weg in den Überwachungsstaat
Mit neuen Dokumenten und Stellungnahmen von Gerhart Baum u. a.
(4534)

Däubler, Wolfgang/Küsel, Gudrun (Hg.)
Verfassungsgericht und Politik
Kritische Beiträge zu problematischen
Urteilen (4439)

Drewitz, Ingeborg (Hg.)
Strauß ohne Kreide. Ein Kandidat
mit historischer Bedeutung (4637)

Duve, Freimut/Böll, Heinrich/
Staeck, Klaus (Hg.)
Briefe zur Verteidigung der Republik
(4191)
**Briefe zur Verteidigung der bürgerlichen
Freiheit.** Nachträge 1978 (4353)
Kämpfen für die Sanfte Republik
(4630)

Esser, Johannes (Hg.)
Wohin geht die Jugend? Gegen die
Zukunftslosigkeit unserer Kinder
(4538)

Fetscher, Iring/Richter, Horst E. (Hg.)
Worte machen keine Politik. Beiträge zu
einem Kampf um politische Begriffe
(4005)

Güde, Max/Raiser, Ludwig/
Simon, Helmut/Weizsäcker,
Carl Friedrich von
Die Verfassung unserer Demokratie
Vier republikanische Reden (4279)

Mit Hammer und Säge
Strauß und seine Karikaturen.
Zusammengestellt von Klaus Humann
(4641)

Klein, Hans-Joachim
Rückkehr in die Menschlichkeit
Appell eines ausgestiegenen
Terroristen (4544)

Kleinert, Ulfried
Seelsorger oder Bewacher?
Pfarrer als Opfer der Gegenreform
im Strafvollzug (4116)

Müller-Münch, Ingrid/
Prosinger, Wolfgang/
Rosenbladt, Sabine/Teurer, Johannes
Besetzungen:
Stollwerk/Freiburg/Gorleben/Ufa-Fabrik
(4739)

Murphy, Detlef/Rubart, Frauke/
Müller, Ferdinand/Raschke, Joachim
Protest. Grüne, Bunte und Steuerre-
bellen. Ursachen und Perspektiven
(4442)

Narr, Wolf-Dieter (Hg.)
Wir Bürger als Sicherheitsrisiko
Berufsverbot und Lauschangriff –
Beiträge zur Verfassung unserer
Republik (4181)

Perger, Werner A. (Hg.)
**Die Verdächtigung oder Wie aus
Nachdenken Verrat und aus Personen
Spione gemacht werden**
Eine Dokumentation (4343)

rororo aktuell

Herausgegeben von Freimut Duve

Soziale Konflikte

rororo aktuell

Herausgegeben von Freimut Duve

rororo aktuell

Herausgegeben von Freimut Duve

rororo aktuell

Herausgegeben von Freimut Duve

Weltwirtschaft

Frank, André Gunder
Weltwirtschaft in der Krise
Verarmung im Norden – Verelendung
im Süden (4352)

Fröbel, Volker/Heinrichs, Jürgen/
Kreye, Otto
Die neue internationale Arbeitsteilung
Strukturelle Arbeitslosigkeit in den
Industrieländern und die Industriali-
sierung der Entwicklungsländer (4185)
Krisen der Weltökonomie
(Arbeitstitel / 4526 – in Vorbereitung)

Levinson, Charles
**Wodka-Cola – Die gefährliche Kehr-
seite der wirtschaftlichen Zusammenarbeit zwischen Ost und West**
(Arbeitstitel / 4527 – in Vorbereitung)

Mirow, Kurt Rudolf
Die Diktatur der Kartelle
Zum Beispiel Brasilien. Materialien
zu Vermachtung des Weltmarktes (4187)

Probleme Dritte Welt

Albrecht, Gisela
**Soweto oder Der Aufstand der Vor-
städte.** Gespräche mit Südafrikanern
(4188)

Biegert, Claus
Seit 200 Jahren ohne Verfassung
USA: Indianer im Widerstand (4056)

Bley, Helmut /Tetzlaff, Rainer (Hg.)
Afrika und Bonn. Versäumnisse und
Zwänge deutscher Afrika-Politik (4270)

Debray, Régis
Kritik der Waffen. Wohin geht die Revolution in Lateinamerika? (1950)

Deleyne, Jean
Die chinesische Wirtschaftsrevolution
Eine Analyse der sozialistischen
Wirtschaft Pekings (1550)

Duve, Freimut (Hg.)
**Kap ohne Hoffnung oder Die Politik
der Apartheid** (780)

Exportinteressen gegen Muttermilch
Der tödliche Fortschritt durch Baby-
nahrung. Eine Dokumentation der Ar-
beitsgruppe Dritte Welt Bern (4065)

Fanon, Frantz
Fußball und Folter
Argentinien '78 (4356)

Irnberger, Harald
**SAVAK oder der Folterfreund des
Westens.** Aus den Akten des iranischen
Geheimdienstes (4182)

Jokisch, Rodrigo (Hg.)
Mittelamerika – Monographie
(4736 / Arbeitstitel – in Vorbereitung)

Krause, Karla
Protokolle aus indonesischen Dörfern
(4721 / Arbeitstitel – in Vorbereitung)

Lühring, Anneliese
Bei den Kindern von Concepción
Tagebuch einer deutschen Entwick-
lungshelferin in Bolivien (4060)

Mao Tse-tung
**Theorie des Guerilla-Krieges oder
Strategie der Dritten Welt**
(896)
Das machen wir anders als Moskau!
Kritik an der sowjetischen Politökonomie
Hg. von Helmut Martin (1940)

Moony, Pat R.
Die weltweiten Saatgutmonopole
(4731 / Arbeitstitel – in Vorbereitung)

Münzel, Mark (Hg.)
Die indianische Verweigerung
Lateinamerikas Ureinwohner zwischen
Ausrottung und Selbstbestimmung
(4274)

rororo aktuell

Herausgegeben von Freimut Duve

Politiker zur Zeitgeschichte

Europa

rororo aktuell

Herausgegeben von Freimut Duve

aktueller Leitfaden

Däubler, Wolfgang
Das Arbeitsrecht 1. Von der Kinderarbeit zur Betriebsverfassung. Ein Leitfaden für Arbeitnehmer (4057)
Das Arbeitsrecht 2. Ein Leitfaden für Arbeitnehmer. Arbeitsplatz – Arbeitsgerichtsbarkeit (4275)

Hoffmann, Werner
Grundelemente der Wirtschaftsgesellschaft. Ein Leitfaden für Lehrende (1149)

Israel, Joachim
Die sozialen Beziehungen. Grundelemente der Sozialwissenschaft. Ein Leitfaden (4063)

Niess, Wolfgang (Hg.)
Über die Wahl hinaus. Kritische Texte für skeptische Wähler (4631)

Arbeit und Arbeitslosigkeit

Däubler, Wolfgang
Das Arbeitsrecht 1. Von der Kinderarbeit zur Betriebsverfassung. Ein Leitfaden für Arbeitnehmer (4057)
Das Arbeitsrecht 2. Ein Leifaden für Arbeitnehmer. Arbeitsplatz – Arbeitsgerichtsbarkeit (4275)

Däubler-Gmelin, Herta
Frauenarbeit oder Reserve zurück an den Herd! (4183)

Fröbel, Volker/Heinrichs, Jürgen/ Kreye, Otto
Jugendarbeitslosigkeit
Materialien und Analysen zu einem neuen Problem. Hg. von Sybille Laturner und Bernhard Schön (1941)

Vilmar, Fritz (Hg.)
Menschenwürde im Betrieb
Modelle der Humanisierung und Demokratisierung der industriellen Arbeitswelt (1604)
Technologie und Politik, Heft 8
Die Zukunft der Arbeit I. (4184)
Technologie und Politik, Heft 10
Die Zukunft der Arbeit II. (4265)
Technologie und Politik, Heft 15
Die Zukunft der Arbeit III. (4627)

Menschenrechte und Sozialismus

Fuchs, Jürgen
Gedächtnisprotokolle. Mit Liedern von Gerulf Pannach und einem Vorwort von Wolf Biermann (4122)
Vernehmungsprotokolle
November '76 bis September '77 (4271)

Havemann, Robert
Dialektik ohne Dogma? Naturwissenschaft und Weltanschauung (683)

Levy, Bernard-Henri
Die Barbarei mit menschlichem Gesicht
«La barbarie à visage humain» (4276)

Pelikán, Jiří/Wilke, Manfred
Menschenrechte
Ein Jahrbuch zu Osteuropa (4192)
Opposition ohne Hoffnung?
Ein Jahrbuch zu Osteuropa 2. (4537)

Schwendtke, Arnold (Hg.)
Arbeiter-Opposition in der Sowjetunion
Die Anfänge autonomer Gewerkschaften – Dokumente und Analysen (4432)

Schwenger, Hannes (Hg.)
Solidarität mit Rudolf Bahro
Briefe in die DDR (4348)

rororo aktuell

Herausgegeben von Freimut Duve

Sinn und Politik
Schriften und Selbstzeugnisse einer neuen Aufklärung

Technologie und Politik

Das Magazin zur Wachstumskrise